D0995780

Marguerite Yourcenar

de l'Académie française

LE LABYRINTHE DU MONDE

II

Archives du Nord

Gallimard

Née en 1903 à Bruxelles d'un père français et d'une mère d'origine belge, Marguerite Yourcenar grandit en France, mais c'est surtout à l'étranger qu'elle résidera par la suite : Italie, Suisse, Grèce, puis Amérique où elle a vécu dans l'île de Mount Desert, sur la côte nord-est des États-Unis, jusqu'à sa mort en 1987.

Marguerite Yourcenar a été élue à l'Académie française le 6 mars 1980.

Son œuvre comprend des romans : Alexis ou le Traité du Vain Combat *(1929),* Le Coup de Grâce *(1939),* Denier du Rêve, *version définitive (1959); des poèmes en prose :* Feux *(1936); en vers réguliers :* Les Charités d'Alcippe *(1956); des nouvelles :* Nouvelles Orientales *(1963); des essais :* Sous Bénéfice d'Inventaire *(1962); des pièces de théâtre et des traductions.*

Mémoires d'Hadrien *(1951), roman historique d'une vérité étonnante, lui valut une réputation mondiale.* L'Œuvre au Noir *a obtenu à l'unanimité le Prix Femina 1968. Enfin* Souvenirs Pieux *(1974) et* Archives du Nord *(1977), les deux premiers panneaux d'un triptyque familial dont le troisième sera* Quoi ? l'Éternité...

Première partie

— Τυδεΐδη, μεγάθυμε, τίη γενεὴν ἐρεείνεις;
Οἵη περ φύλλων γενεή, τοίη δὲ καὶ ἀνδρῶν.

Iliade, VI, 145-146.

— *Fils du magnanime Tydée, pourquoi
t'informes-tu de ma lignée ?*
*Il en est des races des hommes comme de
celles des feuilles.*

LA NUIT DES TEMPS

Dans un volume destiné à former avec celui-ci les deux panneaux d'un diptyque, j'ai essayé d'évoquer un couple de la Belle Époque, mon père et ma mère, puis de remonter au-delà d'eux vers des ascendants maternels installés dans la Belgique du XIXᵉ siècle, et ensuite, avec plus de lacunes et des silhouettes de plus en plus linéaires, jusqu'au Liége rococo, voire jusqu'au Moyen Age. Une ou deux fois, par un effort d'imagination, et renonçant du coup à me soutenir dans le passé grâce à cette corde raide qu'est l'histoire d'une famille, j'ai tenté de me hausser jusqu'aux temps romains, ou préromains. Je voudrais suivre ici la démarche contraire, partir directement de lointains inexplorés pour arriver enfin, diminuant d'autant la largeur du champ de vue, mais précisant, cernant davantage les personnalités humaines, jusqu'au Lille du XIXᵉ siècle, jusqu'au ménage correct et assez désuni d'un grand bourgeois et d'une solide bourgeoise du Second Empire, enfin, jusqu'à cet homme perpétuellement en rupture de ban que fut mon père, jusqu'à une petite fille apprenant à vivre entre 1903 et 1912 sur une colline de la Flandre française. Si le temps et l'énergie m'en sont donnés, peut-être continuerai-je jusqu'en 1914, jusqu'en 1939, jusqu'au moment où la plume me tombera des mains. On verra bien.

Cette famille, ou plutôt ces familles, dont l'enchevêtrement constitue ma lignée paternelle, je vais donc essayer de prendre avec elles mes distances, de les remettre à leur place, qui est petite, dans l'immensité du temps. Ces personnes qui ne sont plus, ces poussières humaines, dépassons-les pour atteindre l'époque où il n'était pas encore question d'elles. Et faisons de même avec les décors : laissons derrière nous cette place de la Gare, cette citadelle de Lille ou ce beffroi de Bailleul, cette rue « d'aspect aristocratique », ce château et ce parc tels qu'on les voit sur de vieilles cartes postales représentant les sites ou les curiosités de la région. Décollons, pour ainsi dire, de ce coin du département du Nord qui fut précédemment une parcelle des Pays-Bas espagnols, puis, en remontant plus haut, un lopin du duché de Bourgogne, du comté de Flandre, du royaume de Neustrie et de la Gaule Belgique. Survolons-le à une époque où il était encore sans habitants et sans nom.

« *Avant la naissance du monde* », déclame pompeusement dans sa plaidoirie comique l'Intimé de Racine. « *Avocat, ah, passons au Déluge !* », s'écrie le juge en supprimant un bâillement. Et c'est bien en effet de déluge qu'il s'agit. Pas de celui, mythique, qui engloutit le globe, pas même de n'importe quelle inondation locale dont le folklore de populations effarées a gardé la trace, mais de ces immémoriales marées hautes qui, au cours des siècles, ont recouvert, puis laissé à nu, la côte de la mer du Nord, du cap Gris-Nez aux îles de la Zélande. Les plus vieux de ces empiétements datent de bien avant l'homme. La longue ligne de dunes obliquant vers l'est s'est ensuite effondrée de nouveau aux temps préhistoriques, puis vers la fin des temps romains. Quand on chemine dans la plaine qui va d'Arras à Ypres, puis s'allonge, ignorante de nos frontières, vers Gand et vers Bruges, on a le sentiment d'avancer sur un fond dont la mer s'est retirée la veille, et où il se peut qu'elle revienne demain. Vers Lille, Anzin et Lens, sous l'humus raclé par l'exploitation minière, se tassent les forêts fossiles, le résidu géologique d'un autre cycle, plus immémorial encore, de climats et de saisons. De Malo-les-Bains à L'Écluse ondoient les dunes bâties par la mer et le vent, déshonorées de nos jours par les coquettes villas, les casinos lucratifs, le petit commerce de luxe ou de camelote, sans oublier les aménagements militaires, tout ce fatras qui dans dix mille ans ne se distinguera plus des débris organiques et inorganiques que la mer a lentement pulvérisés en sable.

Des monts qu'on appellerait ailleurs des collines, ie Mont Cassel, relayé au nord par la quadruple vague des Monts de Flandre, le Mont-des-Cats, le Mont Kemmel, le Mont-Rouge, et le Mont-Noir dont j'ai une connaissance plus intime que des autres, puisque c'est sur lui que j'ai vécu enfant, bossuent ces terres basses. Leurs grès, leurs sablons, leurs argiles sont eux-mêmes des sédiments devenus peu à peu terre ferme ; de nouvelles poussées des eaux ont ensuite érodé autour d'eux cette terre à son niveau d'aujourd'hui : leurs crêtes modestes sont des témoins. Ils datent d'un temps où le bassin de la Tamise se prolongeait vers la Hollande, où le cordon ombilical n'était pas encore coupé entre le continent et ce qui allait devenir l'Angleterre. A d'autres points de vue aussi, ils témoignent. La plaine autour d'eux a été impitoyablement défrichée par les moines et les vilains du Moyen Age, mais les hauteurs, plus difficilement converties en terres arables, tendent à conserver davantage leurs arbres. Cassel, certes, a été dénudé de bonne heure pour faire place au camp retranché où se réfugiait la tribu attaquée par une tribu voisine, et plus tard par les soldats de César. La guerre, à intervalles presque réguliers, a battu sa base comme autrefois les marées de la mer. Les autres buttes ont mieux gardé leurs futaies, sous lesquelles à l'occasion se réfugiaient les bannis. Le Mont-Noir en particulier doit son nom aux sombres sapins dont il était couvert avant les futiles holocaustes de 1914. Les obus ont changé son aspect de façon plus radicale qu'en détruisant le château construit en 1824 par mon trisaïeul. Les arbres peu à peu sont revenus, mais, comme toujours en pareil cas, d'autres essences ont pris la relève : les noirs sapins pareils à ceux qu'on voit à l'arrière-plan des paysages de peintres allemands de la Renaissance ne prédominent plus. Il est vain d'imaginer les déboisements, et, s'il en est, les reboisements de l'avenir.

Mais nous allons trop vite : nous dégringolons malgré nous la pente qui nous ramène au présent. Contemplons plutôt ce monde que nous n'encombrons pas encore, ces quelques lieues de la forêt coupée de landes qui s'étale presque ininterrompue du Portugal à la Norvège, des dunes aux futures steppes russes. Recréons en nous cet océan vert, non pas immobile, comme le sont les trois quarts de nos représentations du passé, mais bougeant et changeant au cours des heures, des jours et des saisons qui fluent sans avoir été

computés par nos calendriers et par nos horloges.
Regardons les arbres à feuilles caduques roussir à
l'automne et les sapins balancer au printemps leurs
aiguilles toutes neuves encore couvertes d'une mince
capsule brune. Baignons dans ce silence presque vierge
de bruits de voix et d'outils humains, où s'entendent
seuls les chants des oiseaux ou leur appel avertisseur
quand un ennemi, belette ou écureuil, s'approche, le
bourdonnement par myriades des moustiques, à la fois
prédateurs et proies, le grondement d'un ours cherchant dans la fente d'un tronc un rayon de miel que
défendent en vrombissant les abeilles, ou encore le râle
d'un cerf mis en pièces par un loup-cervier.

Dans les marécages gorgés d'eau, un canard plonge,
un cygne qui prend son élan pour regagner le ciel fait
son énorme bruit de voiles déployées ; les couleuvres
glissent silencieusement sur la mousse ou bruissent sur
les feuilles sèches ; de raides herbes tremblent au haut
des dunes au vent d'une mer que n'a encore salie la
fumée d'aucune chaudière, l'huile d'aucun carburant,
et sur laquelle ne s'est encore aventurée aucune nef.
Parfois, au large, le jet puissant d'une baleine ; le bond
joyeux des marsouins tels que je les ai vus, de l'avant
d'un bateau surchargé de femmes, d'enfants, d'usten-
siles de ménage et d'édredons emportés au hasard, sur
lequel je me trouvais avec les miens en septembre 1914, rejoignant la France non envahie par la voie
de l'Angleterre ; et l'enfant de onze ans sentait déjà
confusément que cette allégresse animale appartenait à
un monde plus pur et plus divin que celui où les
hommes font souffrir les hommes.

Nous retombons de nouveau dans l'anecdote
humaine : ressaisissons-nous ; tournons avec la terre

qui roule comme toujours inconsciente d'elle-même,
belle planète au ciel. Le soleil chauffe la mince croûte
vivante, fait éclater les bourgeons et fermenter les
charognes, tire du sol une buée qu'ensuite il dissipe.
Puis, de grands bancs de brume estompent les couleurs, étouffent les bruits, recouvrent les plaines
terrestres et les houles de la mer d'une seule et épaisse
nappe grise. La pluie leur succède, résonnant sur des
milliards de feuilles, bue par la terre, sucée par les
racines ; le vent ploie les jeunes arbres, abat les vieux
fûts, balaie tout d'une immense rumeur. Enfin, s'éta-
blissant de nouveau, le silence, l'immobile neige sans
autre trace sur son étendue que celle des sabots, des
pattes ou des griffes, ou que les étoiles qu'y gravent en
s'y posant les oiseaux. Les nuits de lune, des lueurs
bougent sans qu'il soit besoin d'un poète ou d'un
peintre pour les contempler, sans qu'un prophète soit
là pour savoir qu'un jour des espèces d'insectes
grossièrement caparaçonnés s'aventureront là-haut
dans la poussière de cette boule morte. Et, quand la
lumière de la lune ne les occulte pas, les étoiles luisent,
à peu près placées comme elles le sont aujourd'hui,
mais non encore reliées entre elles par nous en carrés,
en polygones, en triangles imaginaires, et n'ayant pas
encore reçu des noms de dieux et de monstres qui ne
les concernent pas.

Mais déjà, et un peu partout, l'homme. L'homme encore clairsemé, furtif, dérangé parfois par les dernières poussées des glaciers tout proches, et qui n'a laissé que peu de traces dans cette terre sans cavernes et sans rochers. Le prédateur-roi, le bûcheron des bêtes et l'assassin des arbres, le trappeur ajustant ses rets où s'étranglent les oiseaux et ses pieux sur lesquels s'empalent les bêtes à fourrure ; le traqueur qui guette les grandes migrations saisonnières pour se procurer la viande séchée de ses hivers ; l'architecte de branchages et de rondins décortiqués, l'homme-loup, l'homme-renard, l'homme-castor rassemblant en lui toutes les ingéniosités animales, celui dont la tradition rabbinique dit que la terre refusa à Dieu une poignée de sa boue pour lui donner forme, et dont les contes arabes assurent que les animaux tremblèrent quand ils aperçurent ce ver nu. L'homme avec ses pouvoirs qui, de quelque manière qu'on les évalue, constituent une anomalie dans l'ensemble des choses, avec son don redoutable d'aller plus avant dans le bien et dans le mal que le reste des espèces vivantes connues de nous, avec son horrible et sublime faculté de choix.

Les bandes dessinées et les manuels de science populaires nous montrent cet Adam sans gloire sous l'aspect d'une brute poilue brandissant un casse-tête : nous sommes loin de la légende judéo-chrétienne pour laquelle l'homme originel erre en paix sous les ombrages d'un beau jardin, et plus loin encore, s'il se peut, de l'Adam de Michel-Ange s'éveillant dans sa perfection au contact du doigt de Dieu. Brute certes, l'homme de la pierre éclatée et de la pierre polie, puisque la même brute nous habite encore, mais ces Prométhées farouches ont inventé le feu, la cuisson des aliments, le bâton enduit de résine qui éclaire la nuit. Ils ont mieux que nous su distinguer les plantes nourricières de celles qui tuent, et de celles qui au lieu de nourrir provoquent d'étranges rêves. Ils ont remarqué que le soleil d'été se couche plus au nord, que certains astres tournent en rond autour du zénith ou processionnent régulièrement le long du zodiaque, tandis que d'autres au contraire vont et viennent, animés de mouvements capricieux qui se répètent après un certain nombre de lunaisons ou de saisons ; ils ont utilisé ce savoir dans leurs voyages nocturnes ou diurnes. Ces brutes ont sans doute inventé le chant, compagnon du travail, du plaisir et de la peine jusqu'à notre époque, où l'homme a presque complètement désappris de chanter. En contemplant les grands rythmes qu'ils imprimaient à leurs fresques, on croit deviner les mélopées de leurs prières ou de leurs incantations. L'analyse des sols où ils mettaient leurs morts prouve qu'ils couchaient ceux-ci sur des tapis de fleurs aux schémas compliqués, pas si différents peut-être de ceux que les vieilles femmes du temps de mon enfance étalaient sur le passage des processions. Ces

Pisanellos ou ces Degas de la préhistoire ont connu l'étrange compulsion de l'artiste qui consiste à superposer aux grouillants aspects du monde réel un peuple de figurations nées de son esprit, de son œil et de ses mains.

Depuis un siècle à peine que travaillent nos ethnologues, nous commençons à savoir qu'il existe une mystique, une sagesse primitives, et que les chamans s'aventurent sur des routes analogues à celles que prirent l'Ulysse d'Homère ou Dante à travers la nuit. C'est par l'effet de notre arrogance, qui sans cesse refuse aux hommes du passé des perceptions pareilles aux nôtres, que nous dédaignons de voir dans les fresques des cavernes autre chose que les produits d'une magie utilitaire : les rapports entre l'homme et la bête, d'une part, entre l'homme et son art, de l'autre, sont plus complexes et vont plus loin. Les mêmes formules rabaissantes auraient pu être employées, et l'ont été, à l'égard des cathédrales considérées comme le produit d'un énorme marchandage avec Dieu, ou comme une corvée imposée par une tyrannique et rapace prêtraille. Laissons à Homais ces simplifications. Rien n'empêche de supposer que le sorcier de la préhistoire, devant l'image d'un bison percé de flèches, a ressenti à de certains moments la même angoisse et la même ferveur que tel chrétien devant l'Agneau sacrifié.

Et voilà maintenant, séparés de nous par trois cents générations tout au plus, les ingénieux, les habiles, les adaptés du néolithique, talonnés bientôt par les technocrates du cuivre et du fer ; les artisans accomplissant dextrement des gestes que l'homme a faits et refaits jusqu'à la génération qui précède la nôtre ; les constructeurs de cabanes sur pilotis et de murs de pierres sèches ; les évideurs de troncs d'arbres destinés à devenir des canots ou des cercueils ; les producteurs en gros de pots et de corbeilles ; les villageois dont les arrière-cours contiennent des chiens, des ruches et des meules ; les gardeurs de troupeaux qui ont conclu avec l'animal devenu domestique un pacte toujours dénoncé par la mise à mort ; ceux pour qui le cheval et la roue sont des inventions d'hier soir ou de demain matin. La faim, la défaite, le goût de l'aventure, les mêmes vents d'est en ouest qui souffleront dans cinquante siècles, du temps des Invasions Barbares, les ont sans doute poussés jusqu'ici, comme leurs prédécesseurs et leurs successeurs l'ont été ou vont l'être un jour ; un mince cordon fait du débris des races se forme périodiquement le long de ces côtes, comme, après la tempête, sur ces mêmes dunes, la frange d'algues, de coquillages et de bouts de bois rejetés par la mer. Ces gens-là nous ressemblent : mis face à face avec eux, nous reconnaî-trions sur leurs traits les mêmes caractéristiques qui vont de la bêtise au génie, de la laideur à la beauté. L'homme de Tollund, contemporain de l'âge du fer danois, momifié la corde au cou dans un marais où les citoyens bien-pensants de l'époque jetaient, paraît-il, leurs traîtres vrais ou faux, leurs déserteurs, leurs efféminés, en offrande à on ne sait quelle déesse, a l'un des visages les plus intelligents qui puissent être : ce supplicié a dû juger de très haut ceux qui le jugeaient.

Puis, tout à coup, des voix parlant une langue dont subsistent çà et là des vocables isolés, des sons, des racines ; des bouches prononçant à peu près comme nous le mot dune, le mot bran, le mot brin, le mot meule. Les braillards, les vantards, les chercheurs de querelle et de fortune, les coupeurs de têtes et les traîneurs de glaives : les Celtes avec leurs capuchons de laine, leurs blouses assez semblables à celles de nos paysans de naguère, leurs shorts de sportifs et leurs amples braies qui redeviendront de mode chez les sansculottes de la Révolution. Les Celtes, autrement dit les Gaulois (les écrivains antiques emploient indifféremment les deux termes), tirés à hue et à dia par le chauvinisme des érudits, frères ennemis des Germains, et dont les disputes de famille n'ont pas cessé depuis vingt-cinq siècles. Les grands gars fastueux et gueux, amateurs de beaux bracelets, de beaux chevaux, de belles femmes et de beaux pages, qui troquaient leurs prisonniers de guerre contre des jarres de vin italien ou grec. La légende antique veut qu'au cours d'une de leurs premières étapes sur les côtes basses de la mer du Nord ces furieux se soient avancés tout armés à la rencontre des grandes marées qui menaçaient leur campement. Cette poignée d'hommes défiant la montée des vagues me rappelle nos ivresses obsidionales d'enfants tenant le coup jusqu'à la fin, sur ces mêmes plages, sous ce même ciel gris, dans nos forts de sable insidieusement envahis par l'eau, agitant nos drapeaux de deux sous, totems de nationalités variées, qui allaient dans quelques semaines s'ennoblir des prestiges sanglants de la Grande Guerre. Nos livres d'école nous ressassaient que ces Gaulois au grand cœur ne craignaient rien, sinon que le ciel ne tombât. Plus courageux ou plus désespérés qu'ils ne l'étaient, nous avons pris l'habitude, depuis 1945, de nous attendre à voir le ciel tomber.

L'histoire s'écrit toujours à partir du présent. Les

Histoires de France du début du xxe siècle, dont la
première image consistait immanquablement en guer-
riers moustachus accompagnés d'un Druide en robe
blanche, nous laissaient l'impression d'une bande
d'indigènes, sublimes certes, mais vaincus d'avance,
poussés bon gré mal gré dans la voie du progrès par les
soins un peu rudes d'une grande puissance civilisa-
trice. Vercingétorix étranglé et Éponine exécutée au
sortir de son souterrain passaient aux profits et pertes.
L'élève peinant sur les *Commentaires* s'étonnait un peu
que cette victoire sur quelques bons sauvages ait mis
tant de lauriers sur la calvitie de César. Les cinquante
mille hommes assemblés par les Morins de Thérouanne, les vingt mille hommes appelés aux armes par
les Ménapiens de Cassel montrent pourtant ce que fut,
même dans cet obscur recoin des Gaules, ce duel entre
une machine militaire analogue aux nôtres, et ce vaste
monde plus vulnérable, mais plus souple, pourvu lui
aussi de traditions millénaires, mais resté à peu près au
stade où la Grèce et Rome étaient du temps d'Hercule
et d'Évandre. Ces lieux sans routes où s'enfonçaient les
légions étaient le repaire, non de quelques pouilleux
primitifs, mais d'une race prolifique qui, au cours des
siècles précédents, avait plus d'une fois débordé sur
Rome et sur l'Orient méditerranéen. Nous sentons que
ce qui coulera, comme de l'eau sous une belle arche de
pierre, pendant les quatre siècles de domination
romaine, c'est un Moyen Age de la préhistoire qui
rejoint insensiblement notre Moyen Age à nous : nous
reconnaissons ces donjons de pieux et de poutres dans
la forêt et ces villages de torchis coiffés de chaume. Les
auxiliaires gallo-romains cantonnés dans de lointaines
garnisons de frontière sont les fils des mercenaires

gaulois cherchant fortune dans l'Égypte des Ptolé-
mées et des Galates déferlant sur l'Asie Mineure ; ils
sont aussi les pères des croisés futurs. Les ermites
remplaceront sous les chênes les Druides se préparant
aux migrations éternelles. Les légendes de belles chas-
sées dans les bois et nourries par une biche ainsi
que leur nouveau-né ont coulé des lèvres de mères-
grand de la protohistoire ; on a parlé très bas d'enfants
mangés par l'ogre ou volés par les filles des eaux, de
tisserandes de la Mort et de chevauchées d'outre-
monde.

Mais tout est là : ce qu'on voit se dessiner aux lueurs
des villages incendiés par César (et le bon tacticien
renoncera bientôt à ces feux de paille, parce que la
flamme et la fumée révèlent à l'ennemi l'emplacement
de ses troupes), c'est le lointain visage des ancêtres des
Bieswal, des Dufresne, des Baert de Neuville, des
Cleenewerck ou des Crayencour dont je descends.
J'entrevois ceux qui ont dit oui : les malins qui savent
que la conquête va décupler les exportations vers
Rome : ils aiment là-bas les jambons fumés et les oies
qu'on leur envoie confites ou sur pattes, se dandinant
sous la garde d'un petit pâtre qui a tout son temps ; ils
prisent les beaux lainages tissés dans les ateliers
atrébates ; ils apprécient les cuirs bien tannés pour les
ceinturons et les selles. J'entends aussi le oui des
esprits éclairés qui préfèrent les écoles de rhétorique
romaines aux collèges des Druides et s'évertuent à
apprendre l'alphabet latin ; il y a le oui des grands
propriétaires brûlant d'échanger leur nom celte pour la
triple appellation des citoyens de Rome, rêvant pour
leurs enfants, sinon pour eux-mêmes, du Sénat et du
laticlave ; et celui des profonds politiques pesant déjà

les avantages de la paix romaine, qui donnera en effet ses seuls trois siècles de sécurité à ce pays où les horreurs de la guerre sont presque continuellement de mémoire d'homme.

Ceux qui ont dit non sont moins nombreux : ils anticipent sur les communiers massacrés au Moyen Age par les gens d'armes français, sur les bannis et les suppliciés de la Réforme, comme ce Martin Cleenewerk qui fut ou ne fut pas un de mes proches, décapité près de Bailleul au Mont des Corbeaux ; ils font prévoir les émigrés de 1793, fidèles aux Bourbons comme leurs ancêtres, cent ans plus tôt, avaient été fidèles aux Habsbourg ; les timides bourgeois libéraux du XIXᵉ siècle qui, tel un de mes grands-oncles, cachaient comme un vice leurs sympathies républicaines ; les mauvais coucheurs comme mon aïeul Bieswal qui refusa au XVIIᵉ siècle qu'on mît ses armoiries dans D'Hozier, parce que cet enregistrement lui semblait un subterfuge de plus du roi de France pour extorquer quelques pièces d'or à ses sujets. Visages du partisan, du coureur des bois, du Gueux, du parlementaire rétif et du banni éternels. Ceux-là, du temps de César, se seront réfugiés en Bretagne avec Komm, leur chef atrébate, inaugurant, ou continuant peut-être, le perpétuel va-et-vient de l'exil entre les côtes belgiques et la future Angleterre. Plus tard, ils auront adhéré au mouvement de Claudius Civilis, le résistant batave dont le réseau s'étendit jusqu'ici. Nous les voyons, tels que les a vus Rembrandt, dans quelque salle souterraine éclairée par une incertaine lanterne, un peu saouls peut-être, jurant la mort de Rome ou, ce qui est plus facile à réaliser, leur propre mort, en levant très haut leurs belles coupes de verre d'importation rhénane et de facture

alexandrine, chargés de bijoux barbares, et goûtant
tout ensemble leur luxe rude et leur danger.

Nous constatons déjà certains traits de cette race à la
fois avisée et intraitable : l'incapacité de s'unir, sauf
dans le feu du moment, cadeau des mauvaises fées
celtes, le refus de plier sous une autorité quelconque
qui explique en partie toute l'histoire des Flandres,
combattu souvent par un attachement épais à l'argent
et aux aises qui fait accepter tous les *statu quo*, l'amour
des belles paroles et des grasses plaisanteries, la
fringale sensuelle, un solide goût de la vie légué de
génération en génération, et qui constitue bien le seul
patrimoine inaliénable. Marc Antoine installé ici à la
tête des légions, sous l'insupportable pluie d'hiver,
tandis que le grand patron retournait en Italie s'occuper de politique, a dû profiter comme un autre des
belles filles plantureuses dont les officiers anglais
de 1914 constataient, avec une surprise mêlée d'un peu
d'alarme, la fougue de Bacchantes. Dans ce pays de
kermesses charnelles, le viol, disait l'un d'eux, n'était
pas une nécessité.

On ne connaît bien un peuple qu'à travers ses dieux. Ceux des Celtes sont peu visibles à distance. Nous entrevoyons vaguement Teutatès, Bélénos, les Mères gauloises ou germaniques, espèces de bonnes Parques, le Dieu-Lune conducteur des âmes et assimilé à Mercure, Nahalénia, autre mère bienfaisante, implorée au départ et remerciée au débarquer dans les ports de Zélande, et qui a dû l'être aussi plus au sud des côtes, Épona enfin, reine des chevaux de trait et des poneys qui gardent son nom, sagement assise de côté sur sa selle de femme, les pieds appuyés à une étroite planchette. Mais les simulacres que nous avons d'eux sont gréco-romains, quand ils ne sont pas informes. Les bondieuseries trouvées à Bavay, et devant lesquelles prièrent presque certainement mes ancêtres, ne se distinguent en rien de celles tirées un peu partout du sol de l'Empire : l'artisan gaulois ne s'y trahit que çà et là, et seulement par ses maladresses. Quand on pense au génie si particulier déjà visible sur les premières monnaies celtes, en dépit de techniques adoptées de la Grèce, quand on songe à ce don de faire bouger la forme animale ou d'étirer et d'entrelacer les plantes,

qui se retrouvera chez les enlumineurs et les imagiers
de l'ère chrétienne, on ne doute pas que ces hommes
eussent pu, s'ils l'avaient voulu, délinéer aussi leurs
dieux. Peut-être les préféraient-ils à demi invisibles, à
peine sortis de la pierre et s'enfonçant de nouveau en
elle, participant au chaos confus de la terre informe,
des nuées, du vent. Un peu de ce refus ancestral
pourrait expliquer, des siècles plus tard, la fureur des
briseurs d'images. « On ne devrait pas donner une
figure au Bon Dieu », me confia un jour un fermier
entré avec moi dans une église de Flandre, et regardant
sans plaisir je ne sais quel Père Éternel.

Dans cette région que César et même, bien après lui,
Saint Jérôme traitaient de coin perdu, les traces des
Druides sont fort rares ; elles le deviennent d'ailleurs
un peu partout, depuis que nous savons que les nobles
pierres levées de Carnac et les portiques monolithiques
de Stonehenge, œuvre d'un Le Corbusier de la préhistoire, antidatent ces cueilleurs de gui. Ces prêtres
implantés dans des lieux saints plus antiques qu'eux-
mêmes font songer aux protestants utilisant, après les
avoir dénudées, les cathédrales, ou aux chrétiens
christianisant les temples de Rome. De toute façon, la
ville des Carnutes, c'est-à-dire Chartres, leur lieu de
réunion, était trop proche de la Gaule Belgique pour
que leur influence ne se soit pas étendue çà et là à ces
terres basses et à ces dunes. Tout comme les révérends
pères et les abbés de mon ascendance paternelle iront
un jour compléter leurs études à Louvain, à Paris,
voire à Rome, de jeunes Ménapiens peu tentés par la
vie violente des hommes de leur clan ont dû parfois se
rendre, selon l'usage des Celtes continentaux, dans un
séminaire druidique de l'île de Bretagne. Ils ont appris

par cœur les vastes poèmes cosmogoniques et généalogiques, réservoirs des sciences de la race ; on leur a
révélé les modalités de la métempsycose, donnée qui
tente l'esprit, justement parce qu'en apparence aussi
absurde, mais pas plus, que les autres réalités de la vie
organique, la déglutition, la digestion, la copulation, la
parturition, dont seule l'habitude nous cache l'étran-
geté, et qui constitue la plus belle métaphore de nos
rapports avec tout. On leur a enseigné les vertus des
plantes et la manière de procéder à des ordalies,
truquées ou non, le Jugement de Dieu ayant été
d'abord le Jugement des Dieux. A certains jours de
fête, ils auront vu brûler en grande pompe dans des
cages d'osier des animaux et des hommes, comme,
sous d'autres prétextes qui masquent la même férocité,
des hommes et des femmes crus coupables et des bêtes
crues maléfiques brûleront vifs, par milliers, durant
l'ère chrétienne, tout au moins jusqu'à la fin du
XVIIe siècle. Il se pourrait aussi qu'on leur ait appris un
peu de grec, ces prêtres qui nous semblent enfoncés
dans une vénérable préhistoire faisant leur correspondance dans cette langue. Le Druide gaulois Diviciacus,
amené à Rome par César, et qui discutait philosophie
avec Cicéron, semble le prototype du prélat qui dîne en
ville.

On voudrait savoir à quelle date précise cette race
troqua ses dieux primordiaux contre un Sauveur venu
de Palestine, à quel moment la ménagère qui précéda
de loin les Valentine, les Reine, les Joséphine et les
Adrienne dont je suis sortie, a laissé un mari ou un fils
d'idées plus avancées qu'elle-même porter chez le
fondeur les petits Lares de bronze qu'on récupérait
ensuite, paraît-il, sous forme de casserole ou de poêle à

frire. A moins, comme on en a aussi des exemples, qu'on ne camouflât les dieux barbus et drapés en saints Apôtres. D'autres renégats (car le converti est toujours le renégat de quelque chose), plus respectueux des causes perdues, les ont pieusement ensevelis dans quelque coin de la cave ou du jardin : ce sont ces dieux-là que nous retrouvons vert-de-grisés. A la vérité, ce n'était pas la première fois qu'une divinité parée des prestiges de l'exotisme se faufilait dans ces régions : des mercantis italiens avaient apporté dans leur pacotille des Isis et des Harpocrates ; des vétérans avaient ramené de leurs garnisons un petit Mithra. Mais ces dieux plus commodes n'exigeaient pas l'exclusivité. On peut même soupçonner que des païens trop encroûtés pour renoncer à leur bonne vieille religion ont persisté dans ces campagnes jusqu'au VIᵉ, jusqu'au VIIᵉ siècle. Il faudrait pouvoir différencier ceux qui se sont convertis très tôt, à l'époque où l'adhésion à la foi nouvelle était encore une héroïque aventure, du troupeau qui suivit le mouvement quand déjà l'État l'approuvait d'en haut.

Les deux moments les plus révolutionnaires de l'histoire sont probablement celui où un ascète hindou comprit qu'un homme nettoyé de toute illusion devenait maître de son propre destin, sortait du monde, ou n'y demeurait que pour servir le reste des créatures, et surclassait même les dieux, et celui où quelques Juifs plus ou moins grécisés ont reconnu dans leur rabbi un dieu volontairement engagé dans la vie et la peine humaines, condamné par les autorités tant civiles que religieuses, et exécuté par la police locale sous l'œil de l'armée prête à maintenir l'ordre. Différons la discussion de la sagesse bouddhique, qui m'atteindra vers la

vingtième année. Quant à la seconde aventure inouïe,
la Passion du Christ, qui soufflette toutes les institu-
tions humaines, si peu de chrétiens de notre temps s'en
imprègnent qu'on a peine à croire qu'elle ait pénétré
bien profondément ces convertis gallo-romains. Quelques âmes pures s'ouvrirent sans doute au sublime du
Sermon sur la Montagne : au cours de ma vie, j'ai vu
moi-même deux ou trois êtres en faire autant. Pas mal
de cœurs inquiets se grisèrent de ces espoirs de salut
d'outre-tombe qui regonflaient aussi à l'époque les
cultes païens. La plupart ont fait à leur manière le
grossier pari de Pascal : que perdait-on au change ?
Malgré tant de volailles et de taurillons sacrifiés,
Galliena Tacita a toujours ses crampes d'estomac ;
Aurelianus Cauracus Galbo a été omis sur la dernière
liste de promotions. Les barbares ennemis de Rome,
ou, pis encore, ses alliés, pullulent, non plus seulement
sur de vagues frontières, mais dans ces régions qui
jouxtent Nemetacum, qui est Arras, et Bagacum, qui
est Bavay. Bientôt retentira, du fond d'un monastère
de l'Orient, le cri d'horreur de Saint Jérôme devant la
percée du front occidental de l'Empire : « *Le flot
quade, vandale, sarmate, alain, gépide, hérule, saxon,
burgonde et alaman (ah, malheureuse patrie !) déferle du
Rhin et de la mer du Nord vers l'Aquitaine : la Gaule tout
entière est à feu et à sang.* » Le nouveau dieu n'a sauvé
personne ; les dieux anciens ne l'auraient pas fait non
plus. Ni la déesse Rome, affaissée sur sa chaise curule.

Des riches encombrés par les objets précieux qu'ils
traînaient avec soi périrent égorgés sur les routes avec
leur petite troupe de serviteurs restés fidèles ; des
esclaves prirent la fuite, passant du coup au rang
d'hommes libres, ou s'agglomérèrent aux barbares.

Des décombres fumèrent contenant sous leurs gravats le nombre habituel de personnes non identifiées ; des femmes prises de gré ou de force moururent de sévices, de froid, ou d'abandon, ou mirent au monde les fruits du vainqueur ; les ossements de villageois tués en défendant leurs champs et leur bétail blanchirent sous la pluie, mêlés à ceux des bêtes mortes. On se mit ensuite à réparer et à reconstruire. Ce ne serait pas la dernière fois.

LE RÉSEAU

Vers le début du XVIᵉ siècle, un petit personnage nommé Cleenewerck devient visible, minuscule à cette distance comme les figures que Bosch, Breughel ou Patinir plaçaient sur les routes à l'arrière-plan de leurs toiles pour servir d'échelle à leurs paysages. De ce quidam dont je descends à la treizième génération, je ne sais presque rien. Je le suppose confortablement installé sur ses lopins de terre (les miséreux laissent rarement des traces sur les parchemins), et enterré, son temps venu, dans sa paroisse, au bruit d'une messe haute. On sait qu'il maria bien ses deux fils, j'entends par là dans ce milieu de bourgeois patriciens et de tout petits nobles qui était sans doute le sien, sans mésalliance en haut comme en bas. On sait aussi qu'il était de Caestre, bourg situé entre Cassel et Bailleul, qui n'est aujourd'hui qu'une agglomération quelconque, mais qui participait à la forte vie des petites villes de la Flandre espagnole par ce beau matin de la Renaissance : Caestre avait alors sa commanderie de l'ordre de Malte, son ou ses églises paroissiales, sa « justice » dressant sur l'horizon sa structure de gibet, et gardait sans doute les traces du camp romain qui donna son

nom à la localité. Ce gros bourg avait aussi sa Chambre
de Rhétorique dont les membres se rassemblaient pour
rimailler des ballades ou des rondeaux, préparer les
« joyeuses entrées » de personnages importants,
accompagnées de compliments versifiés, monter avec
luxe des pièces tirées de l'Histoire Sainte ou des farces.
Plus tard, à Bailleul, un de mes ascendants sera
« prince jeune de cœur » de la Chambre de Rhétorique
locale. Le Cleenewerck des années 1510 a dû lui aussi
participer à ces plaisirs d'une bourgeoisie qui savait
encore se distraire elle-même, et dont les descendants
se divertissent à regarder bouger sur des écrans des
ombres préfabriquées.

Dans ces solides et obscures familles, les noms des
brus précisent parfois la situation ou le caractère du
groupe. L'aîné des fils de ce Cleenewerck, Nicolas
comme lui, épouse une Marguerite de Bernast ; je
descends de ce couple. Le cadet prit à femme Catherine Van Caestre, d'une famille dont sortit, à ce qu'il
semble, la branche implantée à Tournai qui donna plus
tard la Jacqueline Van Caestre de Rubens, morose dans
son portrait posthume, harnachée et rebrochée d'or.
Du mari et du pendant de cette Jacqueline, Michel de
Cordes, qui exerça des fonctions importantes sous les
Archiducs, descendait, par un second lit, une aïeule de
la première femme de mon père. Un fils de Nicolas
l'aîné épousa à son tour une Marguerite Van Caestre.
J'indique ces quelques faits pour montrer dès le début
le réseau compliqué de noms, de sangs, et de biens
fonciers, tissu par trois douzaines de familles sans cesse
intermariées au cours de trois siècles.

Des descendants du Nicolas initial épousèrent, qui
un Pierre de Vicq, écuyer, qui une Catherine Dam-

man, d'une vieille famille de magistrats, qui un
Jacques Van der Walle, trésorier de la ville de Dunkerque, issu d'une vaste *gens* dont le nom en français se
traduit De Gaulle ; qui un Philippe de Bourgogne,
écuyer, un Jacques de Bavelaere de Bierenhof, « noble
homme », ou encore une Jeannette Fauconnier, un
Jean Van Belle, un Pradelles Van Palmaert dont j'ai
distribué librement les noms à des comparses de
L'Œuvre au Noir. Mon aïeul Michel, le premier à
porter ce prénom devenu ensuite dans la famille de
rigueur pour chaque fils aîné, prend à femme en 1601
une Marguerite de Warneys ; leurs rejeton, Mathieu,
bailli de Caestre, convole avec Pauline Laureyns de
Godsvelde, fille elle-même d'une Josine Van Dickele ;
Michel, qui suit, bailli de Caestre à son tour, épouse
Marianne Le Gay de Robecque, dame de Forestel, fille
d'un conseiller du roi et d'une Bayenghem, dame de
Wirquin, dont le père est lieutenant au bailliage de
Saint-Omer. Arrêtons-nous là. Ces inconnus n'ont
pour eux que la poésie de noms flamands piqués çà et
là de quelques noms français ; les énumérer me donne
le sentiment de passer la main sur les méplats, les creux
et les saillies d'une province qui changea souvent de
maîtres, mais où la stabilité des groupes humains, au
moins jusqu'au branle-bas des deux grandes guerres du
siècle, stupéfie un observateur de 1977.

Qu'étaient ces Cleenewerck ? Leur patronyme,
auquel ils ne mettront une rallonge qu'au début du
XVIIIᵉ siècle, signifie, au choix, « petit travail » au sens
de « gagne-petit », ou, plus pittoresquement « n'en-
fait-guère ». Le patronyme anglais Doolittle, donné
par Bernard Shaw au boueux promu philosophe de son
Pygmalion, en est l'équivalent presque exact, qui

manque en français. Vers l'époque où s'établirent les
noms de famille, c'est à dire au XIIe ou au XIIIe siècle, je
puis donc m'imaginer mes ancêtres cultivant laborieu-
sement une petite ferme, s'adonnant avec assiduité à
une forme quelconque d'artisanat ou d'humble négoce,
peut-être même celui de colporteur traînant le pied de
village en village, comme l'exquis petit mercier de
Charles d'Orléans (« *Petit mercier ! Petit panier ! / Je
gagne denier à denier ; / C'est loin du trésor de Venise !* »),
équilibrant leur hotte d'un coup d'épaule, et parfois
menacés par les chiens de garde. Ou, si mieux me plaît,
je puis me représenter de beaux gars vidant leurs
chopes sous une tonnelle, et fort décidés à n'en pas
mettre un coup.

A l'époque où nous prenons contact avec eux, ces
Cleenewerck semblent installés dans la classe, fort
nombreuse en Flandre, des *Heeren,* petits seigneurs
possesseurs de petits fiefs, qui grignotent peu à peu les
antiques domaines féodaux et font tache d'huile sur les
lopins paysans. Des historiens modernes voient dans
ces *Heeren* des marchands parvenus, ce qui est vrai de
certaines villes de ce qui deviendra la Belgique,
Anvers, Gand, ou Bruges. C'est vrai aussi d'Arras, où
des importateurs de vin et des corroyeurs formèrent de
longue date un patriciat. Mais ni le grand commerce ni
la banque n'ont guère fleuri autour de Cassel. Je ne
trouve parmi mes ascendants qu'un seul opulent
trafiquant, Daniel Fourment, marchand un peu
prince, et celui-là appartenait à la commerçante
Anvers. Je verrais plutôt la grosse aisance des Cleenewerck s'édifier pièce à pièce à partir d'achats de terres
et de prêts négociés peut-être par des hommes de
paille, tout comme ceux du noble Montluc, ailleurs en

France, se faisaient par Juifs interposés. La régie de biens d'Église ou de grands seigneurs fut aussi, à l'époque, un moyen de s'enrichir, parfois même honnêtement. Il faut penser de plus aux obligations sur les villes, aux parts de profit dans les fabriques rurales ou les spéculations des grandes foires, aux baux des maisons de ville, à tout ce capitalisme déjà virulent des gros bourgeois de la Renaissance.

Bailleul, où mes ancêtres allaient s'établir au siècle suivant, avait eu au Moyen Age son comptoir à Londres avec dix-huit autres villes de la Hanse flamande : sa toile avait navigué jusqu'à Novgorod. Il se peut que les anciens Cleenewerck aient tiré profit de la culture régionale du lin ou de son tissage dans quelque atelier desservi par le prolétariat rural, fournissant ainsi la toile fine ou grossière des chemises de riches et de pauvres gens, les draps du sommeil et de l'amour, et finalement les linceuls. A notre époque de linge synthétique, la culture du lin s'est faite rare : je me souviens comme d'un délice qui semble à distance plus rêvé que vécu d'avoir marché, il y a quelques années, dans un de ces champs bleus comme le ciel et la mer, aux abords de je ne sais quel village andalou. Il ne me déplairait pas que les peu poétiques Cleenewerck aient tiré leurs premiers écus du lin en fleur, puis du lin roui dans les canaux de la Flandre, brune et gluante chrysalide du lin blanc comme neige.

Tout ce monde-là porte blason, parfois octroyé par un comte de Flandre ou un duc de Bourgogne ; plus tard, les rois d'Espagne furent peu chiches de lettres de noblesse et d'octroi d'armoiries aux suppôts de la bonne cause, c'est à dire la leur. L'assassin de Guillaume d'Orange eut la sienne à titre posthume. Mais, dans l'ensemble, la plupart de ces armoiries sont de celles que, comme le donnent pour légal les traités héraldiques du temps, on s'octroie à soi-même. On sait trop peu que la capacité héraldique ne fut réglée et tarifée que beaucoup plus tard, et qu'à la fin du Moyen Age, nulle part peut-être plus qu'en Flandre, toute famille un peu conséquente se composait un écu garni de meubles à son goût, avec la même satisfaction qu'un président de trust d'aujourd'hui combinant des sigles.

Au xvᵉ siècle surtout, une nostalgie du monde médiéval finissant s'empare de toutes les imaginations un peu vives, produisant ces chefs-d'œuvre de romantisme historique que sont les tournois, les romans de chevalerie, les miniatures de *Cœur d'Amour Épris,* et culminant un siècle plus tard dans les héroïques folies de Don Quichotte. Elle produit aussi toute une poussée de blasons. Ceux des quelques familles qui nous occupent entremélangent si souvent leurs couleurs et leurs meubles qu'on est tenté de supposer entre elles des alliances plus anciennes que celles que nous connaissons. Dans mon enfance, de vieilles parentes m'assuraient que les merlettes, évocatrices d'oiseaux migrateurs, signifiaient les pèlerinages et les croisades ; les étoiles, je l'apprenais à regret, n'étaient pas celles qu'on voit au ciel, mais des éperons gagnés par de belliqueux, mais hypothétiques ancêtres.

Les pèlerinages, eux, furent si fréquents que chacun de nous a sûrement des aïeux ayant cheminé vers Rome ou Compostelle, un peu par piété, un peu pour voir du pays et raconter au retour, en les exagérant, leurs aventures. Quant aux Croisades, tant de piétaille, de valets de chevaux, de ribauds, de pieuses veuves et de filles perdues se sont égaillés sur les routes à la suite de leur seigneur que nous pouvons tous nous flatter d'avoir participé par quelque ancêtre à l'une de ces équipées sublimes. Ceux-là ont connu le moutonnement des blés le long des routes de Hongrie, le vent et les loups dans les défilés pierreux des Balkans, l'encombrement et le mercantilisme des ports de Provence, les bourrasques sur la mer, agitant les oriflammes des princes comme autant de langues de feu, Constantinople toute dorée, ruisselante de pierreries et d'yeux crevés, et la visite aux Lieux Saints qu'on se sent un peu sauvé d'avoir vus une fois, même de loin, et dont, si on en revient, on se ressouviendra à son lit de mort. Ils ont fait l'expérience des filles brunes consentantes ou forcées, du butin conquis sur les Turcs infidèles ou les Grecs schismatiques, des oranges et des citrons doux-amers, aussi inconnus chez eux que les fruits du Paradis, et aussi des bubons qui violacent la peau et des dysenteries qui vident le corps, des agonies à l'abandon durant lesquelles on voit et on entend au loin sur la route la troupe qui poursuit son chemin en chantant, priant, blasphémant, et où toute la douceur et la pureté du monde semblent tenir dans une inaccessible gorgée d'eau. Nous ne sommes pas les premiers à avoir vu la poussière de l'Asie Mineure en été, ses pierres chauffées à blanc, les îles sentant le sel et les aromates, le ciel et la mer durement bleus. Tout a déjà été éprouvé et expérimenté à mille reprises, mais souvent sans avoir été dit, ou sans que les paroles qui le disaient subsistent, ou, si elles le font, nous soient intelligibles et nous émeuvent encore. Comme les nuages dans le ciel vide, nous nous formons et nous dissipons sur ce fond d'oubli.

Du fait de nos conventions familiales basées sur un nom transmis de père en fils, nous nous sentons à tort reliés au passé par une mince tige, sur laquelle se greffent à chaque génération des noms d'épouses, toujours considérés comme d'intérêt secondaire, à moins qu'ils ne soient assez brillants pour en tirer vanité. En France surtout, lieu d'élection de la loi salique, « descendre de quelqu'un par les femmes » fait presque l'effet d'une plaisanterie. Qui — sauf exception — sait le nom de l'aïeul maternel de sa bisaïeule paternelle ? L'homme qui l'a porté compte autant, néanmoins, dans l'amalgame dont nous sommes faits, que l'ancêtre du même degré dont nous héritons le nom. Du côté paternel, le seul qui m'occupe ici, quatre arrière-grands-parents en 1850, seize quadrisaïeuls vers l'An II, cinq cent douze à l'époque de la jeunesse de Louis XIV, quatre mille quatre-vingt-seize sous François Ier, un million plus ou moins à la mort de Saint Louis. Ces chiffres sont à rabattre, tenu compte de l'entrecroisement des sangs, le même aïeul se retrouvant fréquemment à l'intersection de plusieurs lignées, comme un même nœud à l'entrecroisement de plusieurs fils. Pourtant, c'est bien de toute une province que nous héritons, de tout un monde. L'angle à la pointe duquel nous nous trouvons bée derrière nous à l'infini. Vue de la sorte, la généalogie, cette science si souvent mise au service de la vanité humaine, conduit d'abord à l'humilité, par le sentiment du peu que nous sommes dans ces multitudes, ensuite au vertige.

Je ne parle ici que selon la chair. S'il est question de tout un ensemble de transmissions plus inanalysables, c'est de la terre entière que nous sommes les légataires universels. Un poète ou un sculpteur grec, un moraliste romain né en Espagne, un peintre issu d'un notaire florentin et d'une servante d'auberge dans un village des Apennins, un essayiste périgourdin sorti d'une mère juive, un romancier russe ou un dramaturge scandinave, un sage hindou ou chinois nous ont peut-être davantage formés que ces hommes et ces femmes dont nous avons été l'un des descendants possibles, un de ces germes dont des milliards se perdent sans fructifier dans les cavernes du corps ou entre les draps des époux.

Je ne vais donc pas m'attarder à suivre génération par génération des Cleenewerck lentement devenus Crayencour. La famille proprement dite m'intéresse moins que la *gens*, la *gens* moins que le groupe, l'ensemble des êtres ayant vécu dans les mêmes lieux au cours des mêmes temps. Je voudrais, à propos d'une dizaine de ces lignées dont je sais encore quelque chose, noter ici des analogies, des fréquences, des cheminements parallèles ou au contraire divergents, profiter même de l'obscurité et de la médiocrité de la plupart de ces personnes pour découvrir quelques lois que nous dissimulent ailleurs les protagonistes trop

magnifiques qui occupent les devants de l'histoire.
Patience ! Nous arriverons toujours assez vite à ces
individus situés très près de nous, sur lesquels nous
croyons à tort ou à raison presque tout savoir ; nous
arriverons toujours assez vite à nous-mêmes.

Tout d'abord, il faut faire notre deuil de la plupart
des alliances espagnoles, cette légende de tant de
familles du nord de la France. Dans celles que j'ai
regardées de près, j'en trouve deux d'authentiques, et
qui ne me concernent pas directement. Ces unions
eurent lieu surtout dans la grande aristocratie assidue à
Malines, à Valladolid, à Madrid, à Vienne auprès des
princes. Il ne faudrait pas trop compter non plus sur
les séductions adultères des capitaines aragonais ou
castillans, ni sur les jeux plus rudes des soldats du duc
d'Albe ou d'Alexandre Farnèse : ces armées contenaient autant et plus de Tudesques, d'Albanais, de
Hongrois et d'Italiens que de possesseurs du *sangre
azul*. La même remarque vaut pour le sang latin
qu'une gloriole naïve prête à tout Français, du moins
aux époques où la girouette politique tourne vers le
sud : les soldats de Rome qui montaient la garde contre
les barbares à Caestre ou à Bavay étaient le plus
souvent des barbares eux-mêmes. D'autres filiations
exotiques seraient à vérifier. Les Bieswal avaient là-
dessus deux légendes contradictoires : d'après l'une,
ils descendaient d'un gentilhomme verrier de Bohême
établi en Flandre ; d'après l'autre, que mon grand-père
tenait directement de Reine Bieswal de Briarde, sa
mère, l'ancêtre était un officier suisse au service de la
France, qu'il faudrait alors imaginer avoir combattu à
Marignan ou à Cérisoles, car les Bieswal se trouvaient
déjà tranquillement installés à Bailleul vers la fin du

xvie siècle. Les Van Elslande croyaient descendre d'un
reître hongrois ayant préféré les conforts flamands aux
marches et aux contremarches des armées impériales ;
la preuve n'en est pas faite. Une aïeule, Marguerite
Franeta, me fait rêver par la consonance italienne,
espagnole, ou portugaise de son nom, mais je ne sais
rien des siens.

D'autres unions au contraire sont fort identifiées. En
1643, mon ancêtre François Adriansen prend une
épouse au nom évocateur de nudités somptueuses dans
des décors mythologiques ou bourgeois : l'Anversoise
Claire Fourment. Une parente éloignée épouse un
Guillaume Verdegans, lointain descendant, a-t-on cru,
du sombre Roger Mortimer, tueur de roi évoqué dans
un drame de Marlowe ; légende, certes, mais il semble
bien que des bannis de la guerre des Deux-Roses aient
parfois passé en Flandre, et surtout à Bruges, comme
d'autres exilés anglais le firent au xviie siècle. Il n'est
pas d'ailleurs certain qu'ils y aient fait souche. Une
aïeule, elle, est fille d'un bourgmestre du Franc de
Bruges en 1596 : c'était un quart de siècle trop tard
pour secourir ou aider à accabler le Zénon de *L'Œuvre
au Noir*. De temps en temps, comme un cortège
passant dans une rue tranquille jette les reflets de ses
torches sur les vitres d'une maison endormie, et les fait
tressaillir du bruit de ses tambours et de ses fifres,
l'histoire ainsi projette ses feux sur une famille à peu
près sans histoire.

Des minutes de greffier, malheureusement incom-
plètes, m'apportent autre chose qu'un contrat de
mariage. En 1603, mon aïeul Nicolas Cleenewerck,
magistrat à Cassel, eut à juger son frère Josse,
convaincu de meurtre, et détenu provisoirement dans

le couvent des Récollets. Ce couvent au lieu de la prison commune fait déjà l'effet d'une faveur. Mais nos informations s'arrêtent là. Un romancier, qu'en ce cas je ne suis pas, pourrait à son gré imaginer un magistrat cornélien avant la lettre, appliquant la loi dans toute sa rigueur sans se laisser fléchir par l'amitié fraternelle, ou au contraire, juge au cœur plus tendre, faisant évader l'inculpé, ou encore, personnage balzacien anticipé, ayant manigancé toute cette affaire pour se débarrasser d'un puîné et recueillir seul l'héritage. Ces diverses et hasardeuses suppositions ne mènent pas loin, dans l'ignorance où nous sommes des motifs et des circonstances du crime. On peut tout au plus en inférer que ce Josse était probablement une tête chaude.

J'ai dit qu'on trouve dans cette famille peu d'hommes de guerre. Marie de Bayenghem a pour mère une Zannequin, descendante du généreux poissonnier de Furnes, taillé en pièces à la tête de ses communiers par la chevalerie française, sous les murs de Cassel : ces familles tapissant de leurs écus les murs des églises sont parfois issues de gueux révoltés. Jean Maes, père d'une autre aïeule, est tué de la main du duc de Lorraine en défendant à Morat la bannière du Téméraire ; son fils était tombé deux ans plus tôt au combat de Wattendamme. François Adriansen, déjà nommé, volontaire aux armées de Philippe IV d'Espagne avec deux chevaux à ses dépens, participe à la défense de Louvain, au sac d'Aire, au siège de Hesdin. Son fils aussi est homme d'épée. Cinq combattants dont trois morts, c'est peu dans un tel pays au cours de cinq siècles.

Contrairement à ce qu'on pourrait croire, les ecclésiastiques n'abondent pas. Le révérend père François-Mathieu Bieswal me regarde de ses intelligents yeux sombres. Son visage est fin et un peu mou ; la main belle comme celle de la plupart des gens d'Église de son temps. La vie intérieure se lit rarement sur les figures : cette physionomie d'homme encore jeune donne surtout l'impression du contrôle de soi, d'une sensualité et d'une rêverie dominées, et de cette prudence qui consiste à se taire ou à ne pas tout dire. Mais l'énergie ne manquait pas au révérend père. Procureur de son ordre, recteur successivement à Hal, Ypres, Dunkerque et Bailleul, François-Mathieu reconstruisit dans cette dernière ville son collège incendié par les troupes de Louis XIV et força les autorités locales à couvrir les frais. Envoyé deux fois à Paris « pour négocier les affaires désespérées de sa région », il fut, dit-on, fort habile. L'intendant du roi de France avait convoqué les recteurs des différents collèges et séminaires de Flandre pour leur enjoindre de cesser toute communication avec le général de l'ordre, et de ne s'adresser désormais qu'à un provincial français. Le soir même, François-Mathieu fit partir un messager secret en terre d'Empire pour communiquer ces nouvelles à ses supérieurs, qui réussirent à obtenir du roi de France une décision moins tranchante. Ce prêtre doué pour les affaires du siècle mourut vingt ans plus tard dans sa maison professe d'Anvers, ayant choisi de finir sa vie dans ces provinces restées espagnoles, évidemment fidèle à ce qu'il faut bien appeler l'ancien régime.

Guère plus de religieuses, et aucune dont on ait l'image, ces saintes personnes trouvant peut-être indécent de poser pour un peintre. Un seul portrait dont le

modèle porte l'habit, et encore est-ce celui d'une
fillette morte à seize ans et qui n'a jamais prononcé de
vœux. Deux fois mon arrière-grand-tante, la petite
Isabelle Adriansen est représentée en pied dans le
vêtement traditionnel des chanoinesses chez lesquelles
on l'a placée orpheline : sa grande robe de velours
verdâtre à plis roides, ornée de rubans feu, la retient
dans un passé encore plus suranné que le sien : on se
croirait sous Louis XIII plutôt que sous Louis le Bien-
Aimé. Le délicat visage rond est comme brouillé
d'enfance ; les lèvres n'ont pas appris à sourire. Sa
pâleur maladive et la rose qu'elle tient à la main font
penser aux infantes de Velasquez, que l'excellent
peintre provincial qui nous a légué sa petite forme
éphémère n'avait sans doute jamais vues.

Pas de martyrs non plus. J'ai parcouru les listes des
suppliciés et des bannis du Temps des Troubles. On y
trouve, paraît-il, des noms appartenant à presque
toutes les familles de ce pays déchiré. J'en rencontre
qui me concernent, mais aucun que je puisse replacer
exactement dans le parterre des généalogies dont on
les a peut-être émondés avec soin. Plusieurs frères de
Jérôme de Bayenghem quittèrent Saint-Omer vers la
fin du XVIᵉ siècle pour l'Angleterre, et il se peut que
leur foi y fut pour quelque chose : on les perd de vue.
Dans l'ensemble, les Cleenewerck et leurs parents et
alliés sont pour l'ordre dans la rue et dans l'Église. Les
meurtres de curés, le débarquement sur les dunes
d'Anglais protestants se disposant à prêter main-forte
aux bannis et aux suspects réfugiés dans les bois du
Mont-des-Cats, et sans doute dans ceux, tout proches,

du Mont-Noir, les inquiètent et les indignent. Les rebelles, au contraire, tout comme les Celtes émigrés avec Komm l'Atrébate, les Chouans, ou les résistants de notre époque, mettent leur héroïsme à défier l'ennemi local ou le tyran étranger, s'expatrient s'il le faut, et reviennent avec l'appui d'alliés d'outre-mer. Les bourgeois buvant à la santé du duc d'Albe ne veulent voir dans ces partisans qu'une écume de coquins, garçons et filles dévoyés, moines défroqués et paillards, sots paysans vite séduits, mêlés de quelques nobles tombés dans l'erreur ou gagnés par l'argent d'Elizabeth Tudor. Les échevins de Bailleul, qui travaillent de concert avec le Tribunal des Troubles à Bruxelles, rougissent parfois d'être accusés de manque de zèle à punir. Ces catholiques assidus à la messe ne se demandaient pas si le luxe des églises n'insultait pas à l'indigence des pauvres, ni si ces couvents peuplés de moines prenant le premier prétexte venu pour sauter le mur et courir les champs n'avaient pas besoin, sinon de la Réforme, du moins de réformes.

Vers 1870, Edmond de Coussemaker, cousin d'une de mes arrière-grand-mères, dépeignait encore dans un savant livre cette poignée d'hérétiques comme une méprisable tourbe, niant le courage des suppliciés ou la beauté des psaumes s'élevant audacieusement dans la nuit au sortir d'un prêche. L'odeur des fermes incendiées, repaires de rebelles, ne l'offusque pas non plus. Il n'est pas le seul à se boucher ainsi le nez à distance. En présence d'excès commis jadis par le parti auquel on adhère, la technique bien simple consiste toujours à dénigrer les victimes, d'une part, à assurer de l'autre que les supplices étaient nécessaires au bon ordre, moins nombreux d'ailleurs qu'on ne l'a dit, et confor-

mes à l'esprit des temps, ce qui dans le cas qui nous
occupe ne tient compte ni de Sébastien Castalion ni de
Montaigne. Cette sorte d'apologétique n'est pas spé-
ciale aux défenseurs des crimes papistes ici et parpail-
lots là : les fanatiques et les profiteurs des idéologies de
nos jours ne mentent pas autrement.

Martin Cleenewerck, échevin roturier de Merris,
près Bailleul, ne figure pas dans mes archives familiales, et, eût-il eu le droit d'y être, qu'on eût évidemment
biffé son nom. Il faut dire, du reste, que ce patronyme-
sobriquet n'était pas rare en Flandre : les Cleenewerck
de Caestre, de Bailleul, ou de Meteren pouvaient
ignorer ou morguer ceux de Merris. Pour mon compte,
je postulerais volontiers un ancêtre commun à ces
différents N'en-fait-guère vivant dans un cercle de
vingt lieues de diamètre. Peu importe : sans partager
les vues de Martin sur le culte marial ou le petit
nombre des élus (bien qu'un regard jeté sur le monde
lui donne raison sur ce dernier point), j'adopte pour
cousin ce protestataire intrépide. Par un chaud jour de
juin, le long d'une route poussiéreuse, mais bordée de
verts houblons dont les pampres lui font parfois
l'aumône d'un peu d'ombre, Martin va à pied de sa
prison de Bailleul au Mont des Corbeaux, lieu de sa
décollation. Il y trouvera sans doute les restes de pas
mal de ses coreligionnaires tranchés par le fer avant lui.
Il a d'ailleurs de la chance : manant qu'il est, c'est sans
doute grâce à ses fonctions d'échevin qu'il a échappé au
pire ; il n'en sera pas de lui comme du rebelle Jacques
Visaige, bourgeois de Bailleul, fustigé aux quatre coins
de la Grand-Place avant d'être jeté, couvert de plaies,
dans le feu allumé au centre. Martin, lui, mourra
proprement, et, il l'espère, d'un seul coup. Il n'a du

reste trempé dans aucun meurtre ni martelé aucune
statue : son crime est d'être allé de maison en maison,
de ferme en ferme, solliciter des contributions en vue
d'atteindre son quota d'une somme de trois millions de
livres, dont ceux de la religion espèrent se servir pour
obtenir du roi Philippe la liberté de conscience. Ce
benêt a cru en ces balivernes.

Sans doute, en route vers la mort, porte-t-il encore le
grand chapeau de feutre et les guêtres bleues qu'on lui
voyait dans ses tournées, signe de ralliement entre ses
pareils. Il a soif : le long du chemin qui mène au Mont
des Corbeaux, des paysans offrent parfois un verre
d'eau, ou même de bière, aux condamnés, mais peut-
être n'en fera-t-on pas autant pour un hérétique. La
sueur coule sous son feutre ; des gouttes d'urine
dessinent une rigole sur ses chausses, symptômes
d'une angoisse corporelle que même un homme de
cœur ne parvient pas à maîtriser tout à fait. Le pis est
encore que l'État a confisqué son petit bien, estimé à
une somme de cinq cent vingt livres. Son supplice,
d'après les chiffres soigneusement inscrits sur le registre officiel, coûtera aux autorités dix livres dix
deniers : l'État, comme on voit, s'y retrouvera. Une
exécution par le feu eût coûté plus cher : dix-neuf
livres treize sous pour un hérétique quelque peu
brigand exécuté ces jours-là, et encore le comptable a-
t-il rayé les dix-neuf sous pour la torche fournie par le
bourreau, arguant qu'on peut aussi bien allumer le
bûcher à l'aide d'un plat de braises. C'est un peu plus
long, voilà tout. Martin mourra-t-il consolé par sa foi
dans le Dieu de Calvin, soutenu par sa juste fureur
contre l'ineptie des juges, ou brisé au contraire jusque
dans ses derniers ressorts, et ne s'inquiétant plus que

de ce que deviendront sans bêtes, sans champs et sans
grange sa femme et ses enfants ? Nous n'en saurons
jamais rien. Laissons-le poursuivre sa route entre les
argousins.

Ces quelque douze familles se partagent Bailleul. Pensionnaire au sens où Jean de Witt est grand pensionnaire de Hollande, avoué, ce qui signifie plus ou moins maire, greffier, c'est à dire avocat placé à la tête du conseil urbain, apaiseur, entendons par là magistrat chargé de faire régner l'ordre par des moyens parfois assez rudes, échevins, c'est à dire à la fois conseillers municipaux et juges au civil et au criminel, ces Messieurs préfèrent évidemment, comme César, être premiers dans une fort petite ville que placés au dixième, ou au centième rang, à Rome. Tous sont riches, le trésorier surtout, dont la ville attend qu'en cas de déficit il avance des fonds. La situation n'est guère différente à Boulogne, à Dunkerque, à Ypres où les Adriansen sont échevins nobles. Pour trouver un père et un fils conseillers des ducs de Bourgogne, donc installés au niveau, non plus de la ville, mais d'un État, il faut remonter jusqu'à la fin du Moyen Age. Plus tard, sous le régime français, conseillers au Parlement, ces Messieurs restent identifiés à leur recoin de province. Il s'ensuit une assurance un peu lourde, une incapacité presque rustique à être autre ou à s'imaginer

ailleurs, mais aussi peut-être l'indépendance, ou du
moins le scepticisme, à l'égard des changeants maîtres
du jour, perpétuellement sentis comme des étrangers,
et une complète et assez belle absence d'esbroufe. Il
faut avoir vécu dans une petite ville pour savoir
comment les rouages de la société y jouent à nu, à quel
point les drames et les farces de la vie publique et
privée y sont à cru et à vif. Un curieux mélange de
rigide intégrité et de cynisme en résulte. Ces gens qui
se sentent princes aussi loin que s'étend l'ombre de
leur beffroi et qu'ondulent leurs bonnes terres vertes
seraient pour Saint-Simon des moins que rien, des
poussières, s'il avait par hasard à parler d'eux. A leurs
yeux, au contraire, les hauts personnages qui font
antichambre au lever du roi apparaîtraient domesti-
qués.

On n'est pas si fortement enraciné dans un coin de
terre sans subir le contrecoup des machinations des
habiles, qui s'appellent la grande politique, et des
folies des puissants, qui s'appellent la guerre. Guillaume Van der Walle, aïeul d'une aïeule, se rend en
1582 au siège de Tournai pour implorer le prince de
Parme d'épargner Bailleul ; il meurt, sans doute d'une
fièvre quelconque, durant cette ambassade, et sa
requête n'est pas entendue : Bailleul est aux trois
quarts détruit la même année par les soudards
d'Alexandre Farnèse ; relevé en partie par ses habitants, il est repillé et rebrûlé en 1589 ; la famine suit de
près la guerre ; la ville perd par la mort ou le départ les
deux tiers de ses habitants. Dans l'intervalle, c'est à
dire en 1585, Charles Bieswal signe la réconciliation
entre Bailleul et le roi Philippe II ; il a signé aussi, un
an plus tôt, les parchemins accompagnant l'envoi d'un

pot-de-vin de huit mille livres à Farnèse, pour obtenir
que la ville privée de toutes ressources puisse reprendre le commerce avec les Pays-Bas protestants. Le
XVIIᵉ siècle ne vaut pas mieux ; la Flandre pâtit des
effets de la guerre de Trente ans. Bailleul brûle à
nouveau en 1657, incendié par les soldats de Condé.
Au mal des ardents succède la peste ; un autre Charles
Bieswal, fils du précédent, trésorier, échevin et avoué
de Bailleul, meurt en 1647 du fléau avec deux des
enfants qu'il a eus de Jacquemine de Coussemaker ;
elle-même mourra aux lueurs de l'incendie de 1681,
allumé au passage de troupes françaises.

En 1671, Nicolas Bieswal, premier échevin, et Jean
Cleenewerck, avoué de Bailleul, attendent à la tête de
toute la magistrature citadine l'arrivée du roi de France
qui vient prendre possession de sa nouvelle conquête.
Nicolas Bieswal, dans son strict habit brun, sous une
perruque sobre, a grand air : cette bouche dure et ce
nez en bec d'aigle sont d'un homme qu'on ne délogera
pas de ses positions. On n'a pas le portrait de Jean
Cleenewerck. Aucun sourire n'éclaire le visage des
deux magistrats. Il semblerait que ces Flamands
eussent dû en avoir par-dessus la tête du régime
espagnol, mais de vieilles fidélités, nées elles-mêmes
d'une antique loyauté à la maison de Bourgogne, les
lient aux Habsbourg. Charles Quint faisant liquider les
défenseurs de Thérouanne et raser la ville aussi
méthodiquement qu'un virtuose moderne de la guerre
technologique ne semble pas avoir indigné les bonnes
gens des localités voisines : personne n'a senti comme
une amère ironie l'exception faite pour un christ
particulièrement révéré, dûment déposé dans une
église de Saint-Omer. L'effigie de l'homme qui

annonça à ses disciples que les doux posséderaient la
terre en avait vu d'autres. Les atrocités du duc d'Albe
n'avaient pas, tant s'en faut, gêné ces gens d'ordre : le
souvenir des reîtres d'Alexandre Farnèse s'était plus ou
moins effacé ; celui des soldats de Condé, au contraire,
cuisait encore. Ces fins politiques sentent fort bien
qu'en dépit des cloches qui sonnent la joyeuse entrée
de Louis, les désastres et les déboires ne sont pas finis.
Ils sentent surtout que leurs vieux privilèges de ville
quasi libre seront grignotés par les intendants du roi.

Ils ont raison sur les deux points. Le ballet guerrier
continue ; le traité de Nimègue cède définitivement ce
lopin de terre à la France, mais les régiments défilant
au son fringant des airs de Lully, les pillages et les
incendies continuent jusqu'au traité d'Utrecht, c'est à
dire pendant trente-cinq ans. Ils font des paysans
flamands, plus encore que de tous les autres, ces
animaux misérables que La Bruyère décrivait à l'époque où, selon un poète du XIXe siècle, le soleil couchant
du Grand Roi, « si beau, dorait la vie ». En un temps où
même le doux Fénelon, répondant à un officier atteint
de scrupules, se contente de lui conseiller de modérer
de son mieux les rapines de la troupe, considérées
comme un appoint indispensable à la nourriture du
soldat, les revenus en nature des propriétaires de fiefs
ont dû se faire rares, et plus claire encore la maigre
bouillie du fermier. En ville, le patriciat réagit contre
les empiétements de l'Intendance française en rache-
tant les charges civiques héréditaires mises en vente
par la nouvelle administration ; c'était onéreux, mais
on restait entre soi. J'ai parlé ailleurs de l'ordre
d'enregistrer dans D'Hozier les armoiries des familles,
arrêté nouveau, applicable d'ailleurs à toute la France,

et destiné à remplir tant soit peu les caisses du roi. Les Bieswal, entre autres, refusèrent d'obtempérer : peut-être ne croyaient-ils pas en la durée du régime français. L'intendant eut beau tourner en dérision ces pauvres hères trop à court pour acquitter leur dû, rien n'y fit. D'autres familles, comme les Cleenewerck, plus dociles, s'exécutèrent à contre-bourse et à contre-cœur. C'est aussi l'époque où le roi désargenté mit en vente cinq cents lettres de noblesse à six cents livres l'une. Un seul Flamand marcha, si l'on ose dire.

La terre guérit vite aux époques où l'humanité n'est pas encore capable de détruire et de polluer sur une grande échelle. Les hommes, eux, resserrent leurs rangs et se remettent à l'œuvre avec un zèle d'insectes dont on ne sait trop s'il est admirable ou stupide, mais le second adjectif semble mieux convenir que le premier, du fait qu'aucune leçon tirée de l'expérience n'a jamais été apprise. En dépit de quelques milliers de coquins en uniforme jetés en l'air sous les ordres de Villeroy, de Malbrouck ou de Frédéric II, et débarrassant le monde dont, comme l'eût dit Pangloss, ils encombraient la surface, le XVIIIe siècle est l'un des beaux temps de la douceur de vivre. Mais l'antique Flandre s'est mise au pas : l'ancien ton mordoré a fait place au gris français. Le vieux patriciat se mue en noblesse de robe ; des fêtes où la rue n'entre pas remplacent de plus en plus les copieuses liesses publiques de naguère. Bailleul passe au rang de ces estimables trous de province, chers de tout temps au roman français, où des magistrats plus ou moins titrés et de petits nobles préférant les commodités de la ville à l'inconfort de leurs terres jouent au trictrac entre deux bougeoirs d'argent. La vie populaire subsiste surtout

dans le faubourg de l'Ambacht où les taverniers
vendent meilleur marché qu'en ville, où les brasseurs
brassent, les tisserands tissent à domicile, et les
dentellières penchées sur leurs coussinets exécutent
une laborieuse danse avec leurs dix doigts. L'Ambacht
fournit aussi cet élément de plaisirs déconsidérés, ou
simplement un rien vulgaires, ce petit ferment de
truanderie indispensable aux bonnes villes. En 1700,
un père et un fils, gens de lignage, y sont assassinés à
l'auberge ; les coupables sont pendus ; les victimes ont
leur messe chantée à Saint-Vaast, et Nicolas Bieswal
note soigneusement dans son calepin les trois livres qui
lui reviennent pour la bannière et le poêle des enterre-
ments de première classe, cette petite taxe étant pour le
trésorier une manière de se rembourser, en partie du
moins, de ses avances aux fonds publics.

C'est vers cette époque que certains de ces messieurs
prennent un nom à rallonge, s'ils ne l'ont pas déjà, et,
comme par hasard, ce nom est presque toujours un
nom français. Les Cleenewerck deviennent Cleenewerck de Crayencour, du fait d'un petit fief vicomtier
relevant de la Cour de Cassel ; les Bieswal de la branche
dont je descends sont désormais Bieswal de Briarde ;
les Baert se nomment Baert de Neuville. L'emploi du
français, langue de culture et preuve d'un certain rang
social, a précédé de loin la conquête par Louis XIV ;
les échanges de lettres entre Bailleul et la Régente des
Pays-Bas, au XVIe siècle, se faisaient presque toujours
dans cette langue. Mais c'est encore le flamand qui
règne au XVIIIe siècle dans les actes notariés, les livres
de raison et les épitaphes. Les chambres de rhétorique,
en décadence partout, même dans les provinces belgiques, sont mal vues des autorités françaises, qui les

jugent à bon droit loyales aux anciens maîtres, mais on tourne sans doute dans les deux langues autant de mauvais petits vers qu'autrefois. Les contrats de mariage et les inventaires après décès qui mentionnent les plats et les bénitiers d'argent, les croix d'or et les brillants des femmes, passent sous silence les livres, mais les gros tomes en français, en latin, et, plus rarement, en néerlandais alignent çà et là leurs dos de basane dorés au petit fer. Nicolas Bieswal orne son ex-libris de ses armes devenues illégales, mais néanmoins tranquillement portées. Michel-Donatien de Crayencour fait graver le sien à Paris, et met autour de son blason des Cupidons moutonnant dans une espèce de gloire rococo.

C'est aussi de l'époque du rattachement à la France que datent les plus anciens portraits de famille ; les précédents, à deux ou trois exceptions près, ont sans doute disparu dans les successifs feux de joie de la guerre. Les hommes ont été ou seront décrits à leurs places respectives, mais il est commode de grouper ici quelques femmes. Constance de Bane, grand-mère d'une aïeule, soutient de ses belles mains le nuage de mousseline qui voile le plus bas possible son ample poitrine ; son visage plutôt laid, plus très jeune, ses yeux vifs et sa grande bouche rieuse ont de la singularité et de la fierté. J'imagine une accueillante maîtresse de maison qui tient tête à ses hôtes dans le boire et le manger, et s'égaie de leurs plaisanteries risquées sans que Daniel-Albert Adriansen, son mari, ait trop à craindre des foucades de cette honnête femme. Isabelle du Chambge, parente éloignée, est costumée en Hébé ; un ruban de velours bleu, à la Nattier, pare son aimable gorge un peu rembrunie ; la grande aiguière de vermeil qu'elle tient à la main fait partie des accessoires de la peinture flamande depuis Rubens, qu'il s'agisse comme ici d'un banquet sur l'Olympe, d'une noce à Cana ou d'une fête de famille. Isabelle de la Basse-Boulogne a un de ces noms que Molière eût pu happer pour une de ses marquises de province, mais cette aïeule à cinq générations de distance a le prestige presque inquiétant de la beauté. Son portrait semble commémorer un bal masqué ou une fête champêtre aux flambeaux : elle tient sur ses genoux l'arc et le carquois qui rappellent aussi l'Amour, mais son indifférence et sa pâleur sont lunaires. Mince et droite dans son costume de cour Louis XV, elle s'apparente moins aux molles petites femmes de *L'Embarquement pour Cythère* qu'aux nymphes du Primatice : le faire un peu suranné d'un peintre provincial la fait reculer dans le temps. Quant à ce qui se cachait derrière ce visage, aux images qui passaient dans ces grands yeux clairs, un peu obliques, ne cherchons pas. On sait seulement qu'elle épousa un Bieswal de Briarde et mourut à quarante-six ans.

Une tradition m'assure que mon aïeul Hyacinthe de Gheus et sa femme Caroline d'Ailly choisirent de se faire enterrer dans le chœur de la cathédrale d'Ypres, le plus près possible de la dalle marquée seulement d'une date qui, au centre du pavement, indique la sépulture de l'évêque Jansen, dit Jansénius. La fabrique de l'église conciliait par cet anonymat le respect des censures de Rome et les égards dus à un prélat vénéré. En fait, le pourtour d'un chœur a toujours été considéré par la vanité humaine comme un pourrissoir de choix : Hyacinthe de Gheus n'a peut-être pas réfléchi plus loin. On a fait remarquer que les Jésuites seuls, dans cette région, dispensaient le savoir aux fils de famille : leurs élèves, sauf quelques mauvaises têtes, les quittaient peu jansénisants. Du drame de l'Expulsion à la sombre farce des convulsionnaires, l'aventure posthume de l'évêque d'Ypres se situe surtout à Paris, même si les foudres émanent de Rome. N'empêche que pour nombre de pieux chrétiens de Flandre et d'ailleurs, l'austérité des Jansénistes, leur mépris du siècle, leur absence totale et presque acrimonieuse de compromis semblaient l'image vivante et persécutée du

christianisme des temps héroïques. Une lettre confi-
dentielle envoyée de Bruxelles par Antoine Arnauld à
Jean Racine recommande au poète, ou plutôt à l'histo-
riographe du roi, un autre de mes ascendants, maternel
celui-là, Louis de Cartier, « un vrai chrétien », qui
craignait pour sa belle maison de Liège et sa plaisance
près d'Aix-la-Chapelle les déprédations des soldats
français, et à qui un mot glissé par Racine au maréchal
de Luxembourg pourrait être utile. Cet ami d'Arnauld
était d'autre part un catholique exemplaire, fils soumis
de l'Église, porté aux nues par le curé de sa paroisse. Il
n'en jansénisait pas moins dans son particulier, comme
tant d'autres.

En 1929, je vendis à un antiquaire parisien un Christ
aux bras étroits qui me venait de mon père, et dont
celui-ci avait laissé noircir au fond d'une armoire le
grand corps d'argent. Cette victime se distinguait à
peine du bois d'ébène auquel elle était clouée. « Tu t'es
fait rouler, ma fille », me dit mon demi-frère quand il
sut à quel prix j'avais conclu cette vente. Mais la
tradition, d'ailleurs erronée, qui rattache au jansénisme ces christs flamands du XVIIe siècle, faisait pour
moi de ce grand bibelot à la fois conventionnel et
lugubre un de ces objets dont on ne se débarrasse
jamais assez vite. J'ai dit ailleurs combien la prédesti-
nation semble coller aux faits tels que nous les
observons dans notre court univers : déjà contrariante
pour nos notions de justice, elle devient scandaleuse
dès qu'on la lie au concept d'un Dieu-Providence qui
aurait pour attribut la bonté. Comment eussé-je pu
accepter l'idée d'un dieu ne mourant pas pour tous les
hommes, quand je refuse déjà l'idée d'un dieu ne
mourant que pour eux ? Ni la pitié ni l'amour ne

découlaient de ces plaies ciselées. Ce crucifix n'avait jamais présidé qu'à des agonies où le tremblement l'emportait sur la sérénité.

Mais les austères sympathisants du jansénisme ne furent jamais dans ce milieu qu'une minorité respectée. Le gros du troupeau appartenait à une espèce moins exigeante envers soi-même. Celle-ci a comporté plusieurs variétés, depuis l'épais sceptique qui s'endort au sermon, ridiculise doucement Sainte Cunégonde et Saint Cucufin, mais meurt oint, confessé et béni, un peu pour se conformer aux usages, un peu parce qu'on ne sait jamais, jusqu'au douillet chrétien de la Contre-Réforme que les saluts en musique plongent dans une agréable hébétude, qui fait le vendredi de bons dîners maigres, et lègue à sa paroisse de quoi célébrer à perpétuité des messes à son intention. *Dire son chapelet en cultivant ses entes,* comme le conseille l'Anversois Plantin dans un sonnet fameux, a représenté pour ces petites sociétés bien nanties le parfait accord de la piété et de la sagesse.

Je n'ignore pas que sur les carreaux de velours rouge des prie-Dieu ont pu çà et là s'agenouiller aussi quelques saintes et quelques saints. Ils sont à distance peu visibles. Les « filles dévotes », dont il est souvent question dans les papiers de famille, n'avaient sans doute ni l'envergure ni l'envolée nécessaires. Marie-Thérèse Bieswal, personne d'âge canonique, installée dans une annexe du couvent des Jésuites, laissa en 1739 aux bons pères quatre cents florins pour embellir leur église, et deux cents aux pauvres. Son confesseur était chargé, à l'exclusion de tout autre, d'ouvrir les tiroirs de son secrétaire et de brûler les papiers qui s'y trouveraient contenus. Il est douteux qu'il s'agît de brouillons d'un traité de l'oraison. On pense plutôt à de vieilles lettres d'amour, ou encore à une correspondance entre les bonnes amies, dans laquelle abondaient les ragots du petit cercle.

Descendons un peu plus bas, c'est à dire vers l'enfer. En 1659, au milieu de ce XVIIᵉ siècle qui a plus de droits que le Moyen Age à être considéré comme l'âge d'or de la démonologie, Pierre Bieswal et Jean Cleenewerck signent, avec vingt-cinq de leurs collègues, les procès-verbaux de torture et de condamnation à mort d'un sorcier. Il s'agissait d'un certain Thomas Looten, natif du bourg de Meteren, non loin du Mont-Noir. Ce Thomas était accusé d'avoir ensorcelé les bestiaux de ses voisins et tué un enfant à l'aide de prunes empoisonnées. Crimes banals : il semble bien que même aux époques où Asmodée, Belzébuth, Astaroth, et leur roi Lucifer lui-même, font beaucoup parler d'eux, ils ne soient capables que d'un fort petit nombre de forfaits, toujours les mêmes, les pires et les plus variés étant de toute façon réservés aux hommes. Bien que le village tout entier se portât témoin à charge, Thomas n'avouait pas. On s'imagine souvent que ces procès de sorcellerie représentaient de la part des juges une orgie de superstition ou de cynisme, et que les condamnations à mort pleuvaient à tort et à travers. En fait, la légalité y trouvait son dû, sinon la justice.

L'instruction dura deux mois. Tout comme les esprits
des morts évoqués par les spirites de nos jours se
contentent d'habitude de communiquer à travers un
médium, les esprits du mal, rarement vus du commun
des mortels, commettaient de préférence leurs forfaits
par l'entremise de possédés et de sorciers, ce qui
rendait nécessaires les travaux de l'exorciste ou du
tortionnaire. En dépit d'une petite séance de question
ordinaire, qui dura sept heures, mais à laquelle le
tempérament du rustre résista, Thomas continuait à se
taire, et le procès eût langui, sans un hasard heureux
qui amena pour affaires privées à Bailleul le bourreau
de Dunkerque. Cet officier de la loi se vantait d'avoir
exécuté de sa main six cents sorciers et sorcières ; il
demanda la permission de visiter le prisonnier, qu'on
lui accorda sur le champ, trop heureux de s'en remettre à un homme averti.

L'examen par ce praticien révéla sans tarder sur le
corps de Thomas le signe d'un pacte infernal, ces
fameuses plaques d'insensibilité tenues de nos jours
pour pathologiques, où les opérateurs pouvaient à leur
aise enfoncer des épingles sans obtenir de cri ou de
soubresaut du patient. La question extraordinaire
s'imposait. Après quelques os et quelques veines
rompues, Thomas avoua tout ce qu'on attendait de lui ;
il s'était rendu au Sabbat ; il s'était entretenu avec le
démon, sans doute après l'avoir, comme c'était l'usage,
baisé rituellement au derrière ; il tenait de lui le secret
de ses sortilèges et de ses prunes empoisonnées. Le
diable présent au Sabbat cette nuit-là avait un nom :
c'était Harlequin.

Harlequin, Hellequin, Hielekin, Hölle-Koenig :
j'oïe la mesnie Hielekin, mainte kloquète sonnant... A

l'époque où les juges de Bailleul interrogeaient Thomas, Arlequin n'était plus sur les tréteaux de la foire
qu'un personnage traditionnel de la Comédie Italienne,
amusant les badauds par ses bonds, ses saillies, et les
moulinets de sa longue batte. Mais son collant à
losanges jaunes et rouges avait été autrefois un habit de
flammes ; son masque noir celui du prince des Ténè-
bres. Cet Arlequin honni des prédicateurs qui ton-
naient contre les indécences du théâtre avait été dans
l'Europe des temps païens l'émule du Roi des Aulnes
et du lointain Cavalier Thrace : au milieu des abois et
des hennissements, par monts et par vaux, à travers les
landes et les marécages, il avait dirigé la Chevauchée
Infernale dont chaque nuit dure cent ans. La science
du folklore étant encore à naître, personne, pas plus en
chaire qu'au parterre, ne reconnaissait le dieu sous son
déguisement de saltimbanque, mais la fatale rencontre
de Thomas Looten avec l'antique Harlequin par la
nuit de Sabbat en dit long sur la survivance des mythes dans l'imagination d'obscurs villageois. La cause
de ce complice des démons était entendue. Pierre Bieswal et Jean Cleenewerck mirent leur signature au bas
du verdict de mort par le feu. On dressa un bûcher sur
la Grand Place que le public emplissait déjà. Mais les
aides chargés d'aller prendre livraison du principal
intéressé le découvrirent gisant recroquevillé dans un
coin de sa prison, le col brisé. Le public déçu fut
évacué. Harlequin avait tué son suppôt par rage de
l'avoir entendu révéler son nom, à moins toutefois que
ce ne fût par pitié (si la pitié peut entrer dans l'âme
d'un diable), et pour lui éviter pire fin. Un geôlier
compatissant, ou soudoyé par la famille du coquin,
avait peut-être joué le rôle du démon, et on aimerait

croire que l'ordre lui en vint de Pierre Bieswal ou de Jean Cleenewerck. Mais les magistrats interrompent rarement le cours de la justice.

Une bonne partie des victimes du *Marteau des Sorciers* et autres traités rédigés par des démonologues surexcités et lus assidûment par les juges étaient à coup sûr de pauvres hères inoffensifs qui s'étaient attiré l'antipathie des voisins par un air ou des façons bizarres, des quintes d'humeur, le goût de la solitude, ou quelque autre caractéristique peu goûtée des gens. Thomas Looten rentrait sans doute dans cette catégorie-là. Mais il faut compter aussi avec ceux qu'une malignité véritable, une vague rancune contre les misères et les brimades subies, un goût décrié ou un besoin inassouvi menaient au Sabbat en fait ou en songe. Après les journées passées à biner des champs de navets ou à piocher dans des tourbières, des gueux trouvaient dans le petit groupe dépenaillé, accroupi dans un hallier autour d'un tas de braises, l'équivalent de nos danses redevenues primitives, de nos musiques de grincements et de cris, peut-être de nos fumées et de nos potions hallucinatoires. Ils y satisfont l'instinct de s'agglomérer comme des larves ; ils goûtent la chaleur et la promiscuité des corps, la nudité, interdite ailleurs, le petit frisson ou le petit ricanement de l'ignoble ou de l'illicite. Le reflet des flammes qui joue sur ces misérables ne présage pas seulement la mort patibulaire, toujours préparée pour eux ; ces lueurs viennent du fond d'eux-mêmes, sinon aussi d'un autre monde.

Qui croit en Dieu peut, et presque doit, croire au Diable ; qui prie les saints et les anges a toutes les chances d'entendre aussi des harmoniques infernales. Mieux encore, rien dans la raison et la logique humaines n'empêche d'admettre que des interférences, des échanges, puissent s'établir çà et là entre les îlots isolés que nous sommes et d'autres formations à demi visibles, de volitions à demi personnifiées, nées ou installées en nous, capables de nous perdre ou de nous guider. L'hypothèse demeure à démontrer dans un univers où les seules forces que nous constatons sont indifférentes à l'homme. Mais l'appétit des théologiens et des juges pour les phénomènes dits occultes a faussé le problème : l'image monstrueuse du Malin incarné les a rendus aveugles au fait que le mal n'est jamais plus nocif que sous des formes banalement humaines, sans prestiges surnaturels d'aucune sorte, et jamais davantage que quand il est totalement inaperçu ou même respecté. La signature de Pierre et de Jean au bas de parchemins qui envoient à la torture et au supplice un ignare peut-être innocent n'est pas moins hideuse que les prunes empoisonnées de Thomas ; les régiments du Grand Condé ont dévasté les fermes flamandes, tué le bétail, et livré les gens à la peste et à la famine plus efficacement que tous les diables de la Mesnie Harlequin l'eussent jamais pu faire.

Pierre Bieswal et Jean Cleenewerck semblent tout excusés, puisque, à l'époque, n'importe quel magistrat eût pensé et agi comme eux. Mais agir et penser comme tout le monde n'est jamais une recommandation ; ce n'est pas toujours une excuse. A chaque époque, il est des gens qui ne pensent pas comme tout le monde, c'est à dire qui ne pensent pas comme ceux qui ne pensent pas. Montaigne aurait voulu offrir aux sorcières des potions d'ellébore, et non des chemises de poix et des flambées de paille ; Agrippa de Nettesheim, suspect lui-même pour avoir exploré le monde magi-

que de son regard d'humaniste qui cherche partout des
lois, se liguait avec un curé de campagne pour défendre
une vieille femme accusée de sorcellerie par ses voisins
et réclamée par un inquisiteur. Théophraste Renaudot,
quelque dix ans avant la sentence signée par mes
ascendants, avait constaté que la prétendue possession
démoniaque des nonnes de Loudun n'était que mome-
ries hystériques, et un des évêques mêlé à cette affaire
en pensait autant.

Quand le juge des *Plaideurs* de Racine offre à sa
future bru d'assister en guise de divertissement à une
séance de torture, cette charmante Isabelle réagit
comme elle le ferait de nos jours, où la même
distraction pourrait malheureusement lui être offerte.
« *Eh, monsieur, peut-on voir souffrir des malheureux ? —
Bon, cela fait toujours passer une heure ou deux.* »
Dialogue typique, où l'on sent que Racine est du côté
d'Isabelle. Pierre Bieswal et Jean Cleenewerck au
contraire pensaient comme tout le monde, c'est-à-dire
qu'ils ressemblaient davantage au juge Dandin qu'à
Montaigne. Nous nous en doutions déjà.

J'aimerais avoir pour aïeul l'imaginaire Simon
Adriansen de *L'Œuvre au Noir,* armateur et banquier
aux sympathies anabaptistes, cocu sans rancune mourant dans une sorte d'extase de pitié et de pardon sur le
fond sombre de Münster tour à tour révolté et
reconquis. En fait, le premier de mes ancêtres Adriansen dont je trouve trace se situe près de trois quarts de
siècle après ce juste au grand cœur, et non, comme lui,
à Flessingue, mais à Nieuport où il épousa en 1606
dans l'église Saint-Martin une Catherine Van Thoune.
C'est tout ce qu'on sait de lui, et rien ne m'indique s'il
était né dans ce petit port de mer entouré de dunes ou
venait d'ailleurs. La famille ensuite s'établit à Ypres.
    Le nom, qui signifie fils d'Adrian, se rencontre assez
souvent aux Pays-Bas. Parmi tous ceux qui l'ont porté,
aucun parchemin ne me permet de prétendre à une
parenté quelconque avec le frère Cornélius Adriansen,
cordelier, qui vécut vers le milieu du XVIe siècle et se fit
chasser de Bruges pour avoir trop tendrement donné la
discipline à d'aimables pénitentes. Il m'est pourtant
arrivé de penser à son petit groupe de flagellées fort
consentantes, quand je plaçais dans la même atmos-

phère à la fois dangereuse et douillette un autre groupe
secret, celui des Anges, qui amena la catastrophe de
Zénon. Je ne puis non plus, faute de preuves, compter
parmi les miens un certain Henri Adriansen, sorcier,
qui monta sur le bûcher à Dunkerque en 1597, âgé de
quatre-vingts ans, accompagné de sa fille Guillemine ;
ni, toujours à Dunkerque, le corsaire François Adriansen, écumeur de mer au service de Philippe IV sur son
petit navire *Le Chien Noir,* et qui revint finir ses jours
sur la terre ferme. Si toutes ces personnes ont appar-
tenu à ce que j'appelle le même réseau, les fils qui les
rejoignaient sont devenus invisibles. Mais toutes ont
respiré le même air, mangé le même pain, reçu en plein
visage la même pluie et le même vent de mer que mes
Adriansen authentiques. Ils sont mes parents du fait
d'avoir existé.

François Adriansen, ancêtre, lui, incontestable, fut
baptisé à Nieuport dans cette même église où s'étaient
mariés ses père et mère ; j'ai parlé plus haut de sa
carrière d'officier au service de l'Espagne. Elle nous
importe moins que son mariage avec Claire Fourment,
qui nous mène à l'orée du monde mythologique de
Rubens.

Les Fourment tinrent longtemps à Anvers commerce de tentures précieuses et de tapis d'Orient,
trésors exotiques si prisés qu'on les voit déroulant aux
pieds des Vierges de Van Eyck leurs dessins quasi
cabalistiques, ou, tendus entre deux piliers, formant
écran derrière elles dans les froids décors d'église. La
mode en dura, puisque les mêmes Chirvan et les
mêmes Senneh figureront encore dans les intérieurs de
la Hollande du XVIIIe siècle, drapant de leurs plis
cassés les tables sur lesquelles se penchent les femmes

de Vermeer. Le père Fourment habitait place de la Vieille-Bourse une maison dénommée *Au Cerf d'Or,* sans doute à cause d'une statue perchée sur son faîte, l'usage flamand étant alors d'orner les toits d'animaux réels ou fantastiques, de bustes d'empereurs, et de Vierges dorées à l'or fin. Son fils Daniel, docteur ès lois, avait acquis fort cher du roi d'Espagne le fief de Wytyliet, qui lui donnait droit de haute, basse et moyenne justice. On aime à croire qu'il n'en continua pas moins, sinon à vendre des étoffes et des tapis, du moins à les donner contre argent à ses amis, comme le père de Monsieur Jourdain dans le Paris de ces années-là.

Daniel Fourment épousa Claire Brandt, l'une des deux filles du Docteur Brandt, juriste et humaniste en bon renom ; Rubens prit l'autre, Isabelle, et les combles de la maison du Docteur furent le premier atelier du peintre. Isabelle Brandt morte jeune fut ensuite remplacée près de Rubens par la blonde Hélène, sœur cadette de ce même Daniel, devenu ainsi par deux fois beau-frère de ce grand créateur de formes. Claire Fourment, ma distante aïeule, fille de Daniel et de Claire Brandt, était donc nièce des deux femmes les plus portraiturées et les plus comblées de leur siècle.

Rubens eut la vocation du bonheur. Celui-ci ne lui vint pas dès l'enfance. Né à Cologne d'un père chassé d'Anvers du fait de ses accointances protestantes, puis condamné à mort pour adultère avec une princesse, et d'une mère passionnée qui sauva la vie de l'infidèle, il en fut pour lui de ce passé comme des préparations sombres qu'il étendait sur ses toiles, bientôt recouvertes de coulées et de frottis éclatants. Artiste vite illustre et vite opulent, familier dès ses années de jeunesse des molles petites cours d'Italie et de l'austère cour d'Espagne, diplomate tôt chargé de missions délicates, anobli par deux rois, parlant et lisant cinq langues, et en étant, comme l'eût dit Charles Quint, cinq fois d'autant plus homme, son solide bonheur le suit jusqu'au bout et persiste à titre posthume dans sa gloire. De cette réussite presque trop complète, Isabelle est la première étape féminine, puisque nous ne savons rien des belles Italiennes rencontrées par le jeune artiste durant huit années de séjour dans la péninsule. Rubens s'est peint avec elle au lendemain de leurs noces, dans le jardin du Docteur déjà teinté par l'automne. Il a trente-deux ans. Cet homme robuste, richement vêtu de velours noir et de dentelle, a l'air réfléchi et calme. Dans ses brocarts, sous un grotesque chapeau tromblon « qui fait mode », la petite mariée de dix-sept ans, d'une grâce virginale, pose la main sur celle du mari que le Docteur a choisi pour elle.

Les portraits suivants nous offrent comme en gros plan Isabelle épouse et mère. Le corsage bas remonte les seins pressés l'un contre l'autre comme des pêches dans une corbeille ; d'immenses yeux de génisse éclairent une physionomie toute bonne, où brille assez peu l'intelligence ; le menton mou, un peu fuyant, est d'une sensualité docile et passive ; la phtisie rosit et blanchit déjà l'épiderme délicat sous la lumière tamisée par le fameux chapeau de paille. Rubens n'a pas, comme plus tard Rembrandt sa Saskia, crayonné la jeune mourante rongée par la fièvre : le domaine des lentes agonies n'était pas pour lui.

Dans une lettre à un ami, le veuf, pourtant, se montre livré à cette mélancolie qu'il a volontairement, semble-t-il, écartée de son œuvre : « *Puisque le seul remède à tous nos maux est l'oubli, que le temps amène, force m'est d'attendre de lui mon seul recours... Je crois qu'un voyage m'aiderait... Je ne prétends pas parvenir au stoïcisme... et je ne puis même croire que des sentiments si bien accordés à leur objet puissent être indignes d'un honnête homme, et qu'on puisse être parfaitement insensible à toutes les vicissitudes de la vie,* sed aliqua esse quae potius sunt extra vitia quam cum virtutibus, *et ces sentiments se vengent dans notre âme.* » En avance sur son temps, Rubens a vu que le courage qui refoule par trop complètement la douleur empoisonne celle-ci, et nous avec elle. Celui qui a écrit ces lignes n'était pas qu'une bête à pinceaux.

Quatre ans plus tard, revenu de missions et de grands travaux à l'étranger, cet homme courtois reprit contact avec sa belle-famille ; il a peint vers cette époque le portrait du vieux Docteur Brandt, et les joues vermeilles du savant feraient croire qu'il se connaissait en vins de France aussi bien qu'en grammaire grecque et latine. Dans la maison Fourment, il retrouva les deux Claire, la sœur de la morte et sa nièce encore en bas âge. Entre temps, la petite Hélène avait franchi le pas de l'enfance à l'adolescence. Rubens l'épousa en décembre 1630, âgée de seize ans. Les trente-sept années d'écart entre les mariés n'étonnaient personne à l'époque, ni peut-être à aucune époque, la nôtre exceptée. Mais cette fois le peintre ne se mit pas dans le tableau au côté de l'épousée. « *Je me suis résolu au mariage, ne me trouvant pas encore disposé à la vie austère du célibat, et songeant que si nous devons donner la palme à la mortification, nous pouvons aussi, en rendant grâces au ciel, rechercher le plaisir licite.* » Il ajoute que tout le monde lui avait conseillé de s'allier à une dame noble, évidemment sur le retour, mais qu'il lui aurait paru dur de « *troquer le précieux trésor de la liberté contre les caresses d'une vieille* ». Comme Antée retrouvait des forces en touchant la terre, Rubens en baisant Hélène retrouve la jeunesse.

Durant les dix années qui lui restent à vivre, l'artiste se limite de plus en plus à sa somptueuse maison près du Logis des Archers de Saint Sébastien, à Hélène, à son train-train domestique qui donne de plain-pied sur la Fable par l'atelier peuplé de dieux. La journée s'ouvre par une messe qui tient dans sa vie la même place, pas moins et pas plus, que les tableaux d'église dans son œuvre, se poursuit par les lectures de Tacite ou de Sénèque qu'un de ses élèves lui fait pendant qu'il travaille ; le soir venu, il se délasse à chevaucher le long de l'Escaut, et cet amateur de ciels jouit sans doute des teintes embrumées et rouges du couchant. Puis vient le repas qu'il veut abondant sans excès, et les conversations avec les quelques bons esprits sérieux, un peu lourds, dont s'honore Anvers. La journée se ferme sur les ardeurs quasi mythologiques du lit conjugal.

Comment ne pas voir dans cette routine où tout n'est qu'ordre, luxe, calme et volupté, le choix prudent d'un homme qui demande à la vie domestique de faciliter, en les légitimant, ses plaisirs, laissant l'œil et l'esprit libres de vaquer à l'essentiel ? La flamme n'y est pas moins présente que dans certaines existences plus turbulentes ou plus secrètes : qui dit foyer dit aussi parfois brasier. Mais la fin approche : les dernières années de Rubens font penser à celles de Renoir, autre peintre du bonheur. La main rhumatisante se refusait à peindre. En 1640, Hélène resta veuve à vingt-six ans.

Elle se remaria avec un gentilhomme accrédité, comme son premier mari, auprès de la cour d'Espagne. Elle ne nous intéresse qu'au côté de Rubens.

Dans un des derniers tableaux du maître, *Le Jugement de Pâris,* elle est à la fois Vénus et Junon, deux morceaux de nus se concurrençant l'un l'autre. Ailleurs, elle prête son jeune visage charnel aux Vierges et aux saintes. Dans le parc du petit château du Steen récemment acquis par l'artiste, elle fait les honneurs en grande toilette ; devant le pavillon à l'italienne de son jardin de ville, elle regarde une servante jeter du grain aux paons. Assise sous un portique, ravissante dans son habit de gala, elle effleure de son ample jupe un des beaux tapis de la famille. Parmi toutes ces toiles, seule nous hante l'*Hélène Fourment* nue du musée de Vienne, mais c'est pour des raisons plus picturales qu'érotiques. Bien des peintres avaient montré sans voiles leur femme ou leur maîtresse, mais les sujets et les décors mythologiques (comme souvent chez Rubens lui-même) plaçaient ces déesses dans un Olympe de convention. Surtout, chez les maîtres du dessin et du contour, la ligne idéale enserrant un corps nu l'habillait pour ainsi dire. Cette fois, il s'agit moins d'un corps que de la chair. Cette femme chaude et moite semble sortir d'un bain ou d'une alcôve. Son geste est celui de la première venue qui, entendant frapper à la porte, jette au hasard n'importe quoi sur ses épaules, mais le grand style du peintre lui évite toute pudibonderie égrillarde ou fade. Il faut la regarder vingt fois, et jouer le vieux jeu qui consiste à retrouver dans toute œuvre d'art les motifs éternels, pour s'apercevoir que la pose des bras est, à peine modifiée, celle de la Vénus de Médicis, mais cette forme abondante n'est ni marmo-

réenne ni classique. La fourrure dont elle se drape et
que ses flancs débordent de toute part lui donne plutôt
l'air d'une mythologique oursonne. Ces seins un peu
mous, comme des gourdes, ces plis du torse, ce ventre
peut-être arrondi par un début de grossesse, ces
genoux creusés de fossettes rappellent la boursouflure
de la pâte qui lève. Baudelaire pensait sans doute à elle
quand il évoquait, à propos des femmes de Rubens,
« l'oreiller de chair fraîche », et le tissu féminin « où la
vie afflue » ; il semble en effet qu'il suffirait de poser le
doigt sur cette peau pour y faire monter une tache rose.
Rubens ne se sépara jamais de cette toile qui ne passa
dans les collections des Habsbourg qu'après sa mort ;
peut-être éprouvait-il quelque scrupule d'avoir joué au
roi Candaule. Celui-ci n'avait exhibé sa femme qu'à un
ami intime : Hélène à Vienne appartient désormais au
premier touriste venu.

J'aurais préféré pour arrière-grand-tante Hendrickje
Stoffels, servante, modèle et concubine du vieux
Rembrandt, qui adoucit de son mieux les dernières
années du malheureux grand peintre, et par malchance
mourut avant lui : Hendrickje avec ses paupières un
peu bouffies de domestique levée trop tôt, et son corps
fatigué et doux, teinté d'ombres grises, qu'elle a prêté à
la *Bethsabée* du Louvre. On aimerait se rattacher si peu
que ce soit à cet homme auquel nul de nos maux ni de
nos lueurs ne fut étranger. Je me souviens d'avoir vu,
au cours d'une brève visite à l'Ermitage, en 1962, un
paysan appartenant à une quelconque délégation venue
du fond de l'Union Soviétique s'attarder un instant
devant un Christ de Rembrandt, que venait de nom-
mer distraitement la voix mécanique d'un guide, et
faire rapidement le signe de la croix. Je ne pense pas

qu'un Jésus de Rubens ait jamais suscité le même geste. Le sacré n'est pas son domaine. Tout art baroque glorifie la volonté de puissance ; le sien répond spécifiquement au besoin de régner, de posséder et de jouir d'une clique dorée juchée tout au haut de l'Europe de la guerre de Trente ans. La Fable et les épisodes de l'histoire romaine servent à faire des murs et des plafonds princiers des enfilades de miroirs jumeaux dans lesquels des hommes et des femmes empanachés, emperlés, appesantis par leurs lourds habits et leurs lourdes chairs, se mirent à l'infini sous forme de héros et de dieux. Les allégories emportent des potentats au ciel comme de fastueuses machines d'opéra. Les sanglants martyres et les violentes scènes de chasse assouvissent noblement leur fringale de spectacles et leur goût pour la mise à mort. Il s'agit toujours de plaire à la badauderie des foules, mais cette fois d'une foule de princes.

C'est par la boulimie de la matière que Rubens échappe à la rhétorique creuse des peintres de cours. Tout se passe comme si les empâtements et les giclées de la couleur avaient peu à peu entraîné le virtuose, loin des pompes mythologico-chrétiennes de son siècle, dans un monde où ne compte plus que la substance pure. Ces amples corps ne sont plus que des solides qui tournent comme, d'après les théories encore condamnées de Galilée, la terre tourne ; les fesses des *Trois Grâces* sont des sphères ; les anges rebondis flottent comme des cumulus dans un ciel d'été ; Phaéton et Icare choient comme des pierres. Les chevaux et les amazones jetés bas de *La Bataille du Thermodon* sont des bolides arrêtés dans leur trajectoire. Tout n'est que volumes qui bougent et matière qui bout : le même

sang rosit le corps des femmes et injecte l'œil des
alezans des rois mages ; la fourrure de la pelisse
d'Hélène, les poils des barbes, les plumes des oiseaux
tués par Diane ne sont plus qu'une modification de la
substance ; les chairs potelées des enfants portant des
fruits sont des fruits ; les chairs cireuses et flasques de
Jésus descendu de la croix ne sont qu'un dernier état
de la vie de la chair. En présence de ce puissant magma
organique, l'emphase et les vulgarités, les astuces du
décorateur dans la grande manière n'importent plus.
La grosse Marie de Médicis a une plénitude de reine
abeille. Les trois Sirènes débordantes au bas de la nef
qui porte cette sotte couronnée cessent d'être les dames
Capaio de la rue Vertbois et la petite Louise qui leur
servirent de modèles ; leurs lourds appas évoquent
moins la femme que le poids et le claquement mat de la
vague sur l'étrave. Comme un amant dans un lit,
comme un Triton dans l'eau, il s'ébat dans cette mer de
formes.

Claire Fourment n'a pas laissé de traces : j'ignore si elle ressemblait davantage à la tante Isabelle ou à la tante Hélène. Mais on a le portrait de son fils, Daniel-Albert Adriansen (Daniel en hommage à la dynastie des Fourment, Albert en l'honneur d'un archiduc bien-aimé). Homme d'épée comme son père, officier aux armées de la Flandre Occidentale, ce cavalier en casaque cramoisie a de l'alacrité et de la fougue : les yeux sous leurs épais sourcils rient et parlent. Le sang est déjà moins chaud à la génération suivante : Joseph-Daniel Adriansen, majestueux dans sa robe rouge d'échevin noble, est inondé des boucles blondes de sa perruque Régence, qui lui tombe aux hanches. Ce magistrat dameret mourut jeune, laissant de sa cousine Marianne Cleenewerck, fille de l'acquéreur de Crayen-cour, trois fillettes dont j'ai déjà décrit la première, la petite ombre en costume de chanoinesse, une rose à la main. Des deux qui survécurent, l'une se rengagea dans le réseau en épousant un Bieswal et mourut sans enfants ; l'autre, Constance Adriansen, ma quadri-saïeule, prit pour mari, après dispenses pour second et quatrième degré de consanguinité, son cousin Michel-

Donatien de Crayencour. Elle lui apportait, outre une bonne part de la fortune des Adriansen, les lions de leurs armoiries dont les descendants de Michel-Donatien écartèleront leurs armes bourgeoises, et un mince titre de noblesse espagnole transmissible par les femmes. Nous retrouverons plus tard Constance vieillie.

Michel-Donatien, qui fut conseiller du roi, a pu être, lors de son mariage, en 1753, un beau garçon bien découplé dansant allégrement aux violons de sa noce. En 1789, âgé de cinquante-sept ans, ce père de famille ressemble en laid à Louis XVI. Les gros yeux pâles somnolent à fleur de tête ; la lippe fait un pli dégoûté ; le col déboutonné laisse voir un de ces cous épais qui semblent tenter la guillotine. Mon quadrisaïeul y échappa, mais non sans avoir eu sa part des désagréments qu'une révolution apporte avec elle. On a une lettre à lui adressée de Cassel vers 1778 dont la suscription lui donne son nom de terre, et une autre, de 1793, où le seigneur de Crayencour, Dranoutre, Lombardie, et autres lieux, se voit désigné sous l'appellation de citoyen Cleenewerck, soi-disant Craïencour. Au reçu de cette lettre, la lippe amère a dû accentuer son pli.

En mai 1793, dans une des propriétés de la famille de Gheus, près d'Ypres, un groupe de personnes causent à voix basse sous une charmille. Michel-Daniel de Crayencour et sa femme Thérèse sont en costume de voyage. Leurs cinq enfants, dont l'aîné a six ans, jouent au bord du canal sous l'œil de leur bonne. Leur hôte, Léonard de Gheus, le frère de Thérèse, par un de ces chassés-croisés romanesques qui sont bien d'épo-

que, et qui, de plus, tendent à consolider les patrimoines, a épousé la sœur de Michel-Daniel, Cécile. Parmi
quelques portraits de famille dont on n'a pu identifier
les modèles, je choisis le meilleur, qui est aussi pour
l'âge et le style vestimentaire celui qui convient le
mieux à mon trisaïeul : Michel-Daniel peut bien avoir
été ce petit-maître un peu insolent, pâle sous sa
poudre, qui cache aujourd'hui sous un carrick usé le
bel habit de velours bleu dans lequel il s'est fait
peindre. Charles, son cadet, porte un manteau de
roulier qui le déguise à demi. Leur vieux père, Michel-
Donatien, a mis bas sa perruque en cadogan et
ressemble à ses propres fermiers. J'ignore s'il suivit ses
fils en exil, et s'il fut, dans ce cas, accompagné par
Constance, alors sexagénaire. Qu'elle parte ou qu'elle
reste, Constance à coup sûr est calme. Je l'imagine
sortant tranquillement de sa poche son étui d'émail et
d'argent, et recousant au dernier moment un volant à
la jupe de Thérèse.

L'agréable abbé qui accompagne la famille est en
bourgeois. Ce prêtre dont mon père possédait encore
l'anneau d'améthyste passe pour avoir été chapelain de
Michel-Daniel et précepteur des enfants. Mais ceux-ci,
à leur âge si tendre, n'avaient pas besoin d'un précepteur, et je doute que la famille se donnât les airs d'avoir
un chapelain. Cet abbé non assermenté, auquel son
portrait prête des grâces à la Bernis, était sans doute un
parent éloigné ou un ami de ces gens avec lesquels il
allait courir sa chance sur les routes d'Allemagne.

Un petit homme vif, le cousin Bieswal de Briarde,
qui vient de faire à cheval, par des chemins détournés,
les quelques lieues qui séparent Bailleul d'Ypres,
s'informe des routes à suivre vers la Hollande où il a

choisi d'attendre la fin de l'orage. On convient qu'il ira prendre à Gand la diligence de Rotterdam. Léonard de Gheus et Cécile, en tant que sujets des États autrichiens, n'émigrent pas ; ils n'ont en principe rien à craindre, bien que la ruée des sans-culottes les effraie comme tout le monde. Au château, tous les objets de valeur ont été mis en sûreté. L'arrivée d'un valet avec des rafraîchissements interrompt la conversation, car on n'a plus confiance en ses domestiques.

Ces messieurs et ces dames ont mis du temps à s'inquiéter. En 1789, les cahiers de doléances des communes étaient fort modérés ; depuis lors, les levées en masse et la persécution du clergé ont beaucoup refroidi les paysans à l'égard de la République. Les nouvelles de Paris, certes, sont atroces, et le roulement du tambour de Santerre a fait frémir les cœurs bien placés. Mais Paris est trop loin pour qu'on se sente personnellement en danger. Depuis que la guillotine fonctionne à Douai, on a compris : le maire de Bailleul a été l'un des premiers à décamper. Joseph Bieswal, présumant qu'en temps troublés les femmes risquent moins que les hommes, a pris le parti de laisser sur place la sienne, l'ingénieuse et énergique Valentine de Coussemaker, qui saura peut-être, avec l'aide d'un notaire, se débrouiller grâce à des ventes ou à des hypothèques fictives, ou encore persuader aux fermiers, qu'on récompensera plus tard, de racheter en assignats déjà dépréciés les terres pour les rendre un jour à leurs maîtres.

Charles aide le cocher à charger la berline, et monte sur le siège avec de faux papiers pour le cas où l'on aurait à faire aux soi-disant patriotes : la famille est censée se rendre à Spa pour prendre les eaux. Thérèse tient sur ses genoux son petit Charles-Augustin encore à la mamelle ; la bonne se met derrière avec des paquets. Comme toujours, un sac égaré, un enfant qui veut redescendre pour ramasser sa balle ou pour un pressant besoin retardent le départ. Des rires et des exclamations d'impatience se mêlent aux soupirs et aux larmes d'adieu. Cécile éplorée agite son écharpe de tulle et jette des baisers aux voyageurs.

Michel-Daniel et les siens passèrent près de sept ans en émigration, d'abord au château de Kalkar en Prusse, puis dans celui d'Olften, en Westphalie. A côté des émigrés bouillant de restaurer l'ordre en France, ou s'efforçant de faire carrière au service de l'étranger, il y a ceux que la pénurie obligea à se faire maîtres d'escrime, précepteurs ou pâtissiers. Il y eut aussi, moins pittoresques, les exilés assez munis d'argent liquide pour louer des propriétés où l'on vivait en campagnards du produit de la terre. C'est, à ce qu'il semble, ce que firent mon trisaïeul et sa femme. L'économie règne. Michel-Daniel finit d'user son bel habit bleu ; on mesure chichement le beurre des tartines, car les mottes enveloppées de feuilles de choux se vendent bien au marché de la ville. De temps en temps, la visite d'émigrés de passage allège un peu la lourde routine de l'exil : on ne voit guère la bonne société des environs, la langue étant une barrière, encore que la connaissance du flamand aide quelque peu à baragouiner l'allemand. Le curé et le médecin,

quand ils viennent (le second ne vient que trop
souvent), parlent latin avec ces messieurs.

Comme toujours, en pareil cas, la conversation
tourne sur les différences entre le pays d'où l'on vient
et le pays où l'on est, en matière de toilette, d'aliments,
d'amour et de politesse, et le pays où l'on est durement
jugé. Après avoir dû avaler, aux repas, les sauces
aigres-douces de la cuisinière allemande, on prend
place au salon, où, par économie, on n'allume les
bougies que très tard, et encore ces bougies sont-elles
des chandelles. Le fin cousin Bieswal, qui ne trouve
pas la Hollande assez sûre, est venu passer quelques
jours à Kalkar. Une visite en France sous un faux nom,
puis des relais à Ossenabruck et à Brême l'ont lesté de
nouvelles politiques vraies ou fausses. Quant à son
héroïque Valentine, profitant d'une loi récente qui lui
fait horreur, elle a divorcé pour mieux sauvegarder les
biens de l'émigré, ayant réussi à en faire passer une
partie au moins sous son nom. La femme Coussemaker, ci-devant Bieswal de Briarde, a dû subir les
compliments des officiers de la République pour cette
preuve de conformité aux idées du jour. Bien qu'ap-
prouvée par le curé non assermenté qu'elle voit en
cachette, elle souffre d'être allée par nécessité à
l'encontre de ses devoirs de chrétienne et d'épouse. Par
bonheur, elle a pu faire passer ses enfants dans les
États autrichiens ; la petite Reine en particulier a
trouvé une seconde mère en une chanoinesse émigrée.
Le visiteur jette un coup d'œil au petit Charles-
Augustin qui joue à la toupie. Même pendant la
Terreur, il n'est jamais trop tôt pour penser à de
fructueuses unions entre bonnes familles.

Le faible bruit d'une toux, entendue par la fenêtre

ouverte, fait lever la tête à Thérèse. A pas lents, alourdie qu'elle est par une grossesse à son huitième mois, elle monte à l'étage ; l'enfant, son fils aîné, le petit Michel-Constantin, est alité, trempé de sueur, et veillé par une servante allemande. Le médecin n'a plus aucun remède contre cette phtisie. Chacun, sauf Thérèse, s'est accoutumé à l'idée que l'enfant n'atteindra pas l'automne. Le chagrin de la mère éclate en colère contre la domestique qui ne comprend pas les ordres qu'on lui donne.

Thérèse laissa au cimetière de Kalkar deux enfants, le phtisique et la nouvelle-née, morte au berceau. L'air d'Olften ne fut pas plus favorable : trois autres enfants y moururent. Les époux rentrés d'émigration ne ramenèrent avec eux que le petit Charles-Augustin.

Le 17 nivôse an VIII, une lettre de Fouché prévint le préfet du Nord que la femme Degheus, épouse Cleenewerck, était autorisée à rentrer dans son domicile en liberté surveillée, et à jouir de ses biens, sauf toutefois ceux qui avaient été précédemment mis en vente par l'État, au sujet desquels aucune réclamation ne serait admise. Le lendemain, un document signé Bonaparte rayait de la liste des émigrés les frères Cleenewerck, manufacturiers, avec la même fin de non-recevoir quant aux biens perdus. On n'a pas retrouvé de documents similaires concernant Michel-Donatien et Constance.

La qualité de manufacturiers donnée aux deux frères s'explique du fait d'une petite faïencerie récemment passée sous leur nom, peut-être pour faciliter leur

retour en France. Cette mince entreprise n'occupait
que sept ouvriers, et fournissait au marché local des
assiettes et des gobelets de type rustique. On ne sait
trop si la famille comptait sur cette fabrique pour
se repayer de ses déboires, ou si, tournant le dos
à un passé ci-devant, Michel-Daniel et Charles cher-
chaient à se faufiler dans les rangs de cette bourgeoisie d'affaires qui s'avérait, après tout, la principale
profiteuse du chambardement. Mais les N'en-fait-
guère n'avaient jamais eu le don de l'industrie et du
commerce. La fabrique ferma promptement ses
portes.

Valentine de Coussemaker, touchante divorcée,
résista mal aux années tragiques ; elle mourut à trente-
sept ans, en l'an V, pendant une seconde période
d'émigration de son mari. Thérèse de Gheus quitta ce
monde peu après son mélancolique retour d'Allemagne, à quarante-deux ans. Constance Adriansen,
femme Cleenewerck, soi-disant Craïencour, dura un
peu davantage : elle mourut septuagénaire en 1799. Si
elle fut du voyage d'Allemagne, elle partagea avec sa
belle-fille la tristesse et les deuils de l'exil. Si au
contraire elle resta au pays, trop frêle peut-être pour
supporter le long voyage, ou chargée, comme Valentine, de défendre de son mieux le bien de la famille, ses
dernières années s'écoulèrent dans l'atmosphère de
clandestinité, d'alarmes, d'interrogatoires et de visites
domiciliaires, de surenchères républicaines et de timides jérémiades royalistes qui emplissaient la petite
ville ; il n'est pas sûr qu'elle revit ses enfants émigrés.
Quarante-six ans au côté de l'épais Michel-Donatien
n'inspirent pas non plus l'envie. Enfin, elle avait eu
comme tant d'autres sa quote-part d'enfants morts en

bas âge, en ces temps où la nature remédiait sur le champ aux excessives fécondités. Mais aucune existence ne peut se juger du dehors, et moins que toute autre une vie féminine. Son portrait de vieille femme n'est pas morne.

« *Adieu les jupons roses et les souliers dorés...* » Au lieu des falbalas dont elle s'était parée dans son jeune âge, Constance porte la robe sombre et le grand fichu de l'ère révolutionnaire ; le seul bijou est une croix de Jeannette. Mais son bonnet reste un objet de luxe. C'est à peu près celui de toutes les femmes de ces années-là, de la veuve Capet à Charlotte Corday et aux tricoteuses, mais le sien, énorme et léger, plissé, soufflé, met sur cette citoyenne malgré soi une sorte d'immense auréole de tulle. Le visage couvert de fines rides s'effrite par le bas, comme celui des très vieilles femmes. Les yeux clairs, restés jeunes entre leurs paupières rougies, nous regardent avec une froide bienveillance dans laquelle il entre de l'amusement et de la bonté. Les lèvres rentrées répondent faiblement au sourire des yeux. Cette ci-devant n'a pas l'air sot.

Le tremblement qui s'était saisi depuis 1793 de toute une partie de la société française n'avait pas quitté ces émigrés rentrés au bercail. Ils avaient, on le voit, renoncé provisoirement à leur nom de terre, jugé capable d'attirer sur eux la foudre. Rassurés par l'Empire, et plus encore par la Restauration, ils y revinrent peu à peu dans l'usage courant, sur les billets d'invitation et sur les faire-part, mais ne le reprirent sur les documents officiels qu'après l'avoir fait dûment légaliser, avec autorisation de le réintroduire après coup dans tout acte passé depuis la Révolution.

Michel-Donatien ne mourut qu'en 1806 ; Michel-Daniel et Charles, octogénaires, s'éteignirent respectivement en 1838 et en 1845 sous le règne de l'usurpateur Louis-Philippe. Ces vieillards qui se souvenaient encore du sacre de Louis XVI firent sans doute jusqu'au bout leur whist avec l'abbé, qui, on l'espère, avait pu voir lui aussi refleurir le trône et l'autel. On les imagine, vers 1824, se rendant parfois en cabriolet au Mont-Noir, dont les sablons avaient fourni une des matières premières à la malchanceuse faïencerie, et où Charles-Augustin, « le grand cavalier » surveille la construction d'une maison de plaisance d'un Louis XIII-Charles X très caractérisé, en remplacement peut-être d'une maison de campagne perdue.

Il semble, en effet, que certaines terres de la famille aient été vendues comme biens d'émigrés ; Michel-Donatien a pu en aliéner d'autres pour faire face aux jours difficiles. Mais l'histoire de pertes subies durant la Révolution est en bonne partie apocryphe : les actes notariés et ce qu'on sait du genre de vie de ces spoliés les montrent fort à l'aise. Aux époques troublées, avoir pâti comme les autres est matière à émulation et à vanterie : chacun se plaignait. Quant à la pieuse tradition qui veut que les paysans aient rendu spontanément certains biens achetés par eux aux enchères, sans prétendre à des bénéfices d'aucune sorte, c'est peut-être plus qu'une berquinade. Dans ce coin de Flandre où propriétaires et fermiers vivaient encore quasi côte à côte, l'absentéisme étant surtout le fait de la noblesse de cour, elle-même assez rare, l'envie, la haine, la rancune ont eu souvent beau jeu, mais parfois l'affection et la fidélité aussi. Il semble que ces Cleenewerck, avec ou sans nom de rallonge à la française, furent assez aimés.

Deuxième partie

LE JEUNE MICHEL-CHARLES

Dans une chambre d'étudiant de la rive gauche, un jeune homme s'habille pour le bal de l'Opéra. Cette pièce basse de plafond, meublée d'épaves de ventes publiques, aussi propre que peut l'être une chambre louée au mois quand la logeuse est une personne d'âge secondée par une domestique sans zèle, constitue en elle-même un lieu commun, et demande à être décrite en termes les plus banals possible. Sur la cheminée, dans laquelle se consume un maigre tison, un *Sacre de Charles X* aux marges roussies prouve que la logeuse est légitimiste. Au-dessus de la table où s'empilent les bouquins de droit du jeune Michel-Charles, une tablette supporte quelques livres plus chers à son cœur : des poètes latins, le Lamartine des *Méditations*, Hugo, des *Orientales* aux *Chants du Crépuscule,* mais aussi Auguste Barbier et Casimir Delavigne auprès d'un exemplaire éculé des *Chansons* de Béranger. Tous ces détails, toutefois, et principalement les titres au dos des livres, se perdent dans le noir d'un début de nuit de février, tempéré seulement par deux bougies de cire. A peine aperçoit-on dans un coin, sur la carpette usée et protégée par un morceau de drap éponge, les deux

brocs que mon futur grand-père, qui en ce moment a
vingt ans, a montés lui-même pleins d'eau tiède, et la
baignoire en tôle où il s'est plongé, après que sa logeuse
lui a bien recommandé de faire en sorte que ça ne coule
pas sur le plafond d'en dessous.

Sur la courtepointe s'étalent les pantalons collants,
du meilleur faiseur, l'habit à basque, le domino drapé
de manière à produire un effet déjà mystérieux, et sur
l'oreiller le masque de satin noir. Des escarpins bien
lustrés font des pointes sur la descente de lit. L'étudiant qui tient à honneur de ne jamais dépenser
complètement la pension fort modérée que lui octroie
son père ne lésine pas sur sa toilette, un peu, certes,
par vanité de beau garçon qui veut plaire, et davantage
peut-être par le sentiment de ce qu'il se doit à lui-
même. Michel-Charles, qui a la modestie de se croire
simple, est en réalité compliqué.

En caleçon et chemise à jabot, il contemple le petit
miroir de la commode avec une curiosité sérieuse. Ce
jeune homme a un de ces visages qui semblent
appartenir, moins à l'individu, qui n'a pas encore fait
ses preuves, qu'à la race, comme si, sous le sien,
d'autres figures distraitement aperçues sur les murs de
la maison familiale de Bailleul affleuraient à la surface,
puis s'effaçaient. Dans la forte ossature, entre les
pommettes saillantes et la barre des sourcils épais,
s'insèrent des yeux d'un bleu intense et froid, qui font
parfois se retourner vers lui les belles rencontrées au
spectacle ou dans les promenades publiques. Le nez
avec ses cloisons un peu épaisses le satisfait moins : ce
sont de ces narines qu'une maîtresse qui a des lettres
qualifierait de léonines ; il les préférerait plus minces.
La bouche est grande et généreuse, mais le bas du

visage reste empreint d'une mollesse enfantine, ce dont
bien entendu l'étudiant qui enroule autour de son cou
deux aunes de fine batiste ne se doute même pas. En
tout cas, il sent que ce n'est pas là une physionomie
parisienne, ni même peut-être tout à fait française. Ne
pourrait-on pas, en somme, le prendre pour un
Hongrois, un Russe, un beau Scandinave ? Oui, un
Ladislas, un Ivan, peut-être un Oscar... Il y a là, se dit-
il, de quoi intriguer les femmes.

Mais, au fond, pour qui se déguise-t-il ? Dès sa
première année à Paris, il s'est rendu au bal de l'Opéra
avec des camarades, sans autre résultat que d'en sortir
déçu et fatigué au bout d'un quart d'heure. Comme
Frédéric Moreau, son contemporain, ces gaietés
tumultueuses le glacent. Le but de Michel-Charles est
d'obtenir le plus vite possible ses degrés, pour rentrer
ensuite à Bailleul aider son père malade à gérer les
biens familiaux. Ce bal n'est qu'une folie à laquelle rien
ne l'oblige. Il a feuilleté, certes, des romans de Balzac,
sans savoir d'ailleurs qu'il lisait des chefs-d'œuvre,
ceux-ci n'étant pas encore consacrés comme tels. Mais
dans aucune des maisons qu'il fréquente à Paris, pas
même chez ses élégants cousins d'Halluyn, il n'a
rencontré de Diane de Cadignan, dangereuse dans ses
atours gris tendre. Aucune Esther ne lui offre les
millions gagnés sur son lit de courtisane ; aucun
Vautrin ne lui a donné les conseils à demi paternels qui
l'aideraient à se pousser dans le monde. Il en conclut
un peu vite que les romans ne sont que fariboles.
Quelle aventure peut-elle l'attendre à l'Opéra, dans le
grouillement d'une foule encapuchonnée et masquée
de noir, qui coule ou s'agglutine aussi incompréhensiblement qu'une file de fourmis ou un couvain d'abeil-

les ? Une impure qui joue la grande dame déguisée en lorette, et que surveille de loin un souteneur ? Une femme du monde déguisée en fille, et qu'un mari jaloux suit à son insu ? Une femme de chambre, parée pour un soir des bijoux de sa maîtresse, et jouant les femmes du monde ? Mieux eût valu consacrer cette soirée à l'aimable et commode Blanchette (je lui choisis ce nom), passementière de son état (je lui choisis ce métier), qu'il est si facile d'amuser le dimanche, après une heure d'intimité au lit, en lui offrant quand il pleut une visite au Louvre, quand il fait beau une flânerie dans les jardins du Luxembourg. Avec celles-là, on ne se laisse pas entraîner.

Il évoque sans plaisir le brouhaha des rires sottement déchaînés par des reparties qui n'en valent pas la peine, le ton pointu des agaceries traditionnelles, le relent des parfums et des pommades des femmes. A supposer qu'il emmène une belle inconnue souper au *Cadran Bleu* ou aux *Frères Provençaux,* il sait à quoi s'en tenir sur l'obséquiosité graveleuse du garçon ouvrant la porte du cabinet particulier, le fumet pas encore dissipé du repas précédent, et la petite bouffée de poussière qui monte du canapé de reps rouge quand la belle s'y laisse aller. Sera-t-elle même saine ? Le souvenir du musée Dupuytren où Charles-Augustin, son père, l'a conduit durant l'une des visites qu'il fait régulièrement à Paris pour consulter ses médecins, salit un instant l'esprit du jeune homme. Faut-il absolument qu'il aille faire l'amour avec un domino inconnu parce que c'est aujourd'hui Mardi Gras ?

Une bouteille de champagne trempe dans un seau de glace qu'il a pris lui-même chez le limonadier d'à côté. Tout en achevant de s'habiller, il la débouche soigneusement, évitant le bruit de bouchon qui saute, qu'on lui a appris à trouver vulgaire, remplit son verre à dents du liquide qui pétille, et froidement, délibérément, le vide, le remplit à nouveau, et recommence jusqu'à ce que toute la bouteille y passe. Non que Michel-Charles soit grand buveur : la familiarité des grands crus a fait de lui un connaisseur et le contraire d'un ivrogne. Mais il tient de son père cette recette qu'il passera à son fils : pour se monter au niveau d'une fête à laquelle, au fond, on ne tient pas tant que cela à se rendre, rien de tel que de boire à petites gorgées une bouteille entière d'un champagne de bonne marque, sans lequel les gens et les choses ne sont que ce qu'ils sont.

Presque aussitôt, le breuvage a l'effet voulu : son sang bat plus vite ; ses veines semblent tout à coup remplies d'une flamme d'or. Un jeune homme se doit de partager les plaisirs de son pays et de son temps, de provoquer l'aventure, d'en courir les risques, de se prouver à soi-même qu'il peut conquérir autre chose qu'une gentille grisette, qu'il est capable de reconnaître l'élégance et le charme sous le capuchon banal et le loup de dentelle noire. Choisir, amuser, oser, jouir, satisfaire... Merveilleux programme. Lorsque Charles-Augustin, tout dernièrement, est venu à Paris se traîner sur des béquilles dans le salon d'attente du docteur Récamier, qui désormais ne peut rien pour lui, ce père intelligent a lui-même conseillé à son fils de ne pas laisser passer sa jeunesse sans en goûter, avec modération, les plaisirs. Les deux Charles ont eu ce jour-là une de ces conversations qui établissent entre père et fils la franc-maçonnerie masculine, loin des oreilles des mères, des épouses, des filles et des sœurs.

Charles-Augustin n'aurait sans doute pas parlé si sincèrement à Bailleul. Depuis lors, repensant au « grand cavalier » pétrifié peu à peu par la paralysie progressive, Michel-Charles s'est demandé si son père ne regrette pas de son passé autre chose et plus que les longues chevauchées dans la campagne flamande. Le bruit d'une voiture s'arrêtant devant la porte le ramène à l'immédiat : un de ces coupés que le jeune homme s'octroie pour « sortir » les soirs de pluie, de crotte ou de neige, et qui augmentent la bonne opinion qu'a de lui sa logeuse. Avant de descendre, une idée vient à Michel-Charles : il rouvre le tiroir qu'il a fermé à clef un instant plus tôt, y fait glisser sa chevalière au chaton d'onyx, don de Charles-Augustin, retire de sa poche quelques pièces d'or qu'il cache sous ses chemises. Les six louis qui lui restent suffiront bien pour offrir à souper à une jolie femme, fût-elle duchesse ou bacchante. Et si par malheur l'inconnue tourne à l'entôleuse, ce sera d'autant moins de perdu.

Chemin de fer de Versailles,
rue du Plessis :

Demain, dimanche, 8 mai, jour des Grandes
Eaux de Versailles, des convois partiront toutes
les demi-heures... depuis le matin jusqu'à
11 heures du soir. Tous les trajets seront directs,
à l'exception des premiers convois du matin...
On délivre des billets d'avance à la Gare de la
rue du Plessis.

Trois mois plus tard, la tiédeur d'un certain 8 mai
envahit cette chambre, embellissant tout. Il est trop tôt
pour que le soleil darde ses rais dans cette rue étroite,
mais on devine qu'il va faire beau, une de ces journées
de printemps qui contrefont l'été. On est en 1842 ;
c'est dimanche, et, par surcroît (mais Charles-Augustin haussèrait les épaules), c'est la fête du Roi-Citoyen.
Les bouquins de droit de l'étudiant n'encombrent plus
la table couverte d'une nappe blanche ; une cafetière y
trône sur un réchaud, ainsi qu'une pile de tasses et de
soucoupes, le tout prêté par la logeuse ; un grand
panier contient des brioches.

Par une chance heureuse, un camarade de Cassel, Charles de Keytspotter, a choisi ce moment pour visiter Paris, où son frère aîné, autre ami d'enfance, prépare lui aussi sa licence en droit. Le petit groupe, auquel s'adjoignent deux anciens condisciples de Michel-Charles au collège Stanislas, s'est promis de consacrer ce dimanche aux Grandes Eaux de Versailles. Le tour du parc accompli, on fera visiter au jeune Keytspotter le palais et les Trianons. L'après-midi se passera à folâtrer dans les bois après un repas dans quelque guinguette. Le provincial qui n'est à Paris que depuis quelques jours a été pourvu pour l'occasion d'une aimable compagne choisie par Blanchette. Son frère a sa grisette attitrée. L'un des Parisiens est fils d'un architecte nommé Lemarié, l'autre, un jeune monsieur de Drionville. Ils amènent ou n'amènent pas avec soi leur chacune. Personne n'a pris la peine de noter les noms de ces deux ou trois jolies filles : mettons qu'elles s'appellent Ida, Coralie ou Palmyre. Michel-Charles a tenu à commencer la belle journée en invitant tout le monde à un petit déjeuner sous son toit.

Les jeunes gens arrivent ensemble ou l'un après l'autre. Blanchette, discrètement entrée la dernière, fait les honneurs non sans échanger de temps en temps de tendres regards avec Michel-Charles. Elle porte un beau cachemire tout neuf, cadeau de départ, car il est convenu qu'elle épousera bientôt un ami sérieux, caissier à Moulins. Ces demoiselles sont en nanzouk ou en organdi, avec des capotes fleuries à brides bleues ou roses ; ces messieurs arborent des pantalons clairs. La chambre s'emplit de froufrous et de petits rires.

On s'égaille bientôt dans les rues encore presque vides, entre les boutiques aux volets fermés. Pour

ajouter aux plaisirs de la journée un plaisir plus neuf,
on a décidé d'aller à Versailles et d'en revenir par
chemin de fer. La ligne du Nord n'étant encore que
projetée, c'est la première fois que Charles de Keytspotter, venu à Paris par la diligence, aura l'occasion de
voir une locomotive. La ligne Meudon-Versailles ne
fonctionne que depuis dix-huit mois ; même pour les
Parisiens du petit groupe, rouler sur rails est encore
une espèce de nouveauté. On a quelque mal à trouver
place dans les wagons, déjà fort remplis. Ida, ou
Coralie, a peur, ou fait semblant par coquetterie. Ces
messieurs la rassurent en se portant garants de la
sécurité des chemins de fer. Durant le trajet, les frères
de Keytspotter commettent l'erreur d'engager avec
Michel-Charles une conversation sur les grands petits
événements de Cassel ; les deux Parisiens parlent
politique. Les jeunes personnes, qui s'ennuient un
peu, s'entretiennent de chiffons et de leurs amoureux
de l'an dernier, rient beaucoup, et trouvent que le train
va moins vite qu'on n'avait dit. Michel-Charles aide
galamment Blanchette à sortir de dessous sa paupière
une escarbille, à vrai dire invisible, mais qui, dit-elle,
lui fait mal.

Le spectacle des Grandes Eaux est un triomphe ;
Trianon aussi ; le palais lui-même un peu moins ; ces
grandes salles regorgeant d'histoire et bondées de
visiteurs fatiguent tout le monde sans que personne en
convienne. Dans la Galerie des Glaces, Blanchette fait
remarquer en frissonnant que tout ça, la nuit, doit être
plein de fantômes. La jeune verdure des allées et leur
relative solitude enchantent la petite bande. Le déjeuner composé d'omelettes et de fritures est gai et paraît
délicieux parce qu'il est fort tard et qu'on a grand-

faim. On boit au futur mariage de Blanchette, puisque décidément elle se range ; elle a ôté sans bruit ses escarpins qui la gênent un peu, et presse sous la table son pied charmant contre la cheville de son tendre ami. On boit au futur succès de Michel-Charles et de Louis de Keytspotter à leurs examens de droit, et à celui de Lemarié à l'école des Beaux-Arts.

Le retour se fait à une allure ralentie ; les messieurs soutiennent du bras les demoiselles, qui se disent fatiguées ; on reprend en chœur une romance ; on fait taire gentiment Lemarié, un peu bu, qui fredonne des gaudrioles. Coralie, qui a soif, voudrait qu'on s'arrête un instant chez un limonadier pour prendre un orgeat, mais Michel-Charles fait remarquer qu'on n'a que le temps de regagner la Gare, si l'on veut être à Paris pour souper à *La Chaumière,* où il a retenu une table, et voir ensuite sur la Seine les feux d'artifice.

Une atmosphère de fête foraine et d'émeute bon enfant règne à la gare de Versailles. Michel-Charles lui-même conseille d'attendre le train suivant, ce qui après tout les retardera très peu : pour accommoder la foule des voyageurs, des convois partent maintenant toutes les dix minutes. Un train tiré par deux locomotives entre en gare ; des couples bourgeois endimanchés, mais que débraillent la poussière et la chaleur précoce, des lycéens, des ouvriers en casquette, des femmes traînant des enfants et tenant des brassées de jonquilles qui, déjà, commencent à se faner, se ruent sur les hauts marchepieds. Lemarié a juste le temps de faire remarquer à ses camarades un marin très galonné qui monte dans le compartiment voisin du leur : l'amiral Dumont d'Urville, récemment rentré après mille dangers d'une exploration de l'Antarctique ; une dame bien mise et un jeune garçon qui est sans doute son fils l'accompagnent. Aidées par leurs messieurs, les grisettes font l'escalade du compartiment, protégeant de leur mieux leurs volants et leurs bonnets. On s'assied ou reste debout faute de place, un peu haletant, juste au moment où les employés font claquer les portières et leur donnent un tour de clef, histoire d'empêcher les malins, qui voyagent sans billet, de fausser compagnie avant l'entrée en gare. Paul de Drionville, assis en face de Michel-Charles, s'inquiète un peu : sa mère lui a fait promettre de ne jamais monter dans un wagon de tête. Michel-Charles le rassure : on est dans le second wagon. Il ajoute qu'on va décidément très vite. Le roulis devient celui d'une barque par gros temps. Tout à coup, une série de secousses jettent les uns sur les autres les voyageurs moitié riants, moitié effrayés ; un choc énorme, pareil à celui d'une lame de fond, lance les occupants à terre ou contre les parois. Un tumulte fait de métal qui grince, de boiseries qui se rompent, de vapeur qui siffle et d'eau qui bout couvre les gémissements et les cris. Michel-Charles perd connaissance.

Quand il regagne à demi conscience, c'est pour sentir qu'il étouffe et tousse dans une atmosphère de four enfumé. Un peu d'air plus frais semble venir de quelque part ; il ne saura jamais si c'est d'une cloison défoncée ou d'une vitre brisée. Rampant dans l'obscurité suffocante, écartant, repoussant des masses qui sont des corps, accrochant çà et là un bout d'étoffe qui se déchire, il atteint la brèche, enfonce la tête et les épaules dans l'ouverture trop étroite, se débat, tombe enfin du trou et roule sur un remblai.

Le contact et l'odeur de la terre le raniment ; il

constate en tâtonnant qu'il est tombé dans un vignoble. Malgré le long crépuscule de mai, il fait presque aussi noir dehors que dans le trou dont il est sorti. S'aidant de ses mains qui saignent, il se met debout sur le remblai et comprend enfin ce qu'il n'a jusque-là que vécu. La seconde locomotive s'est précipitée sur la première : les wagons entièrement construits en bois, soulevés, renversés, brisés, grimpés les uns sur les autres, ne sont plus qu'un monstrueux bûcher d'où sortent de la fumée et des cris. Quelques ombres s'agitent et courent le long des rails, échappées comme lui par miracle aux compartiments-prisons. A la lueur d'une nouvelle poussée de flammes, Michel-Charles reconnaît un certain Lalou, de Douai, ancien condisciple. Il le hèle, s'accroche à son bras, crie en désignant l'endroit d'où il vient de s'arracher :

— Il faut rentrer là-dedans ! Il y a là des gens ! Des gens qui meurent !

Les flammes jaillies de partout répondent seules à son futile appel. Une jeune femme tend les bras en hurlant à travers une vitre défoncée : un homme qui risque sa vie s'approche d'assez près pour lui saisir la main, tire ; le bras se détache et tombe comme un tison ardent. Un inconnu lancé sur la voie arrache sa chaussure qui brûle, et avec elle un pied broyé qui ne tient plus que par un lambeau. Un jeune homme, moins heureux que Michel-Charles, est tombé comme lui dans le vignoble au bas du remblai, mais un échalas lui a transpercé la poitrine comme une bayonnette ; il n'a que le temps de faire quelques pas et meurt en poussant un grand cri. Le feu a eu ses caprices comme la foudre : le long des rails où des sauveteurs s'affairent avec des crocs ou des gaules pour ramener à eux des restes calcinés, un jeune voyageur complètement nu, éviscéré de la gorge au bas-ventre, a dans l'orgasme de l'agonie l'aspect d'un monstrueux Priape. A l'arrière, là où le feu n'a pas tout envahi, des cantonniers ont réussi à briser des vitres ou des serrures, délivrant des gens qui s'enfuient en hurlant, laissant ce cauchemar derrière eux ; d'autres au contraire se renfoncent dans la fumée à la recherche de leurs compagnons. Mais les wagons de tête sont perdus.

A la clarté du feu qui silhouette maintenant les moindres objets, Michel-Charles s'aperçoit que le bas de son pantalon pend en loques noirâtres ; passant sa manche sur son front pour essuyer ce qu'il croit de la sueur, il découvre que son visage aussi est en sang. Quand il revient à lui, il est couché dans une salle du château de Meudon, où l'on donne les premiers soins aux blessés. L'aube éclaire les grandes vitres ; c'est déjà hier qu'a eu lieu la catastrophe. Avec ménagement, on lui apprend que des quarante-huit personnes occupant les quatre compartiments de son wagon, il est l'unique survivant.

Quelqu'un, Lalou peut-être, le ramena chez lui en fiacre. Sans doute sur l'avis du docteur Récamier, qui servait depuis longtemps de conseiller à la famille, il fut décidé de ne lui laisser passer qu'en octobre les examens prévus pour juillet. Un boîtier de montre brisé et un bout de passeport servirent à dresser l'acte de décès des frères de Keytspotter, que Michel-Charles signa. Il se peut qu'il ait rendu le même service à Lemarié et à Drionville. Un bout de ruban, un manche d'ombrelle retrouvés dans ce charnier font penser aux grisettes ; je leur ai vainement cherché des identités plausibles dans la liste, sans doute incomplète, des morts, et Michel-Charles n'avait peut-être connu d'elles que leurs gracieux noms de guerre. Peu à peu, les cicatrices des brûlures subies par le jeune homme s'effacèrent, mais un épi de cheveux sur son front se détacha longtemps tout blanc sur l'épaisse chevelure brune.

Près de quarante ans plus tard, il consigna pour ses enfants, dans de brefs souvenirs rédigés peu avant sa fin, le récit de ce désastre. Michel-Charles était dénué de dons d'écrivain, mais la précision et l'intensité de son récit feraient croire qu'à son insu peut-être, sous sa poitrine décorée et couverte de drap fin, au fond de ses yeux presque inscrutables, cette masse de cloisons de bois, de métal incandescent et de chair humaine continuait à brûler et à fumer. Homme du XIXᵉ siècle, respectueux de toutes les formes de décence, Michel-Charles n'a pas indiqué par écrit que quelques aimables filles s'étaient jointes à la joyeuse petite bande. Il mentionna leur présence à son fils. Il a aussi épargné à ses enfants quelques détails hideux, que je prends dans les rapports officiels.

D'autres personnes, apparentées de près aux victimes, gardèrent quelque temps au fond d'elles-mêmes le souvenir du sinistre. L'architecte Lemarié, père de l'étudiant disparu, fit construire à l'endroit fatal une chapelle qu'il dédia à Notre-Dame-des-Flammes : il devint fou sitôt après la cérémonie de la consécration. L'édifice était, paraît-il, assez laid ; mais son beau nom fait rêver. Notre-Dame-des-Flammes : un père également pieux eût pu faire élever une chapelle à Notre-

Dame-des-Affligés, à Notre-Dame-de-la-Consolation, que sais-je encore ? Plus courageux, cet inconnu regarde en face l'holocauste, au risque de s'y consumer lui-même. Sa Notre-Dame-des-Flammes me fait songer malgré moi à Durga ou à Kali, à la puissante Mère hindoue dont tout sort et en qui tout s'abîme, et qui danse sur le monde, annulant les formes. Mais la pensée chrétienne est d'essence différente : « *O tendre Marie, défends-nous des flammes de la terre ! Préserve-nous surtout des flammes de l'éternité !* », disait l'inscription placée au fronton. Pour ces âmes passées du feu terrestre au feu du Purgatoire, quatre messes par an devaient être dites. Elles le furent pendant une vingtaine d'années. Puis, l'oubli dissipa le souvenir des cendres. La chapelle, de style troubadour, était encore debout il y a quelque trente ans. Un immeuble la remplace aujourd'hui.

Les fils de la toile d'araignée où nous sommes tous pris sont bien minces : ce dimanche de mai, Michel-Charles faillit perdre, ou se voir épargner, les quarante-quatre ans qui lui restaient à vivre. En même temps, ses trois enfants, et leurs descendants, dont je suis, coururent de fort près la chance qui consiste à ne pas être. Quand je pense qu'une bielle défectueuse (on avait, assure-t-on, commandé en Angleterre une pièce de rechange, restée en souffrance à la douane) a risqué d'anéantir ces virtualités, quand je constate par ailleurs le peu qui reste de la plupart des vies actualisées et vécues, j'ai du mal à attacher beaucoup d'importance à ces carambolages du hasard. L'image qui surnage pour moi de ce désastre du temps de Louis-Philippe n'en est

pas moins celle d'un garçon de vingt ans fonçant la tête
la première à travers une brèche, aveugle et sanglant
comme au jour de sa naissance, portant dans ses
couilles sa lignée.

Même pour mon père, qui n'aimait rien de ce qui le rattachait à la famille, à plus forte raison pour mon grand-père, que tout unit à la sienne, la vieille maison de Bailleul a toujours signifié beauté, ordre, et calme. Comme elle a disparu dans les fumées de 1914, et que je n'ai eu que le temps de l'apercevoir tout enfant, elle demeure à jamais dans cet ILLO TEMPORE qui est celui des mythes de l'âge d'or. Balzac, dans *La Recherche de l'Absolu*, a dépeint un logis semblable avec son génie visionnaire, mais aussi avec cette mégalomanie qui le portait à tout surfaire. Peu de familles de la Flandre française ornaient leur salon d'un authentique portrait d'ancêtre par Titien ; fort peu cultivaient dans leur jardin des tulipes dont chaque oignon valait cinquante écus ; aucune, par bonheur, ne possédait une série de panneaux d'époque représentant dans tous ses détails la vie du brasseur patriote Van Artevelde, ce qui n'est tout au plus qu'une invention naïve d'ébéniste louis-philippard. Réduite à l'essentiel, la maison Claes, dépeinte par cet homme qui ne mit à peine les pieds dans le Nord, vit et respire si bien que je puis me dispenser de décrire cette maison de Bailleul.

Le son grêle de la sonnette et les jappements de sa bien-aimée chienne Misca emplissent Michel-Charles d'une douceur qu'il ne croyait plus connaître. Viennent ensuite les trois vierges, Gabrielle, Louise et Valérie, blanches et roses dans leurs atours d'été, qui ont pris les devants pour ouvrir la porte à leur frère. Puis, superbement sûre de soi, dominant de haut ses émotions, un sourire réconfortant aux lèvres, Reine, la bien-nommée, qui serre son fils contre son ample corsage de taffetas luisant comme une cuirasse. L'accolade de la cuisinière Mélanie, qui a vu naître le jeune Monsieur, et qui ira un jour reposer dans le caveau de famille après cinquante ans de bons services, s'accompagne des poignées de main timides et des révérences des deux autres bonnes. Enfin, un bruit sec et cadencé martèle cette rumeur ; Charles-Augustin Cleenewerck de Crayencour, pour faire honneur à son fils, s'est levé du fauteuil qu'il ne quitte plus guère depuis qu'une maladie de la moelle épinière, dont les premières douleurs se sont fait sentir il y a quinze ans déjà, l'a laissé paralysé des deux jambes ; les hautes béquilles font toc-toc sur le carreau du couloir.

Le visage bien rasé de Charles-Augustin effleure celui de son fils. Ses traits labourés de rides, son regard sec expriment une vivacité que son corps désormais n'a plus. Impeccable dans sa redingote bien prise, contrôlé à l'excès, malgré ses jambes molles qui flottent sous lui, cet infirme a l'air d'un bourgeois d'Ingres. Ce bon Henri, frère aîné de Michel-Charles, est descendu de sa chambre. Ce n'est pas précisément un simple d'esprit, pas même un attardé, ou à peine. Les voisins se tirent d'affaire en l'appelant un original. Dès l'école paroissiale, on s'est aperçu qu'il ne fallait pas rêver pour

Henri du collège Stanislas ni des bancs de la Sorbonne.
On sait déjà qu'il vieillira en famille, sans demander
grand-chose à la vie, sans gêner personne, content de
promener sur la Grand Place ses beaux habits que lui
envoie un tailleur de Lille, et distribuant des bonbons
ou des sous à des galopins qui échangent sur son
compte des plaisanteries en flamand dès qu'il a tourné
le dos. Il a d'excellentes manières, se plaît à passer, à
table, avec un demi-salut, le sel ou la moutarde qu'on
lui demande ; il aime à écouter ses sœurs chanter la
romance en s'accompagnant au piano, mais consacre la
meilleure partie de son temps à lire dans sa chambre
Paul de Kock, qui ne doit pas tomber sous les yeux des
demoiselles. Il adresse son grand sourire un peu ébahi
à son frère.

Au bout du long couloir, la porte du jardin s'ouvre
sur des verdures et des chants d'oiseaux. Les jeunes
filles ont laissé sur une table de métal leurs jeux de
grâces et leur ouvrage. Tout cela était ainsi, un certain
soir d'il y a moins d'un mois, pendant qu'à Meudon
soufflait et brûlait l'enfer. Ne nous y trompons pas : ce
n'est pas au cœur, mais à l'esprit, que Michel-Charles
est frappé. Il ne faudrait pas s'exagérer la peine que lui
a causée la mort de ses quatre excellents compagnons :
ils n'étaient pas amis à ce point-là. La mort de
Blanchette est assurément un souvenir atroce, mais
Blanchette elle-même n'était qu'une aimable fille qu'il
s'apprêtait à quitter. Ce qui l'a laissé quelque temps
stupéfait et sans force, c'est le sentiment soudain de
l'horreur cachée au fond de tout. Le rideau des
apparences, si gaies dans ce Versailles où jouaient les
Grandes Eaux, s'est écarté un moment : bien qu'il soit
peu capable d'analyser l'impression reçue, il a vu le

vrai visage de la vie, qui est un brasier. Reine perçoit chez son fils la montée de la fatigue, l'emmène s'étendre, ferme les rideaux, le laisse avec la chienne Misca pelotonnée à ses pieds.

« *Reine Bieswal de Briarde, ma mère*, écrit Michel-Charles au début de ses souvenirs, *était fille de Joseph Bieswal de Briarde et de Valentine de Coussemaker, petite-fille de Benoît Bieswal de Briarde, conseiller au Parlement et de demoiselle Lefebvre de la Basse-Boulogne dont j'ai le portrait costumée en Diane chasseresse. Elle était de taille moyenne, d'une belle carnation flamande, très intelligente et très bonne... Elle avait été élevée par une chanoinesse de haute lignée que les hasards de la Révolution avaient fait échouer dans sa famille, à l'étranger, et qui depuis ne l'avait pas quittée. Tout, chez ma mère, révélait l'éducation soignée d'autrefois.* » Ce qu'il tait, et ce n'est ni la première ni la dernière occasion où nous le surprenons à économiser les vérités difficiles à dire, c'est que cette femme si avenante était aussi formidable. On a son portrait par Bafcop, bon portraitiste fort réputé à l'époque dans la région du Nord. Cette quadragénaire en toilette de ville, vêtue de satin et de fourrure, les mains enfoncées dans son énorme manchon, fait l'effet d'une frégate qui s'avance toutes voiles dehors. L'ex-pupille d'une noble chanoinesse a une physionomie d'abbesse d'ancien régime : on devine que cette cordialité un rien joviale cache une volonté souple et tranchante comme une lame ; ce sourire a toujours le dernier mot. Reine est le chef-d'œuvre d'une société où la femme n'a pas besoin de voter et de manifester dans les rues pour régner. Elle joue à merveille son rôle de régente auprès du roi malade : il est entendu qu'elle défère tout à Charles-Augustin : en réalité, elle gouverne.

Ce couple uni est séparé par des nuances d'opinion que la bonne éducation les empêche presque toujours de manifester. Pour Charles-Augustin, il n'y a qu'un roi de France, et il est à Frohsdorf. L'épopée ou l'équipée impériale a passé pour lui à distance. Cet homme marié l'année de Waterloo n'a pas précisément pavoisé à l'annonce de la victoire de Wellington, mais la seule douleur qu'on ait ressentie est la mort du frère de Reine, garde d'honneur de l'Empereur durant la Campagne de France. Sans jamais rien dire de tel, Charles-Augustin déplore peut-être que cette fin glorieuse, qui a eu pour résultat d'augmenter la part d'héritage de sa femme, n'ait pas plutôt eu lieu sous les plis du drapeau blanc. Plus tard, il a acquiescé quand Reine, légitimiste, certes, mais empreinte d'un réalisme de mère de famille, a proposé de marier leur fille Marie-Caroline au fils P., sorti d'une honorable tribu bourgeoise où le titre de député du Nord sera presque héréditaire au cours du XIXᵉ siècle sous les différents régimes. Il laisse même Michel-Charles fréquenter à Paris ce beau-frère bien vu dans les ministères, mais n'admettra jamais que son fils « mange au râtelier » du Roi-Citoyen. Reine au contraire rêve pour ce garçon si doué d'une belle carrière administrative, politique peut-être. Mais silence : il sied d'attendre que Michel-Charles ait passé ses examens de droit. Qui sait ? Cet homme et cette femme, qui ont tous deux cinquante ans, ont déjà vu en France se succéder huit régimes. Avant que Michel-Charles ait soutenu sa thèse, il se peut que la branche aînée soit de nouveau sur le trône, ou, ce qui est plus difficile à croire, que Charles-

Augustin ait changé d'avis. Il se peut aussi, et les
familles les plus dévouées font inévitablement ces
calculs au chevet des malades, que Charles-Augustin
ne soit plus là pour imposer son opinion.

Une réception spontanée ne s'est pas organisée au
retour de l'étudiant, comme au jour déjà lointain où il
était revenu bachelier, titre alors si rare à Bailleul qu'il
s'en fallut de peu qu'on le régalât d'une manifestation
publique : on sait que l'accident du chemin de fer de
Versailles l'a fortement éprouvé. Mais la routine
épaisse et comme onctueuse de la vie de famille
continue. Tous les dimanches, Reine préside à un
repas où l'on invite tous les parents, c'est-à-dire à peu
près tout ce qui compte en ville. La nappe mise pour
cette cérémonie à peine moins sacrée que la grand-
messe resplendit d'argenterie et reluit doucement
d'ancienne porcelaine. Les quenelles de volaille sont
servies à midi ; le dessert et les friandises vers cinq
heures. Entre le sorbet et la selle d'agneau, il est
entendu que les invités ont droit à un tour de jardin,
parfois même, en s'excusant un peu de prendre plaisir
à ce divertissement si rustique, une partie de boules.
Quelques-uns en profitent pour gagner discrètement
un pavillon caché sous un massif de verdure. Charles-
Augustin, déférant aux ordres de la Faculté, se met
debout sur ses béquilles et va s'étendre dans la pièce
voisine. Les demoiselles rajustent leurs rubans et
entraînent gaiement leurs amies dans leur chambre, ou
dans un charmant réduit, à l'entresol, dont un banc de
bois bien récuré occupe l'un des côtés. Trois personnes
peuvent y prendre place ensemble, et c'est l'usage des
dames de s'y réfugier pour les causeries intimes. Le
bruit léger d'un filet d'eau qui coule comme dans la

vasque d'une fontaine n'offusquait pas, m'assure-t-on, ces aimables femmes. Le petit pot d'angle qui contient un balai est en vieux Delft comme les potiches du salon.

On fête les accordailles de la jeune Louise avec son cousin Maximilien-Napoléon de Coussemaker, d'une famille dont il n'y a que du bien à dire depuis quatre cents ans. Charles-Augustin approuve ce futur, bien qu'un de ses noms de baptême rappelle un peu trop que les proches de Reine ont donné dans le panneau impérial. Ces prénoms caractéristiques d'un milieu et d'un temps méritent une remarque. Charles-Augustin doit sans doute l'un des siens au jansénisme de son aïeul de Gheus. Celui de Reine, pour une enfant née en 1792, n'a qu'un sens, qui est la fidélité à la fille de Marie-Thérèse menacée. Les Joseph et les Charles, les Maximilien, les Isabelle, les Thérèse et les Eugénie sont de tradition dans la famille, et quelques-uns de ces prénoms, certes, sont communs en France. Il se trouve cependant que tous ont été portés par des empereurs ou des impératrices, des régents ou des régentes espagnols ou autrichiens des Pays-Bas, ou gardent la trace de l'augustinisme janséniste. Ce n'est pas tout à fait un hasard si deux frères venus d'Arras à Paris en 1789, et destinés à laisser un sillage, l'un profond, l'autre vite effacé, dans l'histoire de France, s'appelaient, l'un Maximilien, et l'autre Augustin de Robespierre.

Mal guéri de ses cauchemars et de ses insomnies, le jeune homme rentre néanmoins à Paris où il passe brillamment ses examens d'octobre. Nous ne saurons jamais ce que les deux hivers suivants lui apportèrent d'autre et de plus excitant que l'étude, sinon qu'il a

repris sa chambre rue de Vaugirard et dîne à trente-six
sous dans un restaurant de la rue Saint-Dominique, ce
qui, pour un étudiant, est une sorte de modeste luxe.
Rencontra-t-il sa Diane de Cadignan ou son Esther, ou
se contenta-t-il d'une nouvelle Blanchette ? Les hommes du xixᵉ siècle sont mystérieux par tout un côté de
leur vie.

Il n'est pas question que le jeune docteur à quatre
boules blanches ouvre un cabinet d'avocat. Les profes-
sions libérales, si prisées dans une certaine bourgeoisie,
sont considérées comme inférieures par cette famille
qui n'accepte pour but à la vie que la gestion de son
bien ou le service de l'État. En dépit de l'*Enrichissez-
vous* de Guizot, devise du régime, les affaires et
l'industrie sont placées encore quelques échelons plus
bas : Charles-Augustin ne voit pas son fils dirigeant
une filature. Les connaissances et les diplômes rapportés de Paris serviront à Michel-Charles à établir avec
soin ses contrats avec ses fermiers ou à se tirer sans trop
d'ennuis d'une histoire de mur mitoyen. Le père qui a
dû renoncer depuis des années à faire lui-même la
tournée de ses fermes a hâte de former son successeur.

Mais Reine trouve nerveux ce garçon qui sursaute au
moindre bruit, fait avec Misca de longues promenades
solitaires, et s'enferme comme Henri dans sa chambre,
mais non, il est vrai, pour y lire du Paul de Kock.
Comme il est de règle, ces parents connaissent mal leur
fils, mais Michel-Charles a ses sœurs pour confidentes.
Reine apprend d'elles que le jeune homme soudain
désœuvré parle beaucoup de ciels bleus, de ruines
romaines ou de chalets suisses, et envie son cousin
Edmond de Coussemaker qui fait ses études à Iéna. A
Gabrielle, sa préférée, il a montré des vers, imités de

près de Lamartine, où il exprime la joie qu'il éprouve-rait à voir un jour la mer de Sorrente.

Reine ne connaît du monde que le Paris de Louis XVIII où elle s'est promenée au bras de son jeune mari, les boutiques, les restaurants fins, une pantomime ou un mélodrame sur le boulevard du Crime, le Bois à l'heure des équipages, et justement ces Grandes Eaux de Versailles qu'elle a, de façon presque fatale, recommandées à son fils. Les demoiselles ont passé trois ans dans la capitale confinées dans leur couvent de l'avenue de l'Observatoire, où leur frère venait les chercher le dimanche pour la grand-messe à Saint-Sulpice, une pièce classique à la Comédie-Fran-çaise, ou une occasionnelle sauterie chez le député P. Mais ces femmes à qui suffira toute la vie leur petite ville sentent confusément que le besoin de voyager qui tourmente l'étudiant rentré au foyer est légitime. Un homme bien né se doit de voir le monde avant de s'établir dans le pays où le hasard ou la Providence l'a mis. Un Grand Tour, du genre de ceux que s'offraient les jeunes gentilshommes du XVIIIᵉ siècle, non seule-ment ramènera à Reine un fils guéri de cette fringale de voyages, mais encore lui donnera le temps de dresser ses batteries maternelles en vue d'un beau mariage, et (qui sait ?) d'une carrière officielle pour son cher enfant.

Charles-Augustin n'impose qu'une condition : son fils ne partira que l'an prochain et s'emploiera dans l'intervalle à se perfectionner dans la géographie, l'histoire, la littérature des pays qu'il va visiter, et en apprendre quelque peu la langue. Cet hiver-là, les passants nocturnes, rares dans cette ville où l'on se couche de bonne heure, et où la pluie et le froid

découragent les promenades tardives, auraient pu voir
une lampe brûler jusqu'aux petites heures à la fenêtre
de Michel-Charles. Mais le jeune homme s'interdit de
lire ou de relire les descriptions poétiques, les récits de
voyages empreints peut-être d'un enthousiasme factice
qui l'empêcheraient de voir et de juger par ses propres
yeux. Il a probablement tort. S'émoustiller l'esprit à
l'aide d'évocations lyriques des pays qu'on va traverser
n'est pas plus sot que de boire du champagne avant un
bal.

La veille du départ, Charles-Augustin remit à son
fils, déjà nanti des fonds nécessaires pour les premiers
relais du trajet, une traite de dix mille francs sur la
banque Albani à Rome. Il précisa, d'ailleurs, que
Michel-Charles aurait à prélever sur cette somme
quelques cadeaux choisis avec goût « pour les femmes ». Quant au reste, il souhaitait que le jeune
homme n'en prélevât que trois mille francs pour ses
besoins personnels et donnât une preuve de sagesse en
rapportant le reliquat intact. Disons tout de suite que
ce souhait fut exaucé.

Un coupé emporta enfin les deux voyageurs, Michel-
Charles et son cousin germain Henri Bieswal, bon
garçon qui allait, au retour, s'installer bien à l'aise dans
sa vie de riche propriétaire campagnard, et mourir
président de la société agronomique. Michel-Charles,
ivre de joie, avoue qu'il partit sans aucun de ces
regrets, obligatoires à l'époque, quand on se séparait
des siens. Les parents sur le seuil font bonne contenance : à cinquante-deux ans, Charles-Augustin sait
que ses jours de malade sont comptés : reverra-t-il son
fils ? La robuste Reine pense à l'accident de Versailles :
les nouveaux moyens de locomotion ne sont pas seuls

dangereux : les diligences versent ; les chevaux prennent le mors aux dents ; les barques chavirent ; les
brigands infestent, paraît-il, la Campagne Romaine et
la Sicile ; des Circés et des Calypsos un peu partout
guettent les jeunes hommes, les bernent, escamotent
leurs pièces d'or, mettent dans leur sang un poison qui
détruit la vie. Reine se dit que c'est miracle si Charles-
Augustin jadis est revenu d'Allemagne, laissant ses
frères et sœurs au cimetière ; c'est miracle aussi qu'il ait
fondé une famille, avant qu'un mal incompréhensible
ne prenne possession de lui. Bien que peu douée pour
l'anxiété ou l'amertume, elle songe, en jetant un regard
au bon Henri, que Charles-Augustin à son tour n'a
qu'un fils. Ce bon Henri, debout sur le seuil derrière
elle, jette des baisers aux voyageurs. Gabrielle retient
Misca qui tire sur sa laisse et voudrait suivre son
maître.

Paradoxalement, c'est sur une note sombre que s'ouvre cet heureux voyage. A Péronne, une réparation au coupé exige plusieurs heures. Il fait froid. Le cocher offre aux deux cousins d'entrer pour se réchauffer dans une ignoble taverne que fréquentent les rouliers. Avec, devant lui, une cruche de bière à laquelle il se garde bien de toucher, le jeune homme écoute et regarde dans cette tabagie ses voisins rire, boire, se quereller, lancer à terre leurs crachats, proférer d'une voix rauque des jurons obscènes. « Ce n'étaient pas des hommes, mais des bêtes », note le jeune docteur en droit révolté. Je lui sais presque gré de ne pas se laisser leurrer, comme un peu plus tard un de mes grands-oncles maternels, par des images douceâtres d'ouvriers au grand cœur : ces chromos sont aussi une offense au peuple. Il y a quelque honnêteté, chez Michel-Charles, à décrire ce qu'il voit comme il le voit. La saleté continuera à obséder ce garçon habitué à une maison bien tenue : Arles et Nîmes sont « de sales villes », en dépit de la beauté de leurs restes antiques ; le port de Toulon est « nauséabond », en quoi sans doute il ne se trompe pas. Sa description du bagne ressemble à sa

description du bouge. Frais émoulu de ses lectures de
Dante, il a bien compris qu'il visitait l'enfer. Mais c'est
de nouveau l'horreur et le dégoût qui dominent, et
nullement la compassion. Quand les plaintes d'un
forçat qui se prétend innocent lui font éprouver un
pinçon au cœur, le sourire narquois d'un garde-
chiourme le ramène bientôt au sentiment des réalités.
« Benêt ! semble lui dire ce représentant de l'autorité.
La seule pitié ici est d'être impitoyable. » Le jeune
homme n'y contredit pas, et sort mal à l'aise plutôt que
bouleversé. Dans le fallacieux combat entre l'ordre et
la justice, Michel-Charles s'est déjà rangé du côté de
l'ordre. Il croira toute sa vie qu'un homme bien né,
bien élevé, bien lavé, bien nourri et bien abreuvé sans
excès, cultivé comme il convient qu'un homme de
bonne compagnie le soit de son temps, est non
seulement supérieur aux misérables, mais encore d'une
autre race, presque d'un autre sang. Même s'il se
rencontrait, parmi beaucoup d'erreurs, une petite
parcelle de vérité dans cette vue qui, avouée ou tacite, a
été celle de toutes les civilisations jusqu'à nos jours, ce
qu'elle contient de faux finit toujours par lézarder
toute société qui se repose sur elle. Au cours de son
existence d'homme privilégié, mais pas nécessairement
d'homme heureux, Michel-Charles n'a jamais traversé
de crise assez forte pour s'apercevoir qu'il était en
dernière analyse le semblable de ces rebuts humains,
peut-être leur frère. Il ne s'avouera pas non plus que
tout homme, un jour ou l'autre, se voit condamné aux
travaux forcés à perpétuité.

Dans les derniers mois de sa vie, et dans la paix
relative d'un automne au Mont-Noir, Michel-Charles,
quarante ans après son retour d'Italie, a soigneusement
recopié dans un beau volume relié les quelque cent
lettres qu'il avait écrites aux siens durant ce voyage.
Plaisir un peu triste de malade qui prend appui, pour
ainsi dire, sur le jeune homme qu'il a été. Michel-
Charles se donne modestement pour prétexte le fait
que son fils, et la fille qui lui reste, aimeront peut-être
un jour parcourir ces pages sans prétention pour
s'informer de la manière dont on voyageait en Italie
dans ces temps lointains. Marie n'eut pas, je crois,
l'occasion de les lire. Michel, mon père, n'y jeta qu'un
coup d'œil, et trouva insipide le contenu de ces feuillets
couverts d'une fine et pâle écriture. Dans une note
liminaire, Michel-Charles supplie que ce volume soit
jeté au feu, s'il devait un jour sortir de la famille. Je lui
désobéis, comme on voit. Mais outre que ces textes
anodins ne méritent pas tant de précautions, il se
trouve qu'à cent trente années de distance, et dans un
monde plus changé que Michel-Charles ne pouvait
l'imaginer, ces pages sont devenues un document à

bien des points de vue, et pas seulement sur la manière dont on passait contrat avec les voituriers.

Reine avait fait promettre à son fils qu'il lui écrirait tous les jours, quitte à n'envoyer la longue lettre qu'une fois par semaine, ou quand un courrier pour la France s'offrirait. Il en est résulté ce à quoi on pouvait s'attendre : un pensum dont s'acquitte avec bonne volonté, mais sans flamme, un garçon bien intentionné. Vers l'âge de vingt-deux ans, nous avons tous écrit à la famille, ou à ce qui en tenait lieu, des lettres racontant que nous avions ce matin-là visité un musée, et vu telle statue célèbre, que nous avions fait ensuite un excellent repas, pas trop cher, dans un restaurant du voisinage, que nous comptions ce soir nous rendre à l'Opéra, si nous obtenions des places, et priions qu'on nous rappelât au bon souvenir de diverses personnes. Rien de ce qui nous excitait, nous agitait, parfois nous bouleversait, ne transparaissait dans ces rassurantes missives. On a peine à croire que ces plats comptes rendus, un peu enfantins, aient émané de ce beau garçon aux admirables yeux courant la poste dans ce pays qu'ensuite il ne devait plus jamais oublier.

Bien entendu, la principale litote est celle qui touche aux escapades sensuelles du *cavaliere* français. Les bons parents aiment de tout temps croire que leurs enfants « leur disent tout ». Si par hasard il arriva jamais à Michel-Charles de confier aux siens une petite partie du tout, ce ne fut sûrement pas par l'intermédiaire d'une lettre lue sous la lampe à l'heure du tilleul. A peine, parfois, l'ardeur se devine dans deux mots au sujet de la beauté des femmes d'Avignon, ou dans l'impression, évidemment très vive, que font sur lui, au bal de l'Ambassade de France, les jeunes Moscovi-

tes, princesses et dames d'honneur, accompagnant en
voyage l'impératrice de Russie, femme de Nicolas 1er,
la très allemande Charlotte de Prusse. Il reviendra
ensuite, en Sicile, sur la charmante princesse Olga,
plus tard reine de Wurtemberg, mais les belles filles
italiennes, plus accessibles, demeurent invisibles. Très
vite, les deux cousins se sont joints à un groupe de trois
ou quatre jeunes Français, par économie, nous dit-il ;
on espère aussi pour le plaisir d'être ensemble. Ces
garçons décidés comme lui à s'instruire en s'amusant
lui apprennent vite à faire durer son pécule bien au-
delà des prévisions paternelles, en descendant à l'auberge, loin des hôtels fréquentés par les misses anglaises et leurs parents cassants ou gourmés. Dans les
grandes villes, on loue un appartement et engage un
domestique de place. Une partie du chemin, par
plaisir, se fait à pied, jusqu'au moment où les jeunes
voyageurs harassés sont trop contents d'être recueillis
dans quelque *carrozza* de village.

Mais nous ne saurons jamais rien des petites aventures de ces jeunes gens vagabondant sur les routes au
pays du *Satyricon* et des *Contes* de Boccace, où l'amour
facile, mais pas toujours si romantique qu'on avait cru,
a été de tout temps une attraction ou un mirage pour
les étrangers. Pas le moindre entremetteur sorti de la
comédie antique, et continuant depuis à courir les
rues, proposant à ces Illustres Seigneurs de les
conduire à de bonnes adresses, pas la moindre jolie
lavandière penchée sur son lavoir, faisant valoir sa
croupe ou son sein, rien, non plus, de ces colloques
passionnés des yeux, le long d'un Corso, à l'heure des
déambulations du soir, ni de la belle qui sourit derrière
une jalousie. Pas, ou si peu, de vins du pays, pas de

discussions échauffées sur la politique et les arts, de querelles, parfois, entre camarades, pas de plaisanteries à la bonne franquette, comme on les aimait de ce temps-là, pas de chansons d'atelier ou de refrains de corps de garde braillés dans une carriole d'autant plus joyeusement que le voiturier n'entend mot. Une fois seulement, nous assistons à un de ces exercices choraux auxquels s'adonnait la Jeunesse des Écoles, mais ce que nous entendons n'est ni Béranger, ni Désaugiers, ni n'importe quelle scie en vogue : c'est une romance d'Alexandre Dumas, *L'Ange,* qui respire un idéalisme à la vanille, et que ces jeunes gens jettent aux échos des collines toscanes. Les sentiments éthérés qu'elle exhale sont fort factices ; ils ne le sont peut-être pas plus que ceux qu'expriment une chanson de Prévert ou une pathétique rengaine d'Édith Piaf.

Ces lettres banales du brillant étudiant nous en apprennent long sur l'état de la culture à une époque où les matières enseignées ont peu changé depuis le XVIIIe, peut-être depuis le XVIIe siècle. Nous avons tant déploré la défaite des humanités qu'il n'est pas mauvais de voir comment elles se sont elles-mêmes condamnées à mort. En dépit d'une mémoire qui tient du prodige, et qui lui permettra toute sa vie de réciter d'impressionnants fragments d'Homère dont il a à peu près oublié le sens, Michel-Charles, comme l'immense majorité des Français lettrés de son temps, sait à peine le grec. Il est au contraire excellent latiniste, ce qui veut dire qu'il a lu quatre ou cinq grands historiens, de Tite-Live à Tacite, autant de poètes, à commencer par Virgile en entier pour finir par des morceaux choisis de Juvénal, et deux ou trois traités de Cicéron et de Sénèque. Presque toutes les civilisations fondées sur

l'étude des classiques se bornent à un nombre fort
restreint d'auteurs, et il semble que les mérites intrin-
sèques de ceux-ci importent moins que la familiarité
qu'on a d'eux. Leur lecture estampille l'homme
moyen membre d'un groupe et presque d'un club.
Elle le munit d'un *modicum* de citations, de prétextes et
d'exemples qui l'aident à communiquer avec ses
contemporains disposant du même bagage, ce qui n'est
pas peu de chose. Sur un plan plus rarement atteint, les
classiques, certes, sont bien davantage : le support et le
module, le fil à plomb et l'équerre de l'âme, un art de
penser, et quelquefois d'exister. Dans le meilleur des
cas, ils libèrent et poussent à la révolte, serait-ce contre
eux-mêmes. N'attendons pas d'eux de tels effets sur
Michel-Charles. Il n'est pas un humaniste, espèce rare
d'ailleurs vers 1845. Il n'est qu'un très bon élève qui a
fait ses humanités.

Ce qu'il visite est une Italie que nous ne voyons plus.
Les ruines y sont encore de grands vestiges drapés de
plantes grimpantes, devant lesquels on vient rêver aux
fins dernières des empires ; ce ne sont pas ces spécimens d'architecture du passé restaurés, étiquetés,
maquillés la nuit par des projecteurs, rapetissés par le
voisinage de buildings que le prochain bombardement
aplatira avec eux. La *Meta sudans,* point de départ de
toutes les routes de l'Empire, avec sa fontaine où les
gladiateurs lavaient leurs bras ensanglantés, n'a pas
encore disparu dans le branle-bas édilitaire de Musso-
lini ; on arrive encore à Saint-Pierre par un dédale de
petites rues qui font de la colonnade de Bernin une
immense et harmonieuse surprise. L'énorme tranche
de saindoux qu'est le monument de Victor-Emmanuel
ne rivalise pas encore avec le Capitole. Les pétarades

des vespas n'empêcheront que plus tard d'entendre le bruit des fontaines. Michel-Charles erre à cheval dans une ville sale et souvent fiévreuse, mais non polluée comme elle l'est de nos jours, restée à l'échelle humaine et à celle des fantômes. Les vastes jardins que détruira dès la fin du siècle la spéculation immobilière verdoient et respirent encore. Les quartiers populaires regorgent d'une humanité vociférante et sordide qu'évoquent quasi tendrement les poèmes en dialecte de Belli ; le contraste est brutal entre la misère des pauvres et le luxe des familles papales et bancaires ; il ne l'est pas moins de nos jours entre la pègre dorée de la *dolce vita* et les habitants des grottes et des bidonvilles.

L'œil de Michel-Charles est moins blasé que le nôtre, moins sensible aussi. D'une part, il n'a pas vu cent fois, d'avance, ces mêmes sites revêtus des prestiges du technicolor ; il ne possède pas de « photographies d'art » où les subterfuges de l'éclairage et de la perspective changent les proportions, exagèrent ou adoucissent les traits d'un visage de pierre, de sorte que le visiteur a souvent quelque peine à repérer dans un coin de musée ce même buste réduit à ce qu'il est. D'autre part, son savoir et son goût tournent souvent court. Le premier contact de cet homme habitué aux verts bocages du Nord avec le paysage italien est un échec ; ces collines sèches sont moins fleuries qu'il n'avait cru ; l'olivier lui semble un arbre avare et pauvre. Que dirait-il aujourd'hui, devant des sites où les pylônes ont trop souvent remplacé les arbres, et où les eaux du Clitumne, chères aux grands taureaux blancs de Virgile, coulent en contrebas d'une route fracassante ? Les noires rues florentines avec leurs palais aux bosselages farouches attristent ce voyageur qui n'a encore qu'un vernis de romantisme. S'il l'osait, il avouerait que les musculatures de Michel-Ange lui semblent exagérées. En tout cas, il consacre plus de temps, à Florence, à la description du tombeau des Grands Ducs, avec ses beaux placages de marbre gris, qu'à *L'Aurore* ou à *La Nuit*. A Pæstum, les puissantes colonnes trapues, sorties directement, dirait-on, des profondeurs du sol, lui font presque peur. Il est bien d'un peuple chez qui l'architecture renouvelée des Grecs a pris de préférence des grâces Louis XVI ou de froides élégances Empire. La forte Grèce préclassique des dieux, des monstres et des songes n'est encore pressentie en cette première moitié du XIXᵉ siècle que par un vieillard et quelques jeunes hommes visionnaires : le Goethe du *Second Faust*, deux déments, Hölderlin et Gérard de Nerval, un fiévreux, Maurice de Guérin, qui écoute en soi les galops du Centaure. On ne peut demander à un jeune docteur en droit d'en faire autant.

J'ai déchiffré avec curiosité, on le pense bien, le passage de la lettre à Maman concernant la villa d'Hadrien, beau lieu aujourd'hui désacralisé par des restaurations indiscrètes ou par de vagues statues de jardin trouvées çà et là et arbitrairement groupées sous des portiques retapés, sans parler d'une buvette et d'un parking à deux pas du grand mur qu'a dessiné Piranèse. Nous regrettons la vieille villa du comte Fede telle que je l'ai encore connue dans mon adolescence, la longue allée bordée d'une garde prétorienne de cyprès menant pas à pas au silencieux domaine des ombres, hanté en avril par le cri du coucou, en août par le crissement des cigales, mais où à mon dernier passage j'ai surtout entendu des transistors. Que l'intervalle a été court entre la ruine abandonnée à elle-même, accessible seulement à quelques amateurs intrépides, tel Piranèse se frayant un chemin à la hache dans ces solitudes enchantées, et l'attraction touristique pour voyages organisés ! Le jeune visiteur de 1845 perd pied dans ce qui n'est pour lui qu'un immense terrain vague parsemé de moellons informes. Hadrien se situe dans le temps après les grands historiens antiques qu'a lus Michel-Charles ; mon grand-père n'a certes pas plongé dans la poussière de chroniqueurs, tels ceux de l'*Histoire Auguste,* pour essayer, comme on rejointoie une mosaïque en rapprochant les uns des autres des tessons épars, de se faire une idée du plus moderne et du plus complexe des hommes qui ont eu la vocation de régner. Ses manuels lui apprennent tout au plus qu'Hadrien voyagea, protégea les arts, et guerroya en Palestine, et l'*Histoire Universelle* de Bossuet l'informe qu'il « *déshonora son règne par ses amours monstrueuses* ». Ce n'est pas assez pour retenir un bon jeune homme parmi des arches rompues et des oliviers qu'il n'aime guère. Il se hâte de quitter ces lieux sans intérêt pour les fontaines fleurdelisées de la Villa d'Este, et ses jardins où l'on peut évoquer de belles écouteuses à qui un cavalier joue un air de luth.

Ce jeune homme qui s'initie aux arts avoue préférer aux peintres les sculpteurs, peut-être, sans qu'il s'en rende compte, parce que l'art de ces derniers tombe davantage sous le sens ; en fait, il erre presque exclusivement parmi ce qu'on appelait alors les antiques, copies gréco-romaines, ou, au mieux, alexandri-

nes, d'originaux perdus. Le public de nos jours s'est
dépris de ces œuvres jugées froides et redondantes, en
tout cas de seconde main. Plus personne ne se rend au
Vatican pour obtenir de l'*Apollon du Belvédère* la
révélation du sublime, ou s'instruire du rôle des
émotions dans l'art auprès du *Laocoon,* cet opéra de
pierre. Même en matière d'art grec proprement dit la
mode a marché à reculons, laissant derrière soi la
Vénus ramenée de Mélos par ce même amiral Dumont
d'Urville dont Michel-Charles faillit être le compagnon
de mort, passant des canéphores et des éphèbes du
Parthénon au *kouroi* et aux *korés* archaïques, et de
ceux-ci aux masques géométriques des Cyclades, version préclassique des masques africains. Pour ne pas
faire de Michel-Charles le philistin qu'il n'est pas, nous
avons besoin de nous rappeler que Goethe et Stendhal
ne regardaient pas les « antiques » d'un autre œil : ces
dieux et ces nymphes aux nez plus droits que les
nôtres, nus, mais contenus dans leur perfection for-
melle comme dans un vêtement, sont des otages de
l'âge d'or de l'homme. S'ils sont restaurés, repolis, si
on a remplacé les pieds et les bras manquants, c'est que
les plaies du marbre eussent contredit l'image de
bonheur et d'harmonie qu'on attendait d'eux.

Ces dieux païens sont à tel point de tout repos qu'un
bon catholique, comme Michel-Charles, peut et même
doit, s'il a quelque culture, faire suivre sa visite au
Pape d'une visite au musée du Vatican. Les princes de
l'Église qui ont recueilli ces chefs-d'œuvre ont collec-
tionné, non pas des idoles (seuls quelques illettrés
pourraient leur donner ce nom), mais de sublimes et
anodins objets de luxe, preuve de culture et d'opulence
pour leurs possesseurs, parés du charme nostalgique de

ce qui se conserve, se catalogue ou s'imite, mais ne se fera spontanément jamais plus. A son tour, le prestige des grandes collections rejaillit sur ces belles pièces : l'*Hercule* ferait moins d'effet, s'il n'était aussi Farnèse. On ne leur demande pas, comme aujourd'hui aux œuvres d'art, quand on les prend assez au sérieux pour leur demander quelque chose, d'envoyer bouler l'image qu'on se fait du monde, de transmettre le cri personnel de l'artiste, de « changer la vie ». Subversifs sans que le respect qu'on leur porte permette de s'en apercevoir, ils n'en maintiennent pas moins dans ce monde embourgeoisé du XIXᵉ siècle des comportements qui ailleurs n'ont plus droit de cité. Le *Gaulois Vaincu* s'égorge en présence d'un jeune homme qui n'oserait prendre la liberté du suicide ; des philosophes qui nièrent l'immortalité de l'âme, et de « bons » empereurs, pourtant supposés avoir envoyé les chrétiens aux bêtes, trônent dans la majesté du marbre, les « mauvais » empereurs aussi. A une époque où une femme nue est un régal de bordel, où les mariées elles-mêmes portent des chemises de nuit à col boutonné et à manches longues, où la moindre allusion aux « mauvaises mœurs » fait pâlir les mères, Michel-Charles peut sans gêne écrire à la sienne que *L'Hermaphrodite* et la *Vénus* sont le plus bel ornement des Offices : on le laissera rêver devant le doux pied nu que découvre un drap en désordre, et le gardien qui escompte un pourboire prendra soin de faire tourner sur son socle, pour le bénéfice du jeune voyageur, la charmante Vénus.

A Naples, il est sorti choqué du Musée Secret. Les deux petites salles qui contenaient de son temps la « raccolta pornografica » n'ont rien à apprendre à un

garçon qui a lu Catulle et Suétone, mais l'image est
plus traumatisante que le mot. Les quelques phrases
prudhommesques qu'il a écrites sur ce sujet à sa bonne
mère sonnent vrai, sinon juste. A un garçon de vingt-
deux ans, qui est chaste, ou peu s'en faut, le spectacle
de la débauche fait l'effet d'une provocation, à plus
forte raison s'il est tenté. Même s'il lui est arrivé,
« dans un moment d'égarement », d'accomplir un de
ces gestes qu'il réprouve, il est vexant de les voir
devant soi fixés dans du marbre. Parmi ces Priapes
plus ou moins réalistes, a-t-il pensé au cadavre ithy-
phallique de l'accident de Versailles, symbole des
forces de la vie s'exprimant jusque dans la mort ? On
parierait que non. Mais quand Michel-Charles fait
remarquer que les outrances sensuelles n'étonnent pas
de la part de ces gens-là, puisqu'ils n'étaient pas
chrétiens, il s'avance beaucoup. Non pas seulement
parce que le moindre regard jeté sur Paris, ou même
sur Bailleul, lui aurait appris que les mœurs ont peu
changé, quelle que soit leur couverture d'hypocrisie,
mais encore parce que c'est se leurrer que de faire de
'Antiquité un Eldorado des sens : le bourgeois austère, ou qui prétend l'être, a de tout temps existé.

Toute indécence trop étalée lui déplaît. Il lui advient
de rencontrer au détour d'une route d'Italie son
« noble et digne cousin d'Halluyn », comme il le
qualifie avec dérision, fringant officier qui a déserté
pour vivre à l'étranger avec la femme d'un de ses
supérieurs. Ce romantique d'Halluyn est traité par lui
à peu près comme Wronsky vivant en Italie avec Anna
Karénine aurait pu l'être trente ans plus tard par
n'importe lequel de ses cousins de Saint-Pétersbourg
voyageant dans la péninsule. Avoir une maîtresse est

une chose ; abandonner sa carrière et renoncer à ses
galons en est une autre. Michel-Charles n'a pas la
double vue, sans quoi il eût parlé avec moins de dureté
d'un homme qui jette l'uniforme aux orties pour
s'adonner au tendre amour.

Ce « patricien flamand », comme il se dénomme
lui-même, est rarement dupe du jeu social, si brillant
soit-il. Il a goûté la belle ordonnance des bals de
l'Ambassade de France, mais ceux des Torlonia,
présents possesseurs de la banque Albani, l'éblouissent
peu ; il n'a remarqué que les parquets médiocres pour
la danse, qui irritent ce bon valseur, et l'abondance
d'invités anglais qui à ses yeux discrédite une fête. Il
semble n'avoir rien vu des immenses glaces que l'avare
et fastueux banquier, à en croire Stendhal, achetait à
bon compte à Saint-Gobain en se faisant passer pour
son propre intendant, des lustres de cristal reflétés à
l'infini, du sombre *Antinoüs Albani* séquestré dans une
salle trop petite et trop dorée pour lui, comme un jeune
fauve en cage, de l'ombre de Winckelmann assassiné
rôdant parmi ces chefs-d'œuvre un peu maléfiques
qu'il rassembla et aima d'amour. Les Anglais cachent à
mon grand-père les fantômes. A Palerme, en dépit des
beaux yeux de la princesse Olga, il s'en laisse conter de
bonnes sur la saleté et la grossièreté moscovites par le
duc de Serra di Falco, qui puise, tout en parlant, dans
la tabatière d'or que la tzarine vient de lui offrir avant
son départ. Il a beau, moitié touriste et moitié pèlerin,
aller à Lorette et y laisser son ex-voto comme le fit
Montaigne, il perçoit fort bien, dans cette espèce de
Tibet qu'est alors l'Italie, les tares, d'ailleurs fort peu
cachées, des prêtres ; le monsignore qui s'offre un jour
maigre « un repas de parpaillot » l'offusque ; il a peut-

être constaté aussi d'autres licences plus sérieuses. Au
moment de quitter Rome, les jeunes messieurs, tous
bons catholiques, s'accordent à reconnaître qu'on y
perdrait rapidement la foi, si on ne l'avait chevillée à
l'âme. C'est l'éternelle réaction de l'homme du Nord
devant les pompes mêlées de laisser-aller du catholicisme italien. Derrière Michel-Charles et ses amis
scandalisés, j'aperçois la puissante silhouette d'un
moine augustin qui, débarquant dans la Rome du
XVIe siècle, faillit tomber à genoux et baiser ce sol
sanctifié par tant de martyrs, et repartit prêt à devenir
Luther. Mais ces jeunes Français bien élevés trouveraient prétentieux d'essayer de réformer l'Église. Ils se
contentent d'allumer un cigare en parlant d'autre
chose.

  « *Ce voyage m'a développé l'esprit d'une manière
presque tangible* », dit modestement mon grand-père.
Les pages où s'atteste le mieux ce progrès sont
adressées à Charles-Augustin et il y est question de
politique Déjà, dans une lettre à sa mère, Michel-
Charles avait hasardé un poème en prose de son cru
(mais qu'il dit traduit de l'italien), où la pitié pour
Florence déchue s'exhalait en termes fort proches de
ceux que Musset, dans *Lorenzaccio*, prête aux exilés
florentins : ce morceau d'éloquence romantique n'était
encore que démarquage d'écolier. Cette fois, il écrit en
adulte, et à un homme. Cet étranger qui parle bien
l'italien a reçu de jeunes gens rencontrés au cours de
son voyage la confidence de leurs amertumes, de leurs
haines, de leurs espoirs sacrés et en partie vains. C'est
toujours un moment grave que celui où un jeune esprit

jusque-là insoucieux de politique découvre soudain que l'injustice et l'intérêt mal entendu passent et repassent devant lui dans les rues d'une ville avec des effets de cape et d'uniforme, ou s'attablent au café sous l'aspect de bons bourgeois qui ne prennent pas parti. 1922 a été pour moi une de ces dates, et le lieu de la révélation Venise et Vérone. Michel-Charles qu'a révolté l'insolence des douaniers et des sbires des répugnants Bourbons de Naples comprend ce qui s'agite en ces garçons pareils à lui. Avec le petit serrement de cœur qu'on a toujours en pareil cas, le jeune homme s'aperçoit que la France a cessé d'être pour ses enthousiastes jeunes amis un porte-flambeau. Les grands espoirs qu'elle a suscités en 1830 ont, dit-il, été déçus. Charles-Augustin, pour qui 1830 fut le crépuscule de la légitimité, a dû tressaillir : le fossé des générations existe à toute époque, même quand poussent sur ses bords les fleurs des bons sentiments.

La ferveur libérale qui précéda en Italie le Risorgimento est l'un des beaux phénomènes du siècle : depuis le temps où l'humanisme et le platonisme renaissants enflammaient les âmes italiennes, ce pays a été rarement en proie à une passion si pure. Lorsqu'on songe qu'à ces grands élans et à ces tragiques sacrifices individuels s'est ajouté le sang collectivement versé sur les champs de bataille du XIXᵉ siècle, on se résigne encore, ne fût-ce que par habitude, à ce flot rouge qui détrempe l'histoire. On accepte moins qu'ait suivi la monarchie bourgeoise des Savoie traînant dans son sillage les affairistes et les profiteurs, la guerre d'Érythrée préfigurant celle d'Éthiopie, la Triplice corrigée par l'embrassade des Sœurs Latines et les vaines morts de Caporetto, ni qu'au désordre d'où auraient dû sortir des réformes aient succédé les rodomontades du fascisme, pour finir par Hitler vociférant à Naples (je l'entends encore), entre deux rangées d'aigles en similipierre, par les rats dévorant les cadavres des Fosses Ardéatines, Ciano fusillé dans son fauteuil, et le corps du dictateur romagnol et celui de sa maîtresse pendus par les pieds dans un garage. Passerait encore si le désordre cette fois irréversible ne continuait avec Venise rongée par la pollution chimique, Florence sinistrée par l'effet d'une érosion contre laquelle ne lutte effectivement personne, les quatre-vingts millions d'oiseaux migrateurs tués par an par les braves chasseurs italiens (dix par tête, ce n'est pas si grave), la campagne milanaise réduite à un souvenir, les villas d'actrices sur la Via Appia, les « cités d'art » devenues un décor au centre d'arides zones de travaux forcés industriels, de termitières humaines et de poussière. D'autres pays, je sais, nous offrent un bilan tout semblable : ce n'est pas une raison pour ne pas pleurer.

Revenons à Michel-Charles. Trente ans plus tard, il disait à son fils que, grâce à des économies judicieuses, il avait réussi à vivre près de trois ans dans cette enchanteresse Italie. En fait, il y passa environ dix mois, et le reste du Grand Tour, consacré aux montagnes de la Suisse et aux universités d'Allemagne, fut beaucoup plus bref. Mais, même à supposer que mon père n'ait pas lui-même exagéré à son tour, une telle erreur prouve à quel point cette période de liberté dans un pays qu'il n'était plus destiné à revoir s'est vite située dans un temps mythique sans rapport avec les dates des calendriers. Nous nous y trompons tous : il nous semble toujours avoir vécu longtemps dans les lieux où nous avons vécu avec intensité. « Quinze ans

aux armées ont duré moins qu'un matin d'Athènes »,
ai-je fait dire à Hadrien racontant sa vie. C'est pour
jouir de nouveau, en tête à tête avec soi-même, de ces
quelques matins d'Italie qu'un mari contrarié, un père
infortuné ou déçu, un fonctionnaire du Second Empire
remercié par la République, un malade qui savait ses
jours comptés et ne tenait peut-être pas beaucoup à
ajouter au compte, a recopié de sa petite écriture fine,
aujourd'hui presque effacée, ces lettres quelconques
qui brillaient pour lui des feux du souvenir.

Un épisode du voyage en Sicile mérite une mention à part. En présence d'un événement qui l'a secoué jusqu'aux entrailles, Michel-Charles, dans son solide et assez plat réalisme, atteint parfois, et par exception, à ce qui est le but de tout écrivain : transmettre une impression qu'on n'oubliera plus. Il s'agit de son ascension de l'Etna. Nous l'avons vu à Versailles en proie aux forces du feu et au danger de mort violente : le voici aux prises avec les pentes enneigées du volcan, et le risque plus insidieux de mort par épuisement.

On était parti à dos de mule vers neuf heures du soir par une nuit venteuse et froide, avec pour guides des chevriers et des muletiers accoutumés à la montagne. Les premières heures du trajet ne furent que pénibles, à travers des bois de châtaigniers qui plus ou moins protègent du vent, mais ajoutent à la noirceur de la nuit. J'ai participé, deux ou trois fois seulement dans ma vie, en Grèce, à ces montées nocturnes en file le long d'une piste bordée d'arbres, où les grandes créatures végétales, souvent maigres et déjetées dans ces régions désormais peu sylvestres, reprennent dans l'obscurité leur puissance enchevêtrée et terrible.

Michel-Charles, peu poète, ou du moins peu doué pour exprimer la poésie, a senti pourtant, comme chacun en pareil cas, que l'homme, sitôt sorti de ses routines habituelles et exposé à la nuit et à la solitude, est peu de chose, ou plutôt n'est rien. Songe-t-il seulement à Empédocle ? Non, j'espère, car il n'a certainement pas lu ses sublimes fragments épars dans deux ou trois douzaines d'ouvrages de l'Antiquité, *membra disjecta* d'un des très rares textes où la Grèce et l'Inde se rejoignent dans une vue fulgurante des choses. Il n'a pas entendu l'inoubliable plainte de l'âme enlisée dans les marécages terrestres, ni la voix dans la nuit, qui, selon la tradition, appela le philosophe vers un autre monde. Tout ce qu'il a dû savoir d'Empédocle, c'est la légende de sa *mors ignea,* réduite comme de juste à l'interprétation la plus basse, et attribuée à la vanité d'un homme qui veut se donner les airs d'une fin miraculeuse. Il suit pourtant ses traces, comme il suit sans le savoir les traces d'Hadrien qui gravit cette montagne à l'époque où, puissant, aimé, débordant de projets et de songes, à peine vieilli, il se trouvait encore sur la pente ascendante de son destin.

Au sortir des bois, la zone de la glace et de la neige commence. On laisse loin derrière soi la cahute forestière, après y avoir pris quelque repos. Les patientes mules avancent à grand effort sur ce sol où elles glissent, tombent, se relèvent, enfoncent enfin jusqu'au ventre. Les muletiers crient aux jeunes étrangers de frapper sans pitié leurs bêtes, et donnent furieusement de la voix pour exciter celles-ci. La nuit s'emplit de sifflements de fouets, de renâclements et de cris. Les mules ne font qu'enfoncer davantage et se coucher dans la neige. Finalement, les muletiers eux-mêmes renoncent ; les jeunes hommes mettent pied à terre ; les mules délestées sont ramenées par leurs durs maîtres à la cabane forestière qu'on a de peu dépassée. Michel-Charles s'en félicite pour les pauvres créatures, ce dont on lui sait gré.

Mais les garçons n'ont plus à compter que sur leurs propres muscles, et rappelons-nous qu'ils se sont lancés dans cette aventure sans rien de l'équipement du moindre excursionniste d'aujourd'hui. On marche à la file, enlisés jusqu'aux genoux, puis jusqu'au ventre, s'arrachant à chaque pas à l'épaisseur molle et meuble. Michel-Charles croit ses mains et ses pieds gelés pour tout de bon. Il se sent mourir, et nous savons qu'il ne dramatise jamais. J'ai connu moi-même l'enfoncement dans la neige et dans la fatigue, le sentiment que le moteur central de la vie corporelle s'arrête, qu'on ne respire plus que par bouffées désordonnées, que cette panique est celle de l'agonie, et que la mort, si elle vient, ne fera qu'y mettre le point final ; je comprends d'autant mieux le froid mortel qui s'est emparé de Michel-Charles. Les chevriers le soulèvent sous les aisselles, le portent comme deux secourables voisins, par un jour de tempête de neige, me porteront de leur maison à la mienne, à travers la masse blanche que je ne parvenais plus à franchir. On est trop loin de la cahute pour y redescendre, mais, à quelques pas du cône de laves et de scories qui les sépare du sommet, se tapit la toute petite *casa dell'Inglese,* bicoque de pierre qu'un voyageur britannique prévoyant fit construire pour servir de refuge. Le gardien y maintient un feu. Dans l'état de stupeur que cause l'extrême fatigue, Michel-Charles se demande pourquoi on ne l'installe pas devant les bûches qui brûlent. Mais ses sauveteurs ont d'autres projets. Le long d'un mur protégé du vent, les hommes déblayent une fosse rectangulaire, longue comme un corps, et l'emplissent aux trois quarts de cendres chaudes, jetant dessus une mince couverture. Michel-Charles est déposé dans cette espèce de tombe, recouvert de la vieille cape délavée d'un des chevriers ; on répand sur lui par surcroît quelques nouvelles poignées tièdes. Tout ceci se passe à la lueur des torches, car il fait encore nuit. On rabat même sur son visage le pan du manteau.

Peu à peu, l'humble chaleur reprend possession de son corps, et avec elle la pensée, la vie. Il soulève même le bout d'étoffe pour tâcher de voir si le jour vient. Mais ce qu'il entrevoit, ce sont les formes affaissées de deux jeunes Anglais qui sont montés trop vite à la suite de la petite troupe, et qui, pris du mal des montagnes, vomissent sur le seuil. Il se recouvre le visage, du geste que faisaient les mourants dans l'art et la vie antiques, et se renfonce pour un moment dans les cendres tièdes. L'étudiant qui, dès sa première visite au musée d'Arles, s'était découvert une avide curiosité pour le moindre objet, le moindre accessoire de la vie romaine, sait-il que sa fosse reproduit exactement la forme d'un *ustrinum,* ce fossé rectangulaire, fait au module humain, dans lequel les citoyens déposaient pour les brûler les cadavres de leurs morts, du moins ceux pour lesquels on ne faisait pas la dépense d'un somptueux bûcher ? Pense-t-il aux initiations par les braises et les cendres chaudes, au jeune Démophon couché par Déméter sur les charbons ardents, qui mourut parce que les cris et les gesticulations de sa mère empêchèrent l'œuvre magique de s'accomplir ? Mais aucune femme ne dérange ici le rite des chevriers.

Au bout d'un peu plus d'une heure, le jeune homme se sent assez remis pour tenter de rejoindre ses amis au bord du cratère. Il fait en rampant l'ascension du cône, glissant sur les pierres ponces et la cendre ; ce quart de lieue prend une autre heure. Quand il arrive au sommet, il fait grand jour, mais on l'assure que l'aurore était ratée.

L'aventure de Versailles avait ressemblé à un rite d'accouchement : le jeune homme avait été précipité la tête la première vers la vie. L'aventure de l'Etna est un rite de mort et de résurrection. Ces deux incidents quasi sacrés feraient bien au début de la biographie d'un grand homme. Mais Michel-Charles n'est pas un grand homme. Je le définirais comme un homme quelconque, si l'expérience ne nous apprenait qu'il n'y a pas d'homme quelconque. Elle nous apprend aussi que chacun traverse au cours de la vie une série d'épreuves initiatiques. Ceux qui les subissent en connaissance de cause sont rares, et d'ordinaire oublient vite. Et ceux qui par extraordinaire s'en souviennent échouent souvent à en tirer parti.

Le goût des arts que Michel-Charles acquit ou
développa en Italie se jauge aux objets rapportés de
voyage. Par bonheur, la production en masse pour
touristes n'existait pas encore; on en était au stade
artisanal. Ce coffret dont les plateaux d'acajou emboî-
tés les uns dans les autres contiennent des empreintes
d'intailles à sujets antiques, rangées comme des fon-
dants dans la boîte d'un grand confiseur, constitue à la
fois une sorte de jeu de société (« Tiens, Jupiter ! —
Non, c'est Neptune, voyez son trident ! ») et un
inventaire de ce qu'on a aimé dans les musées vers
1840; c'est un bibelot d'art, même s'il s'est vendu à
bon nombre d'exemplaires à des amateurs russes,
allemands ou scandinaves accomplissant leur Grand
Tour; j'en ai remplacé deux ou trois pièces manquan-
tes à l'aide de spécimens achetés sans doute par des
Yankees du XIXe siècle. Plus rare, fruit d'une visite à
quelque antiquaire, cette copie Renaissance d'un buste
d'empereur du IIIe siècle, au cou drapé d'onyx, ame-
nuisé aux proportions d'un « objet de vertu » tel que
Rubens en rapportait d'Italie pour sa demeure d'Anvers. Une Ariane abandonnée, copiée en bronze, a au

contraire la froideur Empire. N'importe : reléguée
dans la salle de billard du Mont-Noir, elle m'a enseigné
la beauté d'une draperie ondoyant mollement sur un
corps couché. Enfin, tache sombre sur les panneaux
clairs du salon, un tableau, un seul, convenablement
choisi par ce jeune homme qui croyait ne pas se
connaître en peinture. C'est une *Pudeur* et une *Vanité*,
ou un *Amour Sacré* et un *Amour Profane* de quelque
élève de Luini, avec au coin des lèvres ce sourire
mystérieux, un peu crispé, qui monte aux lèvres des
femmes et des androgynes de Léonard. Je ne pense pas
avoir jamais demandé le nom de ces deux figures, mais
je sentais en elles je ne sais quelle suavité austère que
les gens et le reste des peintures accrochées aux murs
ne possédaient pas.

Deux poignées de porte en bronze doré en forme de
bustes antiques, un Tibère usé et ravagé par l'empire et
la vie, et une jeune Niobide, la bouche grande ouverte,
poussant son cri de désespoir innocent, sont encore
entre mes mains. Il en existe d'analogues restées en
place à Venise, au palais des Doges. Ces deux petits
bronzes fondus en Italie il y a près de quatre siècles, ce
Tibère et cette Niobide devenus accessoires du luxe
baroque, lui-même révolu, recouverts de l'or presque
inaltérable des anciens doreurs, ont été touchés par des
centaines de mains d'inconnus qui tournèrent ces
poignées, ouvrirent des portes derrière lesquelles les
attendait quelque chose. Un antiquaire les a vendus au
jeune homme en pantalon gris perle ; vieilli et malade,
mon grand-père les a peut-être affectueusement cares-
sés. Je les ai fait monter sur deux bouts de solive
provenant de la maison américaine que j'ai faite
mienne ; le bois de leur socle a crû avant la naissance de

Michel-Charles dans le grand silence de ce qui était alors authentiquement l'Ile des Monts Déserts ; le tronc coupé par l'homme qui construisit cette maisonnette a été flotté sur les eaux étincelantes du bras de mer, qui, l'hiver, bouillent et fument au contact de l'air plus froid qu'elles-mêmes. Les « gens du pays » qui logeaient ici avant moi en ont usé le grain en traînant leurs gros souliers sur cet épais plancher, du roide petit parloir à la cuisine ou à la chambre avec un berceau. On me dira que chaque objet pourrait donner lieu à une pareille méditation. On n'aura pas tort.

Je n'accorde qu'une mention aux bijoux achetés « pour les femmes », broche en mosaïque représentant le Colisée sous une pleine lune romantique, camée offrant aux yeux un profil de modèle pour Canova ou pour Thorvaldsen, camaïeu où s'ébattent des nymphes, le tout encadré de massives sertissures d'or. Reine les a épinglés sur son ample châle, Gabrielle et Valérie sur leurs légers fichus. Mais Michel-Charles s'était réservé et fait monter en bague un camée antique du style le plus pur ; c'était cette fois une tête d'Auguste vieilli. Il le légua à son fils, qui me le donna ensuite pour ma quinzième année. Je l'ai porté moi-même pendant dix-sept ans, et dois beaucoup à cette fréquentation journalière avec cet exemple de sévère perfection glyptique. On cesse de disputer du classicisme et du réalisme quand on a sous les yeux leur complète fusion dans un camée romain. Vers 1935, je le donnai, dans un de ces élans qu'il ne faut jamais regretter, à un homme que j'aimais, ou croyais aimer. Je m'en veux un peu d'avoir placé ce bel objet dans les mains d'un particulier, d'où bientôt sans doute il passa à d'autres, au lieu de lui assurer le havre d'une collection publique ou privée, qu'il a d'ailleurs peut-être fini par atteindre. Faut-il le dire pourtant ? Peut-être ne me serais-je jamais dessaisie de ce chef d'œuvre, si je n'avais découvert quelques jours avant de le donner, qu'une légère fêlure, due à je ne sais quel choc, s'était produite sur l'extrême bord de l'onyx. Il me semblait ainsi devenu moins précieux, imperceptiblement endommagé, périssable : c'était alors pour moi une raison d'y tenir un peu moins. C'en serait une aujourd'hui pour y tenir un peu plus.

L'album de fleurs séchées composé par Michel-Charles durant ses voyages n'est certes pas l'œuvre d'un botaniste. Les spécimens n'y figurent pas sous leur nom latin, et on n'a pas l'impression que le miracle des structures végétales ait signifié pour lui quelque chose. Ses maîtres à Stanislas lui ont enseigné la rhétorique et l'histoire telle qu'ils la comprenaient plutôt que les sciences de la nature, tout comme nos éducateurs sacrifient souvent la botanique à la physique nucléaire ; et la mode des albums est aussi morte que celle des keepsakes. Mais Michel-Charles semble avoir aimé les fleurs d'instinct, comme le premier venu qui trouve joli un bluet dans l'herbe. Son vœu, dit-il, était de fixer, grâce à ces espèces de compositions florales, le souvenir de chaque beau lieu traversé ; il n'ignorait pas qu'un monde d'émotions et d'impressions crues mortes subsistent à jamais dans une feuille ou une fleur séchée. Tout ce qu'il n'a pu ou voulu dire dans ses lettres est là : l'air du temps, gai ou triste, la méditation profonde, mais qui, exprimée, n'aboutit qu'à des lieux communs, quelques mots échangés avec une charmante contadine. Chaque pétale soigneuse-

ment collé est resté en place, petite tache rose ou bleue,
fantôme d'une frêle forme végétale sacrifiée aux gloires
de l'histoire et de la littérature. Fleurs des Latomies de
Syracuse et du Forum, herbes de la Campagne
Romaine et du Lido (« *l'affreux Lido* » de Musset, où
meurt « *la pâle Adriatique* », et que ne fréquentaient
encore que quelques pêcheurs vénitiens et des Juifs qui
y enterraient leurs morts), brindilles de buis ou de
cyprès toscans, feuilles des hêtraies des Apennins,
fleurs de Clarens en mémoire de Julie d'Étanges et du
plus beau roman d'amour de la littérature française, du
plus insolite aussi, mal lu de nos jours par les aspirants
à la licence ou pas lu du tout.

Des vers leur font escorte, tantôt pris aux lyriques et
aux élégiaques latins, tantôt aux grands poètes ou aux
moindres rimeurs du romantisme. Horace et Tibulle
triomphent en Italie, Schiller et Klopstock en Allemagne, Byron et Rousseau en Suisse, mais Hégésippe
Moreau abonde au moins autant que Lamartine. Ces
lignes calligraphiées encadrent de festons et de rosaces
les fleurs du souvenir, corolles concentriques aux
corolles véritables, ou encore se pressent comme des
vagues autour de chaque îlot floral desséché, rappelant
les courbes dites « celtiques » des manuscrits
d'Irlande, que Michel-Charles n'avait assurément
jamais vus. Ce que le jeune homme pouvait avoir de
don pour les arts s'est exprimé là.

Après les fleurs, les bêtes. En arrivant à Florence, il
a trouvé à la poste restante un mot désolé de Gabrielle
lui apprenant que Misca, la chienne bien-aimée,
atteinte d'un mal incompréhensible, meurt en proie à
des tourments qu'on ne sait comment soulager. « Pauvre petite, quelle faute avais-tu commise pour souffrir

ainsi ? » s'écrie Michel-Charles. Il aura plus tard l'occasion de se répéter la même question sans réponse au chevet d'une petite fille de quatorze ans, son aînée. Il évoque tout l'humble bonheur que Misca lui a donné, son pelage soyeux, si doux à caresser, ses grandes pattes propres qui sautaient d'un pavé à l'autre, évitant la boue des rues, les longues nuits d'insomnie après l'accident de Versailles, quand la petite bête couchée à ses pieds a été un réconfort. Je ne m'illusionne pas : s'il cède à un élan lyrique, c'est un peu qu'il a lu au collège le poème de Catulle sur la mort du passereau de Lesbie et l'histoire du chien d'Ulysse. Mais sa sincérité est incontestable : ne pas être attendu par Misca assombrira son retour. La petite chienne est devenue le modèle des perfections canines : il sait que tous les chiens qu'il aura par la suite lui seront impitoyablement comparés, et que, si aimés qu'ils soient, son ombre bondissante et jappante gardera l'avantage. Il est décidément mon grand-père.

RUE MARAIS

Quand Michel-Charles rentre en France, le char de l'État, comme le veut une plaisanterie d'époque, navigue sur un volcan ; Louis-Philippe est à bout de souffle. Toujours modeste, comme le sont ceux qui ont tranquillement confiance en soi, le jeune homme s'étonne de l'accueil chaleureux que lui font les hommes au pouvoir dans sa région du Nord. Il voit très bien que ces fins politiques ne peuvent compter sur sa compétence, dont on ne sait si elle existe ou non, ni sur son expérience, qui est nulle. Tout simplement, ces messieurs quelque peu aux abois veulent assurer à la branche cadette les services d'un jeune homme de bonne famille, bien nanti, dont le nom dans le pays signifie quelque chose. On lui offre un poste de conseiller de préfecture, qu'il accepte, et sa nomination, quand elle paraît à *L'Officiel,* fait crier les libéraux au favoritisme. Peu lui importe. Lille, où il s'installe, lui plaît d'autant plus, dit-il, qu'il vient d'y rencontrer dans le monde une jeune fille correspondant à son idéal. Nous verrons bientôt ce qui en était.

A Bailleul, les légitimistes qui viennent passer une heure au chevet de Charles-Augustin ne lui repro-

chent pas, comme on l'eût fait naguère, de laisser
Michel-Charles « manger l'avoine du gouvernement ».
Les grondements de l'émeute ouvrière, la prolifération
des clubs et des sociétés secrètes, le mot communisme,
qui vient de naître, font peur à tout le monde : on
convient qu'il est bon de mettre les talents qu'on a au
service de l'ordre. De plus (ces contradictions sont
comme toujours le fin du fin de la politique), on espère
bien que les troubles iront juste assez loin pour
ramener en France le sauveur Henri V. En ce cas,
installé dans l'administration, Michel-Charles sera plus
à même de rendre service au roi légitime. Pour
Charles-Augustin, ce reniement excusé par une
déloyauté future semble avoir été une pilule amère.

Les projets de mariage élaborés par Reine pour leur
fils l'offusquent presque autant. Bien avant le retour de
Michel-Charles, la prévoyante Reine s'est plu à dresser
la liste des partis possibles, et partis ici s'entend au sens
matrimonial. Contrairement à ce qu'on pourrait croire,
elle ne fait nul cas du prestige et de l'ancienneté des
familles : celle de Charles-Augustin et la sienne lui
paraissent assez bonnes pour n'y pas ajouter un éclat
emprunté. Dans son langage dru de femme bien née
d'ancien régime, Reine dirait que la truie n'anoblit pas
le cochon. Mais il importe, par ailleurs, que Michel-
Charles soit fort riche. A la vérité, il l'est déjà ; il vient
de faire, ou fera sous peu, deux ou trois héritages qui
s'ajoutent à son solide patrimoine. Mais cette mère
réaliste sait la distance qui sépare, par le temps qui
court, une belle fortune d'une grande fortune. Mademoiselle Dufresne, fille d'un juge au Tribunal de Lille,
pèse exactement dans ses balances le poids qu'il faut.

Cette jeune personne se met bien et a une taille

agréable. Malgré ses attaches fines, on devine qu'elle sera un jour du genre imposant. Sa chevelure abondante, ses bras et ses épaules potelées attestent sa santé florissante : point essentiel. Son père, magistrat d'avenir, pourra aider Michel-Charles de son influence ; il possède deux ou trois des plus beaux immeubles de Lille et parle de donner l'un d'eux en dot à sa fille. Il a acquis dans la région plusieurs fermes, et une partie de son portefeuille passe pour être en charbonnages.

Charles-Augustin, à ce point, interrompt sa femme pour lui demander comment elle explique qu'un simple membre de la magistrature assise soit si bien en fonds. Dès que Reine a coché sur sa liste le nom de Mademoiselle Noémi, il a fait lui-même sa contre-enquête. Le défunt Dufresne, et son épouse Philippine Bouilliez, tous deux fils et fille de cultivateurs, étaient natifs de Chamblain-Châtelain, près Béthune. La mère dudit Dufresne s'appelait Poirier, ou Pénin, on ne sait trop, le registre peu lisible de la paroisse semblant prouver que le curé était aussi illettré que ses ouailles, qui, elles, signaient le plus souvent d'une croix. On remonte ainsi, péniblement, de croix en croix et de Dufresne en Dufresne, jusqu'à la fin du XVIIe siècle, rencontrant en route une Françoise Lenoir et une Françoise Leroux, cultivatrices l'une comme l'autre, et une Ursule Thélu, beau nom paysan dont Charles-Augustin ne sait pas qu'en patois il veut dire étoile, dont la mère se nommait Danvin.

Entendons-nous : s'il y avait profit à le faire, Charles-Augustin marierait volontiers son fils, il le croit du moins, à la fille d'un de ces bons fermiers qui ont rendu les terres aux maîtres rentrés d'émigration, sans attendre un sou en retour de leur belle action. Le

bonhomme Dufresne, au contraire, cul-terreux passé
tabellion, a trafiqué en biens noirs, le plus souvent, en
finaud qu'il était, par personnes interposées. Les écus
qui ont permis au fils de faire carrière viennent de là.
Qui sait même si le vieux n'a pas tripoté dans les
fournitures militaires ? Certains le disent, et tant de
gens à l'époque l'ont fait. Tant qu'il dépendra de lui,
l'héritière des Dufresne n'épousera pas Michel-
Charles.

Reine se garde de répondre. Elle détourne le propos
sur l'épouse du juge, Alexandrine-Joséphine Dumesnil, dont les dignes parents ont vécu et sont décédés à
Lille, rue du Marché-au-Verjus. Reine s'est fait montrer la miniature de François Dumesnil, galant magistrat du Directoire, en poudre et en cadogan, l'air bénin
et assez fat ; sa femme, Adrienne Plattel, vêtue en
élégante de ce temps-là (Reine se souvient avec un
sourire indulgent d'avoir admiré, petite fille, les tuni-
ques vaporeuses et les frivoles bonnets qu'une femme
de bien n'oserait plus porter), a sur la sienne l'œil
fripon et la bouche gourmande. On tremble un peu,
rétrospectivement, pour la sécurité conjugale du bon
juge. Mais il n'y a rien à dire contre Alexandrine-
Joséphine qui a bien élevé sa fille, et tient fort
correctement le bel hôtel entre cour et jardin que
possède son mari rue Marais. On y reçoit, à vrai dire,
peu, ce qui tient sans doute à ce qu'ils n'invitent pas.
On voit au salon le portrait d'un grand-oncle de la
dame du lieu, un certain abbé Duhamel, chanoine non
assermenté qui languit et mourut, dit-on, dans les
prisons de la Terreur. Rien ne peut faire meilleur effet.

Charles-Augustin fait remarquer que le père
Dufresne et sa femme n'ont sans doute jamais mis les

pieds dans cette belle demeure, laquelle, avant la
Révolution, appartenait au comte de Rouvroy. On ne
les a pas vus à Lille, où leur fils, à coup sûr, ne tenait
pas à les montrer. Le vieux a fini ses jours dans son
étude de Béthune, au bruit des marteaux du chaudronnier, son voisin de droite, et des chansons à boire du
tavernier, son voisin de gauche, et des habitués de
celui-ci. La veuve a vivoté là quelques années de plus.
C'est le chaudronnier et le tavernier qui ont déclaré à
l'état civil le décès de ces deux personnes ; on les
imagine, à ces occasions, rentrant bras dessus bras
dessous et ne se séparant pas sans avoir bu un coup,
pour chasser les idées noires, en l'honneur du vieux
grigou et de sa vieille femme de veuve. Il est douteux
que le portrait des défunts orne le salon du bel hôtel
rue Marais.

Reine descend préparer à son malade sa potion du
soir. Rien n'a été résolu. Mais la politique va bientôt
faire passer au second plan la liste des jeunes personnes
à marier. La corbeille de noces de Noémi n'est pas
encore pour demain.

Prenons du champ pour considérer ce mariage qui, bien entendu, se fera. Il m'a donné pour arrière-grand-père Amable Dufresne, le mal prénommé, pour tri-saïeul le notaire de Béthune qui s'entendait à profiter des temps troublés. Que sa légende, dont je suis aujourd'hui seule dépositaire, soit authentique ou non, peu importe : elle fut pour mon père et mon grand-père une sorte d'article de foi ; encore mon grand-père n'y pensait-il qu'aux jours d'amertume conjugale. Du côté d'Alexandrine-Joséphine, dame Dufresne, la visibilité est fort basse : je ne vois pas plus loin que le juge des beaux temps du Directoire et le chanoine aux traits un peu secs, assis dans un fauteuil cramoisi, avec à portée de main de gros tomes qui doivent contenir les Pères de l'Église. Par delà ces personnes, je puis postuler un petit monde appartenant à la bourgeoisie lilloise, plus loin encore, peut-être, à des milieux commerçants ou artisanaux du vieux Lille, ou à cette paysannerie française du Nord dont les Dufresne, eux, ne sont sortis qu'à l'extrême fin du XVIIIe siècle.

Du côté du tabellion de Béthune, des noms subsistent, un peu plus nombreux, on l'a vu, mais comme

des fétus de paille épars sur la terre nue. On retombe
bientôt dans l'immense anonymat paysan. Ces générations qui se sont succédé à Chamblain-Châtelain depuis
la fin des temps antiques, et peut-être même avant, ces
gens qui pendant des siècles ont remué la terre et
collaboré avec les saisons ont disparu aussi complètement que le bétail qu'ils menaient paître et que les
feuilles mortes dont ils faisaient de l'humus. Et certes,
il suffit de remonter de trois ou quatre siècles pour
s'apercevoir que les ancêtres des « bonnes familles »
s'enfoncent finalement dans le même terreau anonyme.
Bien plus, il y a une certaine grandeur dans ces rustres
ainsi disparus tout entiers, sauf pour une ligne sur un
registre de paroisse que le feu ou les rats finiront un
jour par détruire, ou pour une croix de bois bientôt
supplantée par d'autres sur un tertre vert. Charles-
Augustin dirait pourtant, non sans une pointe de solide
bon sens, que c'est quelque chose d'avoir su lire, écrire
et compter (surtout compter) une dizaine de générations avant ces gens-là. Mais c'est aussi quelque chose
de ne pas laisser flotter derrière soi tout un débris de
bric-à-brac bourgeois ou de panoplies nobles.

Si je n'ai pas mentionné ces rustiques au moment où
je tentais d'établir le réseau de « mes familles », c'est
d'abord qu'ils ne s'y raccordent, de par le mariage de
Michel-Charles, qu'au beau milieu du XIXᵉ siècle, c'est
ensuite qu'il semble bien qu'entre Béthune et Lille,
d'une part, Bailleul et Cassel de l'autre, s'étale toute la
distance qui sépare la Flandre gallicane de la Flandre
flamande. Ces personnes ont beau avoir subi les mêmes
vicissitudes historiques, les mêmes guerres, les mêmes
changements de suzerainetés et de régimes, elles font
l'effet d'être, non seulement d'un autre milieu social,

mais d'une autre race. Pour commencer, tandis que le français a été, du moins jusqu'au XIXᵉ siècle, pour les Cleenewerck, les Coussemaker ou les Bieswal une langue de culture, et le flamand la langue de l'enfance, le groupe lillois et celui de Béthune n'ont parlé que français de temps immémorial, même si ce français se réduit à un patois. Les enfants n'y ont pas, comme Michel-Charles, « fait leur première communion en flamand ». A travers leur descendante Noémi, je crois découvrir chez ces gens que je ne connais pas je ne sais quoi de plus sec, d'âpre à la peine et au gain, de vif et en même temps d'étriqué, qui caractérise un peu partout la province française, et diffère en tout de l'ampleur et de la lente fougue flamande.

Mais ma meilleure raison est l'ignorance où je suis d'eux en tant que personnes. Je pourrais, certes, à l'aide d'un fond de cuisine littéraire, faire de chic le portrait de pauvres laboureurs égayés çà et là par une pointe de jacquerie et beaucoup de braconnage, montrer mes ascendants ragaillardis par des branles ou des gueuletons de village, ou encore dépeindre des rustres avaricieux remplissant des bas de laine. Rien dans toute cette imagerie qui vienne tout droit des Dufresne, des Thélu ou des Danvin. Essayons pourtant, à force de sympathie imaginative, de nous rapprocher un peu d'une de ces personnes, prise au hasard, Françoise Lenoir, par exemple, ou sa mère, Françoise Leroux. Leurs noms mêmes ne leur appartiennent pas, des millions de femmes en France les ayant portés, les portant, ou allant les porter comme elles. De Françoise Lenoir, nous savons seulement qu'elle se maria, fille, à quarante ans. Va plutôt pour Françoise Leroux. Hé, Françoise Leroux ! Hé ! Elle ne m'entend pas. En m'appliquant beaucoup, je parviens pourtant à la voir dans sa maison au sol de terre battue (j'en ai vu de pareils, enfant, aux environs du Mont-Noir), abreuvée de bière, nourrie de pain bis et de fromage blanc, portant tablier sur sa jupe de laine. Le besoin de simplifier la vie, d'une part, le hasard des circonstances, de l'autre, me rapprochent davantage d'elle que des aïeules en falbalas.

Au sein de commodités et même de luxes d'un autre âge, je fais encore des gestes qu'elle fit avant moi. Je pétris le pain; je balaie le seuil; après les nuits de grand vent, je ramasse le bois mort. Je ne m'assieds pas sur le pourceau qu'on saigne, pour l'empêcher de gigoter, mais il m'arrive de manger de temps à autre d'un jambon, moins savoureux sans doute que ceux qu'elle fumait, provenant d'une bête aussi brutalement mise à mort, il est vrai pas sous mes yeux. Nous avons l'hiver les mêmes mains gonflées. Et je sais bien que ce qui fut pour elle nécessité a été pour moi un choix, du moins jusqu'au moment où tout choix devient irréversible. Hé! Femme Leroux! Je voudrais savoir si dans son jeune temps elle a été fille d'auberge ou servante au château, si elle aime son homme ou le fait cocu, si elle met des cierges à l'église ou peste contre le curé ou les deux à la fois, si elle soigne les voisins malades ou claque la porte au nez des mendiants. C'est par les faits et gestes les plus banals qu'il faut d'abord tenter de cerner un être, comme si on le crayonnait grands traits. Mais il serait grossier de dénier à cette inconnue ces émotions plus subtiles, presque plus pures, qui semblent naître du raffinement de l'âme, au sens où l'on suppose qu'un alchimiste raffine l'or. Françoise a pu aimer autant que moi la musique des ménétriers et

des joueurs de vielle, airs populaires devenus aujour-
d'hui régal de délicats, trouver beau un coucher de
soleil rouge sur la neige, ramasser tristement un oiselet
tombé du nid en se disant que c'est grand-pitié. Ce
qu'elle a pensé et senti à l'égard de ses contentements
et de ses peines, de ses maux physiques, de la
vieillesse, de la mort qui vient, de ceux qu'elle a aimés
et qui sont partis, importe ni plus ni moins que ce que
j'ai pensé et senti moi-même. Sa vie a sans doute été
plus dure que la mienne ; j'ai pourtant idée que c'est
couci-couça. Elle est comme nous tous dans l'inextrica-
ble et l'inéluctable.

En février 1848, la révolution à Lille commença par un bal à la Préfecture. Le télégramme avait apporté la nouvelle de l'insurrection à Paris trop tard pour qu'on pût contremander la fête, mais mon grand-père assure que les danseurs avaient des têtes d'enterrement. Le préfet fit appeler un bataillon de ligne pour protéger la cour d'honneur, ce qui, dès l'arrivée, valut des sifflets et des huées aux hommes et aux femmes trop bien vêtus descendant de voiture. Le lendemain, les airs d'enterrement s'accentuèrent, lorsqu'on sut l'abdication de Louis-Philippe et sa fuite : ce vieux bourgeois mal mis, mais muni d'une sacoche pleine d'or, courait incognito la poste vers Honfleur.

Le surlendemain, une bande excitée par les nouvelles de Paris s'engouffre dans la cour de la Préfecture. Cette tourbe sort probablement des fameuses « caves de Lille », sous-sols humides et malsains où pourrissent depuis quelques générations des familles d'ouvriers, et qui rapportent gros aux propriétaires. Michel-Charles remarque avec surprise, se faufilant vers les grilles à contresens de la foule, un homme vêtu de vieux habits et coiffé d'un vieux chapeau : le préfet lui-même, Monsieur D. de G., qui imite, sans le savoir, le comportement du roi des Français. Se voyant reconnu par le jeune conseiller, Monsieur D. de G. l'implore de le conduire discrètement au Quartier Général, rue Négrier, où il sera en sûreté sous la protection de l'armée. L'esprit encore tout plein des sénateurs romains attendant les Barbares sur leurs chaises curules, le jeune homme s'étonne à part soi, mais s'empresse d'obliger son chef qui, durant le court trajet, s'en remet à lui de la protection de sa femme et de ses filles restées à la Préfecture.

Revenu sur place, Michel-Charles constate que le jusant de la foule a franchi le perron : une cohue débraillée emplit le rez-de-chaussée et le bel étage. Un vieux domestique se tient debout devant la porte des appartements de la préfète : « Il y a ici des femmes ; on n'entre pas. » Michel-Charles, parfois guindé quand il écrit, mais dont le langage parlé est assez vert, dira plus tard que ce valet avait du poil au bon endroit.

Dans la cour, un harangueur, évoquant les morts couchés sur les trottoirs parisiens, vocifère contre les gens en place « qui ont dansé au son du sang de nos frères ». Il fait sourire le jeune homme habitué à polir ses métaphores. La foule qui brandit le drapeau rouge demande à grands cris les décorations tricolores de la salle des fêtes pour en faire un feu de joie. On s'était hâté de les décrocher pour faire oublier ce bal malencontreux ; personne ne sait, ou ne veut savoir, où elles sont. Faute de mieux, l'émeute emporte les beaux rideaux du rez-de-chaussée pour les brûler sur la Grand Place, gaspillage qui mit le comble à l'exaspération des gens de bien. L'enlèvement d'un buste de

Louis-Philippe, jeté au feu avec les tentures, attira moins l'attention.

Quelques jours plus tard, un Douaisien, Antony Thouret, commissaire spécial du Gouvernement Provisoire, arrive à Lille pour y organiser la République. Il est « malpropre, gras, vulgaire », et si zélé à remplir ses fonctions qu'il se targue d'avoir dormi quatre jours vêtu et botté, ce qui ne tombe que trop sous les sens. Il convoque les membres du Conseil de préfecture pour savoir s'ils accepteront de coopérer avec le nouveau régime. Un silence gêné emplit la salle. Michel-Charles s'est poussé au premier rang de façon à être vu et entendu du commissaire.

— J'accepte de continuer à remplir mes fonctions, mais je réserve mes opinions politiques.

Cette voix solitaire met en fureur l'homme de l'ordre nouveau. Déjà des traîtres ! Déjà des rebelles ! Il se lance dans un panégyrique de la République. Ces fleurs de rhétorique fanées, ce luxe oratoire du pauvre irrite le jeune conseiller qui va riposter. Son voisin, un Monsieur de Genlis, homme mûr, lui pose doucement la main sur l'épaule :

— De la prudence, jeune homme ! Rappelez-vous ce qu'ils ont fait aux nôtres pendant la Grande Révolution.

Ce mot qui vaut une confirmation de lettres de noblesse calme Michel-Charles, qui laisse sans l'interrompre finir l'orateur. L'auditoire s'écoule hors de la salle ; c'est à qui ne parlera pas au jeune Crayencour ou passera le plus loin de lui possible. Il ne fait pas bon avoir seul du courage.

Le jour suivant, il reçoit sa destitution signée du commissaire et du vice-président du Conseil de préfecture, un certain baron de T., fort estimé dans le parti conservateur. Pour la première fois sur un acte officiel, le baron a omis son titre. La découverte de la lâcheté est elle aussi une initiation. Michel-Charles, qui sera destitué trois fois au cours de son existence, s'instruit. Il ne lui reste qu'à rentrer à Bailleul.

Quand il se présente chez son père, la réception que lui réserve Charles-Augustin est d'une chaleur inattendue. Aux yeux du légitimiste, Michel-Charles mis à pied est lavé d'une souillure.

— Enfin, je te retrouve, dit-il en embrassant son fils.

Mais la Grande Peur de la bourgeoisie continue, non sans bonnes raisons. Cavaignac, en fait de sauveteur, ne fait pas le poids ; Changarnier n'est qu'un vieux sabre ébréché. L'accession de Louis-Napoléon à la présidence rassure tout le monde, même si un Bonaparte, fût-il postiche, n'enthousiasme guère les gens sérieux. De toute façon, la répression a commencé. A Lille, après l'émeute de mai 1849, occasionnée par la faim, le Tribunal Correctionnel présidé par Amable Dufresne condamne quarante-trois individus à des peines qui s'élèvent en tout à quarante-cinq ans de prison et soixante-quatorze ans de surveillance. La plupart des condamnés sont des enfants. Un adolescent, voleur de pain, fut salé : deux ans de prison. Un veuf, qui de sa paie d'un franc vingt par jour soutenait tant bien que mal une famille de quatre personnes, éclate en sanglots à l'énoncé d'une condamnation analogue ; un autre gueux fit mine de se suicider en plein prétoire. Un certain Ladureau, avocat à Lille, avait défendu cette racaille, lui épargnant regrettablement des sanctions plus sévères encore. On s'accorde sur le fait qu'Amable Dufresne, qui sera bientôt président du Tribunal Civil de Lille, est un homme d'ordre.

Michel-Charles a dit lui-même que cette année troublée fut pour lui une période de vacances. Il s'occupa à classer les notes et à monter les souvenirs rapportés de voyage. S'il s'agissait de faire en beau son portrait, j'aimerais lui prêter plus d'indignation contre l'injustice, qui à ce moment était à droite. Néanmoins, à une époque où chacun ment ou déraisonne, où on n'a le choix qu'entre les défenseurs de l'ordre durcis dans leur moralité d'apparat sans pitié ni bonté et des idéologues amenant à force de gaffes l'heure des dictatures, entre les loups bien nourris d'une part et les moutons enragés de l'autre, le jeune homme qui s'amuse à fabriquer un presse-papiers avec des fragments de marbres antiques est peut-être un réaliste.

Il fut néanmoins fort content d'être réintégré dans ses fonctions en décembre 1849. Son père cette fois ne dit rien : il allait fort mal. On propose vers la même époque à Michel-Charles la sous-préfecture d'Hazebrouck, qu'il refuse parce que Lille lui semble un meilleur théâtre, et parce qu'il courtise décidément Mademoiselle Noémi. Il l'épousa en septembre 1851. Charles-Augustin était mort depuis un peu plus d'un an.

Ce ne fut pas un grand mariage, ce ne fut pas même un beau mariage. Ce fut un très bon mariage. Je me place ici, bien entendu, du point de vue du public. Quelques vieilles gens parlèrent bien, comme Charles Augustin l'avait fait, des fortunes qui portent malheur : ils radotaient. Reine, qui avait mené de longue date les négociations habituelles avec les futurs beaux-parents et les notaires, rentra à Bailleul avec ses deux demoiselles, heureuse d'avoir bien servi son fils. Qu'il ait monté ou descendu d'un degré sur l'échelle sociale, nous n'en débattrons pas, le système des castes en Europe étant aussi compliqué que celui de l'Inde. En tout cas, les options sont prises. Cet homme de vingt-neuf ans en est déjà au moment où les chances d'un individu, qui au départ semblent innombrables, se réduisent à quelques-unes. Tout ce qui suivra sort de ce jour-là.

Il est pour l'instant pleinement satisfait dans la possession de sa jeune femme, de la considération sociale, et de ses aises. Peu ambitieux, en quoi il diffère de sa mère, il se contentera de remplir assidûment ses fonctions qui consistent à prendre en charge le contentieux du département. Lille semble une grande ville comparée au somnolent Bailleul, et il se flatte d'y faire bonne figure. Il a repris, on l'a vu, ce qu'il appelle un peu naïvement son « nom noble », disons mieux, son nom de terre à consonance française, qu'un arrêté officiel a rendu à sa famille. Il n'a pas relevé le titre désuet de chevalier (« *Je ne le porte pas, parce que ce n'est pas l'usage* »), qui sonne désormais léger et un peu libertin, et n'eût certes pas convenu au sérieux mari de Noémi, mais que le voyageur du Grand Tour aurait à la rigueur pu porter. Le chevalier de Lorraine, le chevalier d'Éon, le chevalier de La Barre, le chevalier de Seingalt, le chevalier de Valois, le chevalier Des Touches... Le chevalier Cleenewerck n'eût pas trop mal fait.

Amable Dufresne a mis le bel hôtel 26 rue Marais sous le nom de Noémi ; l'immeuble passe ensuite à celui du gendre. Amable est également propriétaire du 24 et du 24 bis, qu'il semble avoir occupé en partie lui-même, louant le reste à l'un de ses collègues. J'ai vécu dans ce même 26 rue Marais les deux premiers hivers de ma vie : je dois avoir encore au fond de mes os quelque chose de la chaleur de son calorifère. Petite fille, j'y suis retournée à deux ou trois reprises rendre visite à ma grand-mère, au printemps, quand celle-ci n'était pas encore installée au Mont-Noir, ou par les premiers froids, quand elle était rentrée en ville. Je sentais vaguement l'atmosphère désaffectée de cette maison de vieille dame qui ne reçoit plus guère. Je repère au fond de ma mémoire les marches de marbre d'un escalier, une rampe qui tourne, les grands arbres du spacieux jardin, et une galerie sur arcades qui a dû rappeler à Michel-Charles les portiques romains du

XVIIIe siècle. Ces demeures grises, un peu froides, impeccablement tirées au cordeau, du temps des Intendants français, qui ont remplacé à Lille les vieux logis à pignons sculptés et dorés des maîtres d'œuvre des ducs de Bourgogne, ont elles aussi leur mystère. La légende veut que cette maison, avant d'appartenir à Monsieur de Rouvroy, ait été le luxueux hôtel d'un traitant qui y hébergeait des filles d'opéra. Vers 1913, après la mort de Noémi, l'oncle qui avait hérité du 26 rue Marais découvrit quelques pièces cachées à l'entresol, éclairées seulement par des jours presque invisibles, pleines du relent un peu équivoque du passé. Des costumes du temps de la Du Barry pendaient dans des placards : soie et taffetas, indiennes à fleurs et pékin glacé. Celles qui les portaient avaient dû s'égarer délicieusement sous les arbres du jardin. Des livres et des estampes érotiques sortirent d'un tiroir : mon oncle, homme austère, fit brûler tout cela.

Quand je repassai par Lille en 1956, le jardin était remplacé par des bâtisses quelconques, mais le vieux concierge se souvenait encore des beaux arbres. L'hôtel était occupé par une société d'assurances ; la galerie sur arcades était toujours là. Vingt ans à peu près ont passé. Un ami lillois m'écrit ces jours-ci que le quartier, très changé, est devenu une sorte de ghetto nord-africain. « J'ai cru faire un voyage à La Mecque », ajoute cet aimable homme qui regrette sa vieille ville. La société d'assurances est allée ailleurs ; l'immeuble a été mis en vente. Je me dis que pour Amable Dufresne, qui fut orléaniste jusqu'au jour où il se rallia à l'Empire, la conquête de l'Algérie avait été sans doute une des gloires du siècle. Le résultat lointain de ce fait d'armes reflue aujourd'hui sur sa belle demeure.

C'est dans cette cour que Michel-Charles, peu de jours après son mariage, vit s'ouvrir une faille dans sa confortable existence. Grand amateur de chevaux, il venait de s'acheter un pur-sang qu'il se proposait de monter, tous les matins, dans les allées alors fort soignées qui avoisinaient la Citadelle. Un groom engagé depuis peu, le cocher des Dufresne ne pouvant suffire à tout, attendait ses instructions, quand le Président, sorti de chez Noémi, s'approcha et dit avec un pesant sarcasme :

— Vous commencez de bonne heure à changer l'argent de ma fille en crottin.

Plusieurs répliques conviennent à ce genre de mot d'esprit. Michel-Charles eût pu, d'un soufflet, envoyer rouler le juge sur les marches du perron ; il eût pu se faire ouvrir la grille et s'en aller avec son pur-sang pour ne plus revenir. Son fils l'aurait fait. Il eût pu protester avec raison qu'il avait les moyens d'entretenir un cheval de selle sans recourir à la dot de Noémi, ou encore continuer à donner ses ordres au groom comme si de rien n'était. Mais il est de ceux qui en présence de la malveillance ou de la malignité se désistent, non par lâcheté (nous avons vu qu'il n'était pas lâche), mais par dégoût d'argumenter avec un insolent ou un butor, par fierté, peut-être par un fonds d'indifférence qui le fait renoncer à ce qu'il possède ou à ce qu'il désire, avec le sentiment qu'après tout il ne l'aurait pas possédé longtemps ou ne le désirait pas tant que ça. J'ai parfois observé cette même réaction chez mon père et chez moi-même. Michel-Charles décide d'envoyer le pur-sang au Mont-Noir et ne montera plus jamais à Lille.

Et penchons-nous maintenant sur cet abîme mesquin : Noémi. Les femmes traitant leurs maris en consorts, quand ce n'est pas en valets, sont de tout temps, et peut-être surtout du XIXe siècle ; une telle attitude n'exclut même pas les sentiments : Victoria a affectueusement maintenu son Albert dans une position subalterne. Michel-Charles, toujours disposé à présenter les choses sous l'angle le plus rassurant possible, fait valoir dans ses souvenirs écrits pour ses enfants que Noémi était intelligente (à sa manière, elle l'était), belle (c'est ce que nous verrons tout à l'heure), parfaite maîtresse de maison (il n'exagérait pas), distinguée, et j'ai bien peur que ce malheureux mot évoque surtout les politesses affectées, exactement dosées selon le rang, la fortune et la cote mondaine, dont les dames de la bonne société faisaient assaut l'une envers l'autre, ou l'une contre l'autre. Michel-Charles n'ignorait pas le fond grossier et borné de sa femme, et en a parlé franchement à son fils. Pour retrouver Noémi sous les litotes d'une part, sous l'exaspération et la rancune de l'autre, il faut d'abord la démythifier, quitte à voir ensuite le mythe se reformer.

Je ne l'ai connue qu'octogénaire, tassée et alourdie par l'âge, allant et venant dans les corridors du Mont-Noir, comme, dans un récit de Walter de la Mare, l'inoubliable tante de Seaton rôde dans sa maison vide, devenue aux yeux des enfants qui la regardent l'épaisse incarnation de la Mort, ou, pis encore, du Mal. Mais le prosaïsme de Noémi ne favorisait pas les épouvantements. Brouillée avec son fils, en froid avec son gendre, qu'elle craignait, à la fois partiale et sardonique envers son petit-fils, elle me brimait sans parvenir à entamer ce cocon d'indifférence qui parfois entoure l'enfance, et la défend contre les provocations des adultes. Après ses trois repas, la douairière allait s'asseoir au salon dans une encoignure d'où elle pouvait surveiller sans être vue toute une enfilade de pièces, et entendre ce qui se disait contre elle au sous-sol, grâce à une bouche de calorifère faisant fonction de tuyau acoustique. Avertis, comme on le pense bien, les domestiques ne parlaient d'elle qu'à bonne distance de l'endroit en question, ou à bon escient. Si une mauvaise plaisanterie s'exhalait de la bouche de chaleur, Madame y trouvait du reste l'agréable occasion d'une scène. Sa femme de chambre, Fortunée, qui la servait mal, mais avec qui elle avait ses habitudes, machinait à son gré le renvoi du délinquant ou sa rentrée en grâce. Les religieuses gardes-malades qu'on mit près de ma grand-mère vers la fin étaient soumises au même régime policier. Cette vieille femme qui avait toute sa vie craint la mort finit seule au Mont-Noir d'un arrêt du cœur. « Du cœur ? » s'écria un voisin de campagne facétieux. « Elle ne s'en était pourtant pas beaucoup servie. »

La première image qu'on a de Noémi la montre âgée

d'environ quatorze ans, en jupe courte et en tablier.
Vers 1842, Amable Dufresne s'était avisé de commander à un peintre local deux toiles formant pendants,
mi-portraits, mi-tableaux de genre. L'un représente le
magistrat assis rue Marais dans sa belle bibliothèque.
Grand, sec, froid, rasé de près, il a cet air faussement
britannique qu'affectaient du temps de Guizot les gens
en place. Les murs autour de lui sont couverts de haut
en bas de belles reliures ; un buste de Bossuet atteste
son respect pour l'éloquence sacrée ; la tour de l'église
Sainte-Catherine, aperçue par une fenêtre ouverte,
arbore au faîte le tricolore du Roi-Citoyen. La petite
Noémi, entrée, semble-t-il, pour porter un message
plutôt que pour demander la permission d'emprunter
un livre, ajoute au tableau ce rappel des affections
familiales sur lesquelles il était devenu de bon goût
d'insister. Sur la seconde des deux toiles, Alexandrine-
Joséphine Dufresne, raide sous son bonnet tuyauté,
trône dans un fauteuil près d'une cheminée surmontée
d'une « garniture » qui existe encore. Un jeune garçon
à collerette est debout près d'elle. Un ouvrage de dame
est à portée de main sur une table ; une romance est sur
le clavecin. Le pare-feu s'orne d'une scène antique en
grisaille, et une statue de nymphe embellit le jardin
entrevu par une baie vitrée. Un immense tapis de la
Savonnerie éclipse de ses tons voyants tout le reste.

L'enfant à la collerette s'appelait Anatole, ou peut-
être Gustave, ou bien l'un et l'autre. (On ne sait pas si
le couple eut un fils, ou deux fils morts jeunes.)
Gustave quitta ce monde garçon et docteur en droit à
l'âge de vingt-neuf ans. Son nom figure dans un
document concernant une fondation charitable à
laquelle les Dufresne participèrent dix ans plus tard.

Anatole, à supposer qu'il ait existé séparément, n'est mentionné nulle part. Les *Souvenirs* de mon grand-père se taisent sur ce disparu, ou ces disparus, à qui Noémi dut d'être héritière universelle ; la digne Alexandrine-Joséphine y est présentée au contraire comme « la meilleure des femmes ». Mon père, lui, ne parla jamais ni de cet oncle simple ou double, mort trop tôt pour qu'il l'ait pu connaître, ni de « la meilleure des femmes », bien qu'elle ait vécu, à ce qu'il semble, jusqu'à l'orée du XXe siècle. Il n'est pas besoin d'aller se promener dans les nécropoles de l'Orient pour prendre des leçons d'oubli.

Ce n'est pas par amour du pittoresque que j'ai immobilisé le lecteur devant ces deux toiles où les objets comptent au moins autant que les êtres. A la vérité, toutes les sociétés, quelles qu'elles soient, sont basées sur la possession des choses ; une bonne partie des gens qui se font peindre ont toujours exigé qu'on mît près d'eux leurs bibelots favoris, tout comme aux temps antiques ils auraient demandé qu'on les plaçât dans leurs tombes. En un sens, le cartel et le tapis d'Alexandrine-Joséphine valent bien les socques, le miroir, et le lit conjugal des Arnolfini. Mais les modèles de Van Eyck vivaient encore à une époque où les objets signifiaient par eux-mêmes ; ces socques et ce lit symbolisent l'intimité des époux ; ce miroir quasi magique est embué par tout ce qu'il a vu ou verra un jour. Ici, au contraire, ces intérieurs témoignent d'une civilisation où AVOIR a pris le pas sur ÊTRE. Noémi a grandi dans un milieu où l'on tient les domestiques « à leur place » ; où l'on n'a pas de chiens, parce que les chiens salissent les tapis ; où l'on ne met pas de miettes pour les oiseaux sur les appuis de fenêtre, parce que les oiseaux salissent les corniches ; où, si l'on distribue des aumônes à Noël aux pauvres de la paroisse, c'est sur le seuil de la porte, de peur des poux et de la teigne. Aucun enfant « du peuple » n'a joué dans ce beau jardin ; aucun livre qui passe pour battre en brèche « les bonnes doctrines » n'a accès dans cette belle bibliothèque. Pour ces pharisiens qui se croient des chrétiens, aimer autrui comme soi-même est un de ces préceptes qui font bien quand le curé les débite en chaire ; ceux qui ont faim et soif de la justice sont des émeutiers qui finissent au bagne. On ne s'est pas risqué à dire à Noémi que toute opulence non partagée est une forme d'abus, et toute possession inutile un encombrement. Elle sait à peine qu'elle mourra ; elle sait que ses parents décéderont et qu'elle héritera d'eux. Elle ne sait pas que toute rencontre avec quelqu'un, fût-ce avec le boueux qui s'arrête à la grille du 26 rue Marais, devrait être une fête de bienveillance, sinon de fraternité. On ne lui a pas dit que les choses méritent d'être aimées pour elles-mêmes, indépendamment de nous, leurs incertains possesseurs. On ne lui a pas appris à aimer Dieu, considéré tout au plus comme une sorte de Président Dufresne céleste. On ne lui a même pas appris à s'aimer. Des millions d'êtres, il est vrai, sont dans son cas, mais chez beaucoup d'entre eux une qualité, un don, poussent d'eux-mêmes hors de la terre ingrate. Noémi n'a pas cette chance-là.

Elle est vertueuse, au sens ignoblement étroit qu'on donne à ce mot, à l'époque, quand on l'emploie au féminin, comme si la vertu pour la femme ne concernait qu'une fente du corps. Monsieur de C. ne sera pas un mari trompé. Est-elle chaste ? Seuls, ses draps pourraient nous répondre. Il se peut que cette robuste épouse ait eu des sens fougueux, que Michel-Charles savait contenter, ou, au contraire (je penche pour cette alternative, car aucune femme comblée n'est acariâtre), qu'une certaine pauvreté de tempérament, un manque de curiosité ou d'imagination, ou les conseils qu'Alexandrine-Joséphine a dû lui donner, l'ont détournée des plaisirs « illicites », et même des plaisirs permis. L'acte de chair a pu lui sembler, comme à tant de ses contemporaines, un inconvénient de cet état conjugal hors duquel une « personne du sexe » ne pourrait se dire « établie » et se croirait « laissée pour compte ». En tout bien tout honneur, toutefois, elle s'enorgueillit de son « beau corps de femme ». Il lui est précieux, non comme un irremplaçable objet qui lui sert à vivre, encore moins, j'imagine, comme un instrument de volupté, mais comme un meuble ou une potiche en sa possession. C'est moins par coquetterie que par sentiment de ce qu'elle doit à sa « condition sociale » qu'elle le revêt de taffetas ou de cachemire, ou, l'occasion s'offrant, le dénude comme le veut la mode. Elle aime montrer ses épaules et ses bras « faits au tour », pas davantage, certes, que ne le font les élégantes aux Tuileries ou à Compiègne, un peu plus pourtant que ne l'admet parfois la pruderie de la province.

Il paraît qu'un soir, au sortir d'un bal, Michel-Charles, descendant l'escalier d'un bel hôtel de Lille au côté de son épouse, entendit le fâcheux craquement d'une étoffe de soie qui se déchire. Pressé par la foule, Monsieur de N. (j'invente cette initiale), vieux garçon du meilleur monde, arbitre des élégances lilloises, méchant comme le bossu qu'il était un peu, avait par mégarde posé le pied sur la traîne de la belle personne qui le précédait d'une marche. Noémi se retourna,

avec dans la voix les sifflements mythologiques de
Méduse :

— Fichu imbécile !

— Ce fichu, Madame, ferait mieux sur vos épaules
que dans votre bouche.

Michel-Charles, rentré au logis, dut subir des reproches peut-être mérités. Un mari qui se respecte eût
provoqué l'insolent. Mais on ne se bat pas avec un
infirme. L'époux goûte le discret plaisir de faire celui
qui n'entend pas et se retient d'adresser au coupable un
sourire complice.

On hésite toujours à offrir au lecteur une telle
historiette. Il se peut que Monsieur de N. ait pris sa
repartie dans un *ana,* ou même que Michel-Charles en
ait tiré toute cette anecdote pour en régaler son fils.
Vraie ou fausse, elle est d'époque, comme les fichus de
dentelle.

J'ai noté ailleurs le goût de ma grand-mère pour le
pronom possessif. L'hôtel de Lille est « mon hôtel », le
Mont-Noir « mon château », et le landau du couple
« mon landau ». Michel-Charles, « Monsieur » pour
les domestiques, est le reste du temps « mon mari » ;
son prénom ne reparaît brusquement qu'accolé à une
admonition (« Michel-Charles, vous allez faire verser
cette voiture ! »). En public, il est souvent contredit
(« Cette histoire ne s'est pas passée tout à fait comme
mon mari la raconte »), ou rabroué (« Michel-Charles,
votre nœud de cravate est mal fait »). Un fauteuil qu'il
juge affreux et qu'elle juge superbe est réservé par la
fille du Président à l'exclusif usage paternel (« Ne vous
mettez pas là, Michel-Charles, c'est le fauteuil que
préfère votre beau-père »). Il cesse à jamais de s'asseoir
sur ce meuble grenat ou bouton-d'or, auquel, par

ailleurs, le Président ne tient pas tant que ça, et qui reste vide comme dans *Macbeth* le siège de Banquo. Les dates du départ printanier pour la campagne et du retour automnal en ville sont fixées des mois d'avance ; si Michel-Charles ou les enfants sont enrhumés, qu'ils s'emmitouflent (« Moi, je ne prends jamais froid »). Les Dufresne ont persuadé leur gendre de faire avec eux notaire commun ; ils ont voix dans la composition de son portefeuille. Le Président a acheté des terres au Mont-Noir pour arrondir le domaine du jeune couple : Michel-Charles n'est plus tout à fait chez soi sur ces quelque cent trente hectares de bois, de prés et de fermes. Il semble qu'Amable ait pris sur lui d'agrandir la gentilhommière déjà vieille d'un quart de siècle ; un rapport secret, en tout cas, reproche au magistrat de se donner les airs de faire bâtir un petit château. Des bonheurs-du-jour Louis XV-Eugénie détonnent au milieu des vieux bahuts flamands et des honnêtes meubles Restauration. Du Mont-Noir, Michel-Charles aimerait aller comme autrefois dîner à midi, le dimanche, chez sa mère, dans la maison de Bailleul ; il y va seul ; son départ et son retour provoquent des colères.

Il voudrait, leurs moyens le leur permettant, aller passer quelques semaines à Nice ou à Bade, sinon revoir son Italie tant aimée. Ce modeste vœu est l'objet des ironies de Noémi (« Je suis bien où je suis »). Il y renonce, et rompt avec sa longue habitude de murmurer un vers qui lui paraît beau et approprié à l'occasion, d'accueillir le clair de lune par le *Tremulat sub lumine* de Virgile, ou d'évoquer à propos des enfants *Le Cercle de Famille* de Victor Hugo. A table, elle coupe, s'il se peut, ces citations inopportunes d'une remarque sèche au valet de chambre (« Ce vin n'est pas assez frappé »,

« Vous n'avez pas rempli la salière »). Michel-Charles
aggrave ses torts en s'efforçant d'adoucir par une
plaisanterie l'acerbité du reproche (« Il ne faut jamais
se familiariser avec ces gens-là »). S'il laisse ouvert sur
un pouf du salon son *Journal des Débats,* dont il n'a pas
achevé la lecture, il le retrouve froissé sous les bûches
(« Rien n'a l'air négligé comme un journal qu'on laisse
traîner »). S'il désire utiliser à Lille un boudoir
inemployé pour agrandir sa bibliothèque, il devient
indispensable de transformer cette pièce en lingerie.
Quand meurt à Bailleul le cousin Bieswal, riche
bibliophile surnommé le Veau d'Or, qui a mis Michel-
Charles sur son testament, il s'agit de décider si l'on
vendra ou non la célèbre collection d'incunables et de
livres d'heures, de gravures d'époque ou d'aquarelles
romantiques. Noémi opte pour la vente (« On a déjà
assez de livres comme ça »), et l'importance du chiffre
obtenu par le commissaire-priseur paraît lui donner
raison, même aux yeux de Michel-Charles, qui regrette
pourtant le La Fontaine des Fermiers Généraux.

Mon grand-père dans toutes ces occasions ressemble
à un stratège qui se replie sur des positions préparées
d'avance ; Noémi triomphe comme un conquérant sur
une terre brûlée. Michel-Charles se dit qu'il serait
grotesque de tenir tant que cela à de bonnes paroles,
des câlineries ou des sourires. On ne peut pas tout
avoir : Noémi au fond a de solides qualités. Il lui reste,
à lui, ses occupations officielles, ses conversations avec
ses collègues, ses livres (il relit plus qu'il ne lit), les
leçons qu'il donne aux enfants. Le matin, dans l'intimité du café et des rôties, Michel-Charles se tait, faute
de trouver un sujet sur lequel on soit sûr de s'accorder,
ou s'engage dans des réflexions sur le temps qu'il fait,

elles-mêmes souvent mal reçues (« Il pleut. — Vous
vous trompez : il ne pleut plus depuis dix minutes »).
Et cet homme et cette femme qui forment un couple
respecté, ont deux beaux enfants, halètent encore
parfois dans le même lit, se veulent du bien, au fond, et
dont l'un verra mourir l'autre, prennent ainsi, dans un
silence poli, ou avec des répliques qui le sont à peine,
près de douze mille petits déjeuners.

Un sujet de conversation pourtant ne tarit jamais : le
grand dîner du mardi. « *Elle est là tout à son affaire* »,
note Michel-Charles avec son imperceptible persiflage.
Il ne s'agit pas, en effet, que de conciliabules avec la
cuisinière, de billets au fleuriste, au poissonnier, au
traiteur, à la couturière qui retouche quelque chose à
l'une des toilettes parisiennes, ou du repassage des
nappes damassées dont chaque faux pli ferait l'effet
d'un couac. La grande affaire est la liste des invités. Il
importe qu'à aucune personne au-dessous d'un certain
niveau social ne soient offerts ces turbots et ces ananas.
Certains personnages sont priés *ex officio* : le préfet, le
commandant de la Citadelle, des directeurs de la ligne
du Nord, quand ils sont à Lille, des banquiers
parisiens venus tâter le pouls à l'industrie locale,
quelques représentants de bonnes familles ralliées au
régime, ou du moins dont le légitimisme n'est plus
qu'une manie anodine, l'évêque, qui fait toujours bien,
et le nonce quand ça se trouve. De temps à autre, le
Président invite d'autorité des confrères de passage, le
petit père Pinard, par exemple, procureur impérial,
qui a fait condamner pour outrage aux mœurs *Les*

Fleurs du Mal du sieur Baudelaire, et faillit avoir le même succès avec *Madame Bovary*. Ce défenseur de la pudeur publique collectionne les épigrammes lascives de l'Antiquité ; le président Dufresne, autre amateur, fait assaut avec lui de citations égrillardement érudites ; Michel-Charles tient convenablement sa partie.

Le reste du temps, les gaudrioles échangées sont parisiennes ou militaires. Les dames qu'on invite ne sont pas des dames galantes, mais toutes ont l'habitude d'en entendre à la fin des repas, quand les cinq verres à pied devant chaque couvert ont mis dans les têtes leur coin d'arc-en-ciel. (« On était très *évohé* dans la famille », m'assura il y a quelques années un cousin octogénaire qui n'avait guère pu assister à ces bombances Second Empire, et se souvenait plutôt des dimanches familiaux de Bailleul, où un vieux convive atteint d'un cancer à la joue laissait le champagne dégouliner par sa plaie.) Dans l'atmosphère émoustillée des mardis de Lille, chacun se croit spirituel, et tous donnent en plein dans l'optimisme du jour. Paris, où Michel-Charles et Noémi se rendent au moins une fois l'an, n'a jamais été plus gai ni plus doré ; la rente monte ; les dividendes gonflent à vue d'œil. Les logis ouvriers qu'on vient de construire à Roubaix rapportent du vingt-cinq pour cent. Il est vrai qu'ils manquent de fenêtres, et même de portes ; Michel-Charles, qui aurait eu à intervenir à leur sujet, reconnaît à part soi qu'on aurait dû les condamner comme insalubres et dangereux, mais se dit qu'après tout il faut bien loger d'une manière ou d'une autre les travailleurs des filatures, et que les bailleurs de capitaux n'entrent en jeu qu'assurés de profits substantiels.

Le comte de Palikao, habitué des mardis, narre

quelques incidents de sa campagne chinoise : les canons français y ont triomphé glorieusement de bandes de cavaliers jaunes, armés, en sauvages qu'ils étaient, de piques et de flèches. Ces barbares refusent aux nations civilisées l'établissement de concessions qui pourtant faciliteraient les affaires. Les Arabes d'ailleurs ne sont pas moins fermés au progrès. En Algérie, les soldats de Bugeaud allaient sans doute un peu fort : des hameaux rebelles, pris le soir, il ne restait souvent le matin qu'un tas de cendres, ces brutes s'étant laissé brûler avec leurs gourbis. Au fumoir, où l'on ne craint pas d'effaroucher la sensibilité des dames, le héros va jusqu'à reconnaître qu'il y a eu quelques histoires d'enfants jetés sur les baïonnettes. Que voulez-vous ? La guerre est la guerre.

Un faiseur de rapports secrets, qui évidemment participe à ces agapes, n'a que compliments pour le caractère doux et bienveillant de Noémi, ce qui juge une fois pour toutes les rapports secrets. « *Malgré son extrême modestie, elle ne passe pas inaperçue dans le monde. Elle n'y a pas, d'ailleurs, une grande influence, et ne cherchera jamais à en exercer.* » Il se peut que Noémi ait été bornée en matière d'ambition comme en matière d'amour. Il se peut aussi que son indifférence soit l'effet d'une louable et robuste fierté provinciale, satisfaite sans plus d'être ce qu'on est. Je lui sais gré de ne pas s'être fait valoir dans les salons de la Préfecture.

Le rapporteur, qui semble s'être formé une idée défavorable des gens et des choses du Nord, note comme à contrecœur que Michel-Charles « *qui appartient aux meilleures familles du pays* », fait montre d'une « *tenue parfaite* » et que « *ses manières ne manquent pas d'une certaine distinction* ». Mais « *il se ressent de son*

origine flamande ». « *Son esprit n'est pas des plus vifs ;
pourtant, sous son apparence de bonhomie, il n'est pas sans
quelque finesse. Sa facilité d'élocution est remarquable.* »
« *Sans intelligence politique* », ajoute l'anatomiste des
marionnettes humaines, qui, sur ce point, a raison,
quel que soit le sens, favorable ou sinistre, qu'on
puisse donner à ces deux mots. Mais « *il entend bien les
affaires, et son activité ne laisse rien à désirer. Sa position
et ses alliances le rendent utile* ». Il est, d'autre part,
« *suffisamment instruit* » sans doute pour cette position
de Vice-Président du Conseil de Préfecture, à laquelle
ce rapport mi-figue, mi-raisin le fera bientôt accéder.
L'espion officiel dit vrai. Michel-Charles n'est que
suffisamment, donc insuffisamment, instruit. Pas
plus, certes, en ce domaine que dans tout autre, il
n'importe « d'être de son temps », et il y a même
avantage à ne pas tomber dans la trappe des opinions à
la mode. Néanmoins, à l'époque de Darwin d'une part,
de Renan et de Taine de l'autre, ce lettré qui relit
Condillac parce que ses maîtres à Stanislas le lui ont
fait lire, rouvre de temps en temps son Tacite, pour ne
pas se rouiller en latin, et enseigne à sa fille l'histoire
du monde en six périodes allant d'Adam à Louis XIV,
n'est pas, au sens fort du mot, « un homme instruit ».
Je crains pourtant que le rapporteur parisien le juge sur
son ignorance de *La fille Élisa* et du dernier couplet
d'Offenbach.

En matière de mœurs, la bénédiction officielle lui est
donnée de haut : Michel-Charles, bon père de famille,
se consacre exclusivement à sa femme et à ses enfants.
Dont acte, avec les quelques restrictions qui conviennent toujours. Mais, hélas, et le plumitif y revient avec
une insistance qui justifierait tous les séparatismes :

« *c'est un Flamand* ». « *Sa physionomie est expansive et
ouverte malgré le type très flamand du visage* » ; « *le
caractère est très flamand : il est sans doute très loyal et je
suis bien loin de prétendre qu'il serait capable de dénaturer
la vérité, mais il ne la dit pas toujours tout entière.* » Le
rapporteur sur ce point tombe juste. Mais la duplicité
n'était sûrement pas dans la France du Second Empire
l'apanage d'un groupe racial dédaigné. Celle de
Michel-Charles tient plutôt au pli reçu dans certains
collèges religieux où la litote et la restriction mentale
ont continué à fleurir depuis le XVIIᵉ siècle et qu'afflige
encore trop souvent ce vice qu'est une sincérité posée
de biais.

Mais ce qui importe au mouchard officiel, c'est la
quantité de fric que possède l'individu en question.
Après le décès de sa mère et de son beau-père, la
fortune du susnommé s'élèvera à cent mille francs de
rente. Cette fortune solide, ou crue telle, est la laisse du
chien. « *Il tient trop à ce qu'il possède pour ne pas servir
loyalement le gouvernement de l'Empereur.* » Le mot
« *loyalement* » fait sourire dans ce contexte : entendons
que Michel-Charles ne tombera jamais dans l'erreur de
s'acoquiner avec les libéraux, dont le « *socialisme
déguisé* » est une menace pour les propriétaires. L'Empire se garde à gauche.

On n'a oublié ni le légitimisme des siens ni son
orléanisme et celui de son beau-père, lequel, dans un
autre rapport officiel, en prend pour son grade.
« *Satisfait de sa rosette et de son poste important de
Président du Tribunal de Lille, rassuré (il n'est pas le seul)
par son inamovibilité* », Amable Dufresne a soutenu la
candidature d'un orléaniste, le député P., beau-frère
de son gendre, et s'est exprimé sarcastiquement à

l'égard du régime. Bien installé dans « *sa position et ses alliances* », le gendre en somme n'est pas plus sûr ; heureusement qu'au moins il convoite la Légion d'honneur. En dépit de l'arrêté récent du Tribunal d'Hazebrouck, le rapporteur s'entête à ne donner à Monsieur C. de C. que du Cleenewerck, qui lui semble sans doute mieux correspondre à sa physionomie flamande ; il lui reproche de vouloir, en se parant de ce nom d'Ancien Régime, « *se frotter à la prétendue noblesse de la région* ». Cette « *prétendue noblesse* », qui fait l'effet d'un crachement de plume, trahit chez le serviteur du prétendu Bonaparte ce fond jacobin toujours présent dans tant de cœurs français. Mon grand-père a beau faire du zèle dans ses fonctions administratives, remplir des intérims comme sous-préfet à Douai et comme préfet à Lille, et avoir pris « *les mesures qui s'imposaient* », quelles qu'elles fussent « *lors de l'attentat de Gérenchies contre Sa Majesté l'Empereur* », on l'a à l'œil. L'Empire se garde à droite.

Noémi en décolleté de velours noir, une rose de velours rouge dans les cheveux comme une Doña Sol à la Comédie-Française, joue avec sa délicate écharpe de mousseline des Indes sans se douter qu'un invité qui a repris des asperges sauce hollandaise précise sans chaleur que « *la tenue de cette maison est des plus convenables* ». (On n'a pas dîné à Paris chez Morny pour venir ensuite admirer le luxe du Nord.) Michel-Charles, qui dispense en ce moment à ses hôtes des curaçaos et des fines, ne sait pas qu'il figure, à demi mal noté, et respecté seulement parce qu'il est riche, sur les rapports secrets d'un régime policier. S'il le savait, sa finesse lui ferait dire que tous les régimes sont tels. Une miniature correspondant à la Noémi

Doña Sol le montre un peu contraint, avec son regard qui passe par-delà l'interlocuteur. Il n'a l'air ni expansif ni ouvert, encore moins bonhomme. Le rapporteur a pris pour le fond d'un tempérament les chaleureux dehors de l'hospitalité flamande. En dépit des bonnes notes qu'on lui décerne (« *Santé parfaite. Aucune infirmité.* »), Michel-Charles souffre d'ulcères à l'estomac depuis son mariage. L'un des plus anciens souvenirs de son fils sera de l'avoir vu, non aux dîners du mardi, auxquels le petit garçon n'assistait pas, et où le maître de maison faisait sûrement semblant de manger, mais à la table familiale, durant les longs repas plantureux d'alors, remuant, pour se donner une contenance, sa bouillie d'avoine recouverte d'une épaisse couche de crème, seule nourriture que, quelquefois durant des mois d'affilée, lui permissent ses médecins. Il finit du reste par guérir. Un spécialiste hésiterait sans doute à établir un rapport de cause à effet entre ces plaies si lentes à se fermer et le cancer à l'estomac dont il mourut à l'âge de soixante-quatre ans.

A cette époque de portraitistes ampoulés, la photographie ne passe pas pour mériter le nom d'art. Elle y a droit pourtant. Ces bourgeois qui, au cours d'interminables poses, imprègnent de leur forme la plaque traitée au nitrate d'argent, ont sans le savoir la sévère frontalité de la statuaire primitive et la vigueur de portraits d'Holbein. A cette noblesse, qui est celle de tout grand art qui vient de naître, s'ajoute, inquiétante, une pointe de magie. Pour la première fois, depuis que le monde est monde, la lumière, dirigée par l'ingéniosité humaine, capte des spectres de vivants. Ces gens, qui aujourd'hui sont authentiquement des fantômes, se tiennent devant nous, comme leurs revenants pourraient le faire, vêtus de spectrales redingotes et de fantomales crinolines. Peut-être n'a-t-on jamais remarqué que les premiers grands portraits photographiques sont contemporains des premières séances spirites. Ici, la réussite du sortilège demande la présence d'une table tournante, là, celle d'une plaque sensibilisée ; dans les deux cas, l'entremise d'un médium (car tout photographe en est un). Précisément parce que tout s'y trouve, sans le tri qu'un peintre ou un sculpteur eût commencé

par faire, ces images sont d'interprétation aussi difficile
que les visages eux-mêmes aperçus dans la vie. Nous
sommes le plus souvent devant d'opaques mondes
fermés. Certains clichés avouent, sans que nous
sachions si l'aveu porte sur des actes ou des tendances,
sur ce que ces gens auraient pu être ou faire, ou sur ce
qu'ils ont été et ont fait. Il arrive même que des
caractéristiques, lentement développées comme sous le
fait d'on ne sait quel réactif, ne deviennent visibles
qu'aujourd'hui et que pour nous. C'est ainsi que dès
les splendeurs de Compiègne le visage défait de
Napoléon III fait prévoir Sedan, comme s'il portait
déjà sur lui son désastre ; ou encore qu'en dépit des
dithyrambes de ses adorateurs, la belle Castiglione,
dans sa toilette de Reine des Cœurs, montre des
chevilles alourdies et des pieds qui s'écrasent dans des
mules de satin, comme si cette idole des salons s'était
fatiguée à faire le trottoir. Des lacunes, des maux ou
des vices que les contemporains n'ont pas vus, sans
doute parce que l'habitude, ou les partis pris du
respect ou de l'engouement les aveuglaient, et dont la
moindre trace, perçue par les intéressés, leur eût fait
déchirer ces coûteux bristols, se montrent comme si
ces photographies étaient devenues des radiographies.

Noémi n'est plus la Doña Sol des familles : correcte
et quelconque dans sa robe de taffetas à corsage
montant, ses lèvres sèchement closes comme le fermoir
d'un sac de dame nous renseignent seules sur son
manque de bonté. La main soignée est d'une personne
qui n'a jamais accompli le moindre travail domestique,
donc, au sens de l'époque, d'une femme comme il faut.
Du Michel-Charles de ces années soixante, on ne voit
qu'un monsieur au visage maigre, presque hâve, en

redingote et en impériale. Le grand corps très droit, la
tête un peu redressée donnent l'impression d'un pénible contrôle de soi. Le regard intense et noir (car rien
n'est plus noir que le regard de certains yeux clairs) luit
d'un éclat froid entre la barre des sourcils et les hautes
pommettes. On pourrait s'imaginer ainsi le Solness ou
le Rosmer d'Ibsen à la veille d'une crise, ou Ivan Ilitch,
déjà rongé par la maladie, et luttant contre elle. De cet
homme qui souffre, peut-être qui pense, on ne saurait
rien sans quelques bribes de récits de son fils. Michel-
Charles lui-même a oblitéré Michel-Charles.

Les enfants aussi ont été menés chez le photographe
en vogue. Ils sont deux : on est reconnaissant au
couple lillois de s'en être tenu à ce chiffre ; le souci de
ne pas trop morceler l'héritage l'emportait sans doute
sur celui de ne pas encombrer la terre ; néanmoins,
quelque chose me dit que Michel-Charles n'aimait pas
ces pullulements. Il fut à coup sûr très bon père. Quant
à Noémi, son attitude envers ces petits est un des
mystères de cette femme qui semblait incapable d'en
avoir aucun. Elle a violemment pleuré sa petite
Gabrielle, qui mourra jeune, ce qui ne prouve pas
nécessairement qu'elle l'eût, vivante, beaucoup cares-
sée. A l'égard de son fils Michel, d'aussi loin qu'on
puisse remonter, on ne trouve qu'une hargne qui
ressemble à de la haine.

Nous sommes si attachés au lieu commun d'une
mère aimante, si attendris par l'ardeur et le dévouement, d'ailleurs brefs, des maternités animales, que
l'attitude de Noémi nous surprend. Et cela d'autant
plus qu'il est rare, à cette date et dans ce milieu social,
qu'un fils unique ne soit pas traité en prince héritier.
L'hostilité de Noémi envers ce second enfant ferait

supposer on ne sait quel conflit charnel devenu irrémédiable, ou encore une peccadille commise à l'époque par Michel-Charles, en dépit de ses certificats officiels de moralité. Plus tard, les raisons de vilipender le fils rebelle ne manqueront pas à Noémi, mais, cette rébellion, elle l'aura en grande partie suscitée. Pour le moment, les deux petits nichés à l'étage supérieur du 26 rue Marais sont des objets, presque des biens meubles ; ils sont « ma fille et mon fils », jusqu'au jour où Michel, quand Noémi s'adresse au père de l'enfant, deviendra « votre fils ». Mais elle est sûrement montée au second étage vérifier la façon dont la bonne lave, habille et brosse les deux petits pour la séance de pose.

Les voici donc, tels que les a pris le photographe, et pris est le mot : pris dans leurs beaux vêtements, dans le beau mobilier et les beaux accessoires du salon du praticien, pris dans les us et coutumes de leur siècle. Mais, comparés aux adultes roidis, lignifiés, déjà marqués pour être un jour abattus, ces jeunes pousses ont l'inépuisable force de ce qui est encore frais, flexible et souple, de la mince tige capable de percer s'il le faut l'épaisse couche de feuilles mortes ou de pulvériser le rocher. Comme tous les enfants de leur temps, ils ont déjà, du moins devant l'objectif, une dignité de petites grandes personnes ; ils sont d'une époque où l'enfance est encore sentie comme un état dont il convient de sortir le plus tôt possible, pour accéder bien vite au rang du Monsieur et de la Dame. Il y aurait beaucoup à dire en faveur d'une telle vue, si les messieurs et les dames offerts en modèles aux enfants n'étaient trop souvent eux-mêmes que de piètres mannequins. A six ou sept ans tout au plus, Gabrielle est déjà une dame en miniature. Debout, en crinoline courte et corsage de tartan, elle pose la main, d'un geste ferme en même temps que léger, sur l'épaule du petit frère assis près d'elle ; sa parfaite aisance, déjà mondaine, je ne sais quoi d'assuré dans la petite tête fière inquiète un peu sur ce que Gabrielle sera à vingt ans. Mais ces inquiétudes sont vaines : elle ne sera plus. A cinq ans à peine, le petit garçon sagement assis, un livre à la main, est habillé en petit homme. Rien n'y manque, ni le gilet, ni le nœud de cravate, ni les souliers bien cirés. La tête est toute ronde, comme celle des *putti* de Donatello ; le petit corps robuste fait penser à celui des jeunes chiens qui semblent contenir dans leur plénitude potelée tous les éléments qui leur serviront à grandir. Le visage est empreint d'une honnêteté et d'un sérieux presque grave, mais les yeux clairs rient comme de l'eau au soleil.

Tournons rapidement les feuillets de l'album. Il y aura bientôt Michel âgé de sept ans, fragile et léger, à qui il suffirait de jeter sur les épaules une dalmatique pour en faire un ange de Fouquet ou de Roger de la Pasture, mais les yeux ont déjà un arrière-fond de tristesse : on sait à sept ans ce que c'est que la vie. Il y aura plus tard le collégien un peu épais, nourri de bonne soupe, avec un coin de malice dans l'œil ; le beau ténébreux de vingt ans, d'une sensualité assez trouble, inquiété par les fantasmes du monde et de la chair ; le militaire qui étrenne son uniforme et ses jeunes moustaches ; l'homme du monde fin de siècle, une cigarette entre les doigts, rêvant à je ne sais quoi d'inaccompli ; le cavalier au crâne rasé à la hongroise ; le monsieur de cinquante ans en jaquette, pas le moins du monde gêné par la hauteur de son faux col, qu'on sent apte à donner des ordres et à distribuer des pourboires, image d'un milieu au moins autant que d'un homme ; le même monsieur sur une plage, en flanelle blanche, emboîtant le pas à la jolie femme du moment. Mais les instantanés de la vieillesse me retiennent davantage. Un vieil homme pensif, correctement vêtu de tissus anglais, installé à une table dans le jardin d'un hôtel du Cap-Ferrat, penchant sa haute taille vers un petit chien avec lequel il a fait amitié, curieusement isolé d'une personne assise sur la chaise d'en face, qu'il vient de prendre pour femme, un peu pour la récompenser de sa fidélité, et un peu parce qu'il lui est commode de l'avoir comme garde-malade et comme compagne. Le même vieillard seul, assis cette fois sur les marches d'un palais ou d'un cloître italien, les mains pendant entre les genoux, avec son air de douceur et de force usée ; le même enfin, appuyé au parapet du pont d'Aricie, adossé au paysage immémorial du Latium. Il est très las, ce dont je ne m'étais pas aperçue quand j'ai pris cette photographie. Ce souvenir d'une excursion aux environs de Rome est surtout l'image de la fin du voyage : dans ses vêtements de lainage grisâtre, Michel a l'air d'un vieux mendiant au soleil.

Plus je vieillis moi-même, plus je constate que l'enfance et la vieillesse, non seulement se rejoignent, mais encore sont les deux états les plus profonds qu'il nous soit donné de vivre. L'essence d'un être s'y révèle, avant ou après les efforts, les aspirations, les ambitions de la vie. Le visage lisse de Michel enfant et le visage buriné du vieux Michel se ressemblent, ce qui n'était pas toujours le cas pour les visages intermédiaires de la jeunesse et de l'âge mûr. Les yeux de l'enfant et ceux du vieillard regardent avec la tranquille candeur de qui n'est pas encore entré dans le bal masqué ou en est déjà sorti. Et tout l'intervalle semble un tumulte vain, une agitation à vide, un chaos inutile par lequel on se demande pourquoi on a dû passer.

Par une fin d'après-midi d'avril, les enfants attendent l'arrivée de leur première gouvernante anglaise.
Ils ont à peu près le même âge que sur leur photographie. La malle de Boulogne a eu du retard : la jeune
étrangère ne met le pied rue Marais qu'au moment où
les petits en haut vont prendre leur souper. Elle
dénoue sa capote, libérant ses cheveux blonds, enlève
le mantelet de voyage qui recouvre sa modeste robe,
prend en charge le frère et la sœur et leur fait réciter
leur *Benedicite*. Elle est bien entendu catholique,
irlandaise peut-être, et certifiée de bonne famille. Elle
a été engagée sur la recommandation d'une supérieure
de couvent anglais qui garantit son excellente conduite
et la parfaite correction de son accent et de ses
manières.

C'est la première fois qu'elle a quitté l'Angleterre :
la traversée a été une nouveauté ; le trajet en seconde
classe de Boulogne à Lille en a été une autre ; cette
riche et sombre maison française en est une troisième.
Elle a été timide en présence de Madame, et timide
aussi devant les domestiques qui montent les plateaux
et l'eau chaude, à qui on a dit de l'appeler Miss, et qui

l'appellent entre eux l'Anglaise. En déshabillant les enfants pour les mettre au lit (et la bonne, chargée jusqu'ici de ce soin, ne se retire qu'en grommelant), elle amuse les petits de ses impressions de voyage : elle a vu des mouettes sur l'eau, puis des vaches dans les prés et des chiens français sur les routes. Elle place à côté du petit garçon son singe de peluche, à côté de la petite fille sa poupée, avec des remarques drôles et tendres qu'ils n'ont encore entendues nulle part. Quand elle parle français, ils rient ; elle rit avec eux. Quand elle parle anglais (« Vous commencerez tout de suite à apprendre l'anglais à mes enfants »), elle leur donne l'impression de leur faire cadeau de quelque chose de tout neuf, d'un beau secret confié à eux seuls. (« Vous ne savez pas : chez moi, une poupée, ça s'appelle *doll*. ») Michel aimera plus tard cette fantaisie légère des Anglaises. Elle leur souhaite de doux rêves : personne encore ne leur a souhaité de doux rêves.

De bon matin, ils sont réveillés, comme d'habitude, par la fanfare du régiment, qui passe tous les jours dans cette rue. En jupon et en camisole, la petite Anglaise se précipite vers la fenêtre, jetant un châle sur ses épaules, curieuse de cette musique qu'elle ne connaît pas et de ces troupiers en pantalons rouges. Les hommes, d'en bas, l'aperçoivent penchée à la croisée, petite forme blonde. Quelques joyeux gars envoient des baisers. Elle se retire, confuse, et ferme la fenêtre.

Mais au bruit de la croisée refermée correspond celui de la porte qui s'ouvre violemment, donnant passage à une Noémi en furie. Elle a tout vu et tout deviné en bas, de la salle à manger où elle beurrait ses rôties.

— Fille de rien ! Catin ! Fille à soldats !

Michel-Charles, monté d'un pas plus lent, intervient

en faveur de la jolie fille qui sanglote. Il est bien naturel
que la nouvelle venue se soit mise à la fenêtre pour voir
passer des soldats français ; bien naturel aussi, ajoute-
t-il avec un prudent sourire, que ces garçons aient
envoyé des baisers. Cette remarque maladroite fouette
la colère de la maîtresse de maison.

— Hors d'ici ! Faites votre malle ! Malheureuse,
vous pervertissez mes enfants !

Michel-Charles redescend avec un soupir. Miss
rassemble à travers ses pleurs les quelques objets
qu'elle avait sortis de sa malle, boutonne sa robe, remet
son mantelet de voyage et son bonnet. Personne ne
s'inquiète qu'elle n'ait pas eu son petit déjeuner.
Profitant d'un moment où Madame a le dos tourné,
elle donne aux enfants pétrifiés un baiser rapide, et
descend l'escalier suivie par le valet narquois qui porte
sa malle. En bas, Michel-Charles sort sans bruit de son
bureau et lui glisse dans la main deux napoléons qu'elle
prend sans songer à remercier. Elle monte dans le
fiacre qu'on a fait appeler. (« Pensez donc, je ne vais
pas faire atteler pour une pareille traînée ! ») Le fiacre
s'en va avec la malle dodelinant sur l'impériale.

Noémi tint à écrire une lettre indignée à la supérieure du couvent de Brighton qui avait recommandé
l'institutrice. Michel-Charles parvint seulement à lui
en faire adoucir quelques termes. (« Naturellement,
cette dévergondée vous a plu. ») Les enfants pleurè-
rent un quart d'heure la jolie Miss, puis l'oublièrent. A
un niveau plus profond, Michel se souvint. Je ne
jurerais pas que l'image de la petite Anglaise ne l'ait
pas dirigé par la suite vers un des amours les plus
tempétueux de sa vie. Vingt ans plus tard, un soir de
demi-brume à Londres, a-t-il consciemment repensé à

elle ? C'est douteux, et au cas où la pauvre fille aurait fini par adopter la profession vers laquelle ce renvoi ignominieux risquait de la pousser, elle n'eût plus été à cette époque qu'une belle-de-nuit très fanée.

Au Mont-Noir, où Michel-Charles a des loisirs, le père ne quitte guère le fils. Il l'emmène chez Reine, qui continue à régner à Bailleul, avec ses filles pour demoiselles d'honneur. Ni Valérie ni Gabrielle ne se sont mariées : on n'a sans doute pas trouvé pour elles dans les quelques châteaux du voisinage l'établissement qui eût convenu. Si elles souffrent de ce célibat, ce qui n'est pas sûr (elles ne sont pas encore d'un temps où l'on a persuadé aux femmes que faire l'amour guérit de tous les maux), elles se consolent peut-être en songeant que leur part de patrimoine reviendra, intacte, à Michel-Charles. Leur vie s'écoule dans une paix conventuelle : elles sont si attachées aux principes de la religion, telle qu'elles la comprennent, que s'il leur arrive de jouer aux dames le dimanche, et si l'une a gagné sur l'autre une mise de dix sous, elle ne la repayera que le lendemain, parce que toute transaction d'argent est inconvenante par ce jour sanctifié. Les deux demoiselles font beaucoup de bien, et trouvent amplement de quoi employer leur charité, car un rapport officiel nous apprend qu'il y a beaucoup de pauvres à Bailleul, et que leur sort serait lamentable si d'excellentes personnes de la société ne leur venaient en aide.

Ces deux pieuses filles vieillissent avec dignité dans leurs belles robes gris perle ou feuille morte, avec leurs guimpes, leurs ruches, leur guipure, leurs grandes

manches de soie blanche aperçues à travers les taillada-
ges du satin, leurs aumônières pleines de cornets de
dragées. Valérie, plus rude, a le côté autoritaire de sa
mère sans ses cajoleries et ses gants de velours.
Gabrielle est d'une douceur mélancolique. A celle-là,
on peut supposer quelque roman inaccompli. Quant à
ce bon Henri, il continue à se promener sur la Grand
Place, offrant le bras à sa mère ou à l'une de ses sœurs,
et portant dans son gousset la clef de sa chambre, pour
que personne, pas même un des domestiques, n'y
pénètre en son absence.

Les tournées d'inspection des fermes sont la grande
joie de l'enfant. Il a été convenu dès le contrat de
mariage que Michel-Charles régirait les terres de
Noémi en même temps que les siennes propres. Dans
ce pays de propriété morcelée, ces visites prennent des
heures de cheval ; il arrive même qu'on passe la nuit
dans quelque ferme. Tant que l'enfant est très jeune,
son père l'assied devant lui à califourchon sur la bonne
jument de tout repos qu'il prend dans ces randonnées ;
plus tard, Michel montera en croupe ou aura son poney
à lui. Nous savons déjà que Michel-Charles n'est pas
grand naturaliste. N'importe : l'enfant apprend au
moins à distinguer le chiendent de la folle-avoine, ou
les Jersey des lourdes vaches flamandes. Il se familia-
rise avec les sous-bois mouillés, les nichées d'oiseaux
dans les haies et les renardeaux dans l'herbe. Michel-
Charles n'est pas chasseur, de sorte que ces créatures
vivantes ne sont pas d'emblée pour l'enfant des objets
de mise à mort. Parfois, quand on rentre tard, par des
couchers de soleil brumeux ou venteux qui servent aux

paysans à prédire le temps, une étoile qu'on croit d'abord la lampe d'une habitation éloignée prend de la hauteur, et le petit en demande le nom. Michel-Charles n'est pas meilleur astronome qu'il n'est botaniste. Mais il sait reconnaître Vénus, Mars, et quelques constellations bien visibles au ciel. Il est capable d'expliquer la différence entre une planète et une étoile fixe, et pourquoi la lune à l'horizon paraît plus grande qu'à son zénith et prend des tons orange ou rougeâtres. Ce qu'il sait surtout, ce sont les légendes des astres, et il s'enfonce dans une belle histoire mythologique qui contente l'enfant.

Le petit aime à prendre sa part du panier de provisions, en se servant seulement de ses doigts et de son couteau ; à uriner, comme le fait son père, contre un arbre, et à regarder la buée chaude monter de la mousse. Le manger des paysans est bon, ou lui semble tel. En l'honneur des visiteurs, la femme a ajouté à l'ordinaire, qui est une soupe épaisse, le lard grillé ou l'omelette des dimanches, ou encore une tarte aux fruits ou au fromage blanc, si elle a sous la main les ingrédients nécessaires. L'enfant s'endort sur la table de bois bien récuré. Le père, tout en avalant ses poudres, songe que cette nourriture vaut bien celle des grands dîners du mardi, oubliant que ce souper frugal est un repas de luxe pour ses hôtes. L'importance des fermes se calcule au nombre des chevaux : une ferme à un cheval donne tout juste au couple paysan et à ses enfants de quoi vivre et payer le propriétaire ; les fermes à deux chevaux sont déjà plus prospères ; celles qui possèdent une cavalerie plus considérable ont aussi des étables mieux garnies et emploient des ouvriers traités et nourris aussi bien ou aussi mal que la famille.

Les mille hectares de terre dont Michel-Charles et
Noémi tirent vanité représentent une trentaine de
fermes.

Mon grand-père sent bien que cette mise à profit de
l'ouvrier agricole par le fermier, du fermier par le
propriétaire, des patients animaux et de la terre plus
patiente encore par tout le monde, ne constitue pas
précisément le Paradis. Mais le Paradis, où se trouve
t-il ? Son goût archaïque — qui me touche — pour la
propriété foncière l'empêche au moins de trop participer au démarrage industriel ; il a vu d'assez près les
régions usinières pour ne pas savoir que mieux vaut
peiner en plein air derrière l'unique cheval que suffo-
quer dans la poussière des filatures. Il songe parfois
qu'il faudrait peu de chose pour rendre acceptable, et
même heureuse, la condition paysanne, mais s'il
consentait à réduire le bail de ce petit métayer obéré
par une mauvaise récolte, ou à racheter une vache à ce
fermier qui a perdu la sienne, Noémi dirait, peut-être
avec raison, qu'il foule aux pieds le pain de ses enfants.
On rapprocherait un peu maîtres et fermiers en
renonçant à certains luxes, mais lesquels ? Le superflu,
pour lui, ce sont les valets de pied de Noémi ; pour
Noémi, c'est un hiver passé à Sorrente. Il ne connaît
que trop, d'ailleurs, le perpétuel geignard s'inventant
des maladies et des déboires qu'il n'a pas, le sournois
ou le malin qui voit dans la bonté du maître une
faiblesse à exploiter ; le brutal ou l'imprévoyant qui bat
ses bêtes ou les affame ; le grigou qui mettra les
quelques sous reconquis dans son bas de laine et
n'achètera pas un setier de graines de plus. On ne refait
pas le monde. Il occupe cette nuit-là le meilleur lit, que
lui ont cédé le fermier et la fermière ; l'humidité qui

monte du sol de terre battue s'insinue dans ses articulations, toujours enclines aux rhumatismes ; le petit, heureux de passer la nuit avec son père, dort de tout son cœur.

Le lendemain, les doléances reprennent autour du bol de jus de chicorée assaisonné de café. Monsieur de C. est là Monsieur Cleenewerck, non parce que, comme le rapporteur crut pouvoir le faire, on lui conteste ses fiefs d'ancien régime, mais parce qu'on s'est connu, de génération en génération, bien avant que la famille ait pris un nom de terre. On apprécie d'ailleurs les bonnes manières de Michel-Charles : même en plein vent, il se découvre devant la fermière ; il flatte les bêtes et sait le nom des enfants. Mais surtout, il est des leurs : il parle flamand.

Séduit comme toujours par les agréables visages, il s'attarde à échanger quelques mots avec une jeune et fraîche vachère. Le vieux fermier assis sur le seuil prend sur ses genoux le petit qui vient d'explorer la basse-cour, le soulève à bout de bras, comme les bons paysans, dans les gravures sentimentales du XVIIIe siècle, le font du fils du seigneur, et murmure avec admiration :

— Mynheer Michiels, vous serez riche !

De bonne heure, Michel-Charles a profité des vacances de son fils pour faire avec lui de courts voyages à l'étranger. Il faut que l'enfant apprenne à voir le monde. Noémi ne s'oppose pas formellement à ces escapades, mais les moindres dépenses en sont calculées d'avance en famille jusqu'au dernier décime. Monsieur de C. et son fils se doivent de descendre dans

de bons hôtels, mais Michel-Charles note dans un
carnet les plus minces débours et marchande avec les
cochers quand on s'offre une excursion. L'enfant se
souvient d'avoir entendu son père maugréer, à Anvers,
contre les sacristains qui font payer dix sous pour tirer
le rideau de serge recouvrant les tableaux d'autel de
Rubens. En Hollande, la vie est si chère que Michel-
Charles renonce au dernier moment à une promenade
en barque le long des côtes de Zélande, mais n'a pas le
cœur de refuser au petit un costume du pays, jugé au
retour ridicule.

Il y a aussi les incidents imprévus. On a fait un été
l'excursion du Rhin. L'enfant a vu son premier burg ;
du bateau à vapeur pour excursionnistes, il a contem-
plé avec un vague émerveillement la Lorelei, où une
fée assise au haut du rocher peignait ses cheveux d'or.
Le site fameux passé, et les derniers échos de la ballade
chantée par les fortes voix allemandes laissés derrière
soi, on descend dans la salle à manger prendre un
plantureux déjeuner à la fourchette, pendant que les
deux rives du fleuve filent doucement sous les yeux.
Au dessert, Michel-Charles tend à son fils une carte
postale : « Tu devrais bien écrire quelques mots à ta
mère. » Le petit s'applique, mentionne le burg et la
Lorelei, et finit par une description du déjeuner.
Revenus à Lille au jour et à l'heure dits, ils rentrent en
fiacre à la nuit tombante. Noémi dans le vestibule a sa
figure des mauvais jours. Elle montre à Michel-Charles
la carte postale.

— Vous avez fait exprès de m'offenser en m'envoyant cette carte de votre fils. On ne peut même pas
vous confier l'enfant.

Michel-Charles ne comprend pas. Elle l'attire sous la

lampe à gaz et élève vers la flamme livide la carte incriminée. L'enfant y disait avoir mangé une aile de poulet froid et une tranche d'excellent rosbif. Elle pose un doigt accusateur sur la date : un vendredi.

Un tel incident pourrait faire croire que Noémi était très pieuse. Elle était, en fait, de ces bonnes catholiques qui vont le dimanche à la messe de onze heures, font leurs pâques, et prennent soin de manger et de faire manger maigre autour d'elles les jours d'abstinence. Par les temps d'orage où la foudre tombe fréquemment sur les hauteurs du Mont-Noir, elle manifeste aussi ses sentiments religieux en s'enfermant dans un placard avec un chapelet.

Au début d'un été, Michel-Charles décide d'emmener le petit à Ostende prendre des bains de mer, pour le remettre tout à fait des mauvaises suites d'un long rhume. Noémi, comme toujours, reste chez soi, persuadée que l'édifice de la vie domestique s'effondrerait si elle cessait pendant huit jours de surveiller ses gens. Un soir, on s'installe pour dîner dans la salle à manger de l'hôtel encore à demi vide, près d'une fenêtre ouverte qui donne sur la digue. Le vent du large bombe les rideaux. Le crépuscule tombe à peine ; le maître d'hôtel ne viendra qu'au dessert allumer les petites lampes sous leurs abat-jour roses. L'enfant guette ce grand moment. Une charmante jeune dame s'est assise toute seule à la table voisine. Sa crinoline est rose tendre, et son minuscule bonnet semble fait de vraies roses. Par ce beau soir, tout est rose, même le ciel au loin sur la mer. Monsieur de C. se lève avec un demi-salut pour offrir le menu à la jolie dame. Une conversation s'engage dont l'enfant se désintéresse, tout au plaisir de la nourriture et au spectacle de la digue avec ses promeneurs bien vêtus qui rient entre eux et dont beaucoup parlent des langages qu'on ne comprend pas. Les marchandes de crevettes rentrent, leur journée faite, un panier sur la tête ; les crieurs de journaux aboient des nouvelles. Le café servi, Michel-Charles change de place pour faire face à sa voisine, qui en est encore à sa glace plombières. Michel croit comprendre que son père a proposé à la jolie dame d'aller voir ce soir une pièce de théâtre.

— Remonte te coucher, dit doucement Michel-Charles. Laisse la clef sur la porte et ne pousse pas le verrou, sans quoi je serai forcé de te réveiller pour m'ouvrir. Tu es assez grand pour ne pas avoir peur tout seul. Et s'il arrivait quelque chose, sonne, ou frappe au mur pour appeler les voisins.

L'enfant croit entendre la jeune dame dire à mi-voix qu'il est charmant, ce qui l'offusque dans sa dignité de petit homme. Mais celle-ci lui est rendue au centuple par le fait que son père lui a confié la clef de leur chambre. Il monte docilement se coucher.

Mais les pas des gens qui rentrent dans les chambres voisines le tirent de son premier sommeil. Il a un peu peur. Rien que cette porte entre lui et le monde quasi inconnu du corridor avec son tapis rouge et ses palmiers. Le lit de Papa a été ouvert par la femme de chambre. Ce lit vide est triste, un peu effrayant, avec ses oreillers tout pâles et ses cuivres qu'accrochent, à travers les fentes des rideaux, les lueurs des réverbères de la digue. Des cris et des propos montent du pavement, moins gais qu'ils n'étaient tout à l'heure ; on dirait que certains de ces gens ont trop bu. L'horloge du palier sonne douze coups, puis plusieurs fois un coup, puis deux coups à ce qu'il lui semble. Comme cette pièce de théâtre est longue ! il finit par se rendormir.

Quand il se réveille, il fait grand jour, Papa, rentré sans qu'il s'en soit aperçu, dort encore ; l'enfant se lève et fait sa toilette sans bruit, ou presque sans bruit ; au fond, il ne serait pas fâché que le tintement du pot à eau contre la cuvette réveillât le dormeur ; on a déjà presque passé l'heure du petit déjeuner.

Enfin, Michel-Charles ouvre les yeux. Il commande aussitôt du café et des croissants : on déjeunera ensemble sur le balcon d'où l'on voit la mer. Il est, s'il se peut, encore plus gentil que d'habitude. La journée passe vite, comme toutes les belles journées. L'enfant ne revoit qu'une seule fois, dans le hall, la dame en rose de la veille ; son père lui baise la main. Le soir, il va de nouveau se coucher le premier. Il n'a plus peur et s'endort tout de suite.

Le lendemain, qui est le jour du départ, est aussi celui du dernier bain de mer. La marée est basse. Comme toujours, on se fait conduire au bord de l'eau dans une roulotte traînée par un bon gros cheval blanc à qui l'enfant a réservé des morceaux de sucre du déjeuner. (« Tu tiendras ta paume bien à plat ») Le père et le fils se déshabillent ensemble ; le petit, prêt plus vite, sort le premier s'exposer aux puissantes bourrades de la mer. Ni l'un ni l'autre ne savent nager, et Michel ne l'apprendra de sa vie. Tous deux souffrent d'un défaut de la circulation qui les rend sujets à des crampes s'ils restent immergés trop longtemps, et, par cette belle matinée de fin juin, l'eau est encore glacée.

On se rhabille dans la roulotte, essuyant soigneuse-

ment le corps un peu gras d'eau de mer, faisant tomber
les plaques de sable. Soudain :

— Tout à l'heure, en pliant mes vêtements, j'ai dû
sans m'en apercevoir laisser glisser de ma poche une
douzaine de louis que j'y avais mis pour le voyage.
Regarde : la claire-voie du plancher a des trous énormes. Non, c'est inutile de chercher sous la roulotte. La
mer monte : le cheval a déjà les jarrets dans l'eau. Tu
expliqueras tout cela à ta mère quand je lui raconterai
la chose.

L'enfant pourtant s'obstine, sort jambes nues et
patauge un moment sans rien sentir contre ses orteils
que l'eau qui clapote et le sable sucé par la mer. Il est
temps de rouler vers la partie à sec de la plage. Rêve-
t-il quand il voit par la lucarne des points d'or dans
l'eau ? Michel-Charles se tait. Je ne crois pas que
l'enfant l'ait sur le champ soupçonné de mensonge,
mais il le sent mal à l'aise, comme il lui arrive si
souvent de l'être lui-même, quand il doit raconter aux
grandes personnes des histoires auxquelles peut-être
elles ne vont pas croire. Son père lui fait un peu pitié.
Quant à la jolie dame en rose, Michel-Charles n'eut pas
besoin de recommander au petit de n'en pas parler en
famille. Il sait d'instinct qu'il ne faudrait pas.

Le 22 septembre 1866, Monsieur de Crayencour et ses enfants s'apprêtent à se rendre du Mont-Noir à Bailleul, où ils vont passer la journée dans la vieille maison. Michel-Charles est à cheval ; Gabrielle et Michel montent ensemble un bel âne auquel on a mis la jolie selle ornée de pompons. Gabrielle tient les rênes, aidée, ou parfois contrariée par les interventions du petit frère monté en croupe, ce qui provoque de temps à autre des « mots » entre les deux enfants. Elle a eu quatorze ans au mois de mai dernier : on ne lui permet sans doute plus de monter à califourchon. Je suppose qu'elle se tient de côté, le genou en équilibre, sa jupe soigneusement retenue de peur que l'étoffe se soulève et ballonne au vent. La petite cavalcade s'ébranle gaiement le long de l'allée de rhododendrons qui mène à la grille. On passe devant le moulin, situé au haut de la colline, en retrait du château, à un endroit où la brise ne manque jamais, même par les beaux jours calmes. Les grandes ailes tournent, avec leur bruit de voiles en pleine mer. Une carriole à un cheval est arrêtée devant l'escalier de bois qui branle et vibre ; le meunier debout sur l'étroite plate-forme rigole avec une femme qui

attend en bas ses sacs de grain changé en farine.
Ensuite, il n'y a plus que le petit estaminet situé lui
aussi sur la hauteur, but de promenade pour les
villageois, ombragé de deux jeunes tilleuls. Le chemin
creux descend rapidement vers le village de Saint-Jans-
Cappel. Les deux bêtes marchent à la file. La route est
assez étroite pour que Michel ou sa sœur puissent de
temps en temps étendre le bras, et se cueillir une
tentante branche de noisetier.

On est déjà aux trois quarts de la descente quand un
bruit furieux de galop et de roues fracassantes arrive à
fond de train. La femme à la carriole a perdu le
contrôle de son cheval, à qui un taon, ou un coup de
fouet de trop, a fait prendre le mors aux dents.

Michel-Charles se range à l'extrême bord de la
route ; l'âne effrayé saute sur le talus et désarçonne ses
jeunes cavaliers. Gabrielle roule sous les roues de la
charrette qui lui écrase l'épaule. Michel s'en tire avec
un pied démis et une longue plaie peu profonde au
mollet, qui a donné contre une pierre. Le cheval de
trait s'arrête tout pantelant ; la femme descendue de
son siège crie, ou plutôt hurle, de chagrin et de peur.
Michel-Charles, toujours maître de soi dans les
moments graves, a mis pied à terre. Il dépose doucement Gabrielle sur les sacs de farine de la carriole et
décide de continuer jusqu'à une ferme toute proche. Il
y emprunte le char à deux chevaux du fermier et
poursuit sur Bailleul où il trouvera un chirurgien et un
médecin. On imagine ce que fut cette lieue faite au pas,
pour ne pas trop secouer celle qui est déjà une
mourante. Non seulement l'épaule est brisée, mais une
horrible plaie bée à la base du cou, comme une
maladroite tentative de décapitation. La fillette gémit

et souffre comme dans la confusion et le délire d'un
mauvais rêve, sans plus savoir qui elle est et où elle va.
Le père assis près d'elle sur la paille passe un des plus
cruels quarts d'heure de sa vie.

Sitôt l'accident, il a chargé le petit garçon d'aller
donner l'alerte au château, sans même s'apercevoir que
Michel aussi est blessé. L'enfant ne s'en doute pas non
plus ; il s'est toujours étonné par la suite d'avoir pu
remonter en courant et d'un seul trait la longue pente
sur son pied démis. Il retraverse hors d'haleine l'allée
des rhododendrons et débouche sur la terrasse, où sa
mère travaille à un ouvrage de broderie.

— Maman, Gabrielle...

A l'appel du petit, elle s'est levée d'un bond. Dès les
premiers mots, elle a compris :

— Malheureux enfant ! Pourquoi faut-il que ce soit
elle ?

Le petit garçon chancelant s'accroche au dossier
d'une chaise de jardin. Il s'évanouit.

Reine et ses deux filles furent admirables de calme et
de sollicitude. On dressa pour la petite Gabrielle un lit
improvisé au salon ; le médecin et le chirurgien accou
rurent ; ils ne purent être d'aucun secours. Il ne restait
qu'à souhaiter à la fillette la mort la plus prompte
possible. L'enfant dura malheureusement quelques
heures.

Noémi s'était hâtée de faire atteler, après avoir à tout
hasard fait main basse sur tout ce que l'armoire à
médicaments du Mont-Noir contenait de bandages, de
charpie et de réconfortants. Elle trouva à Bailleul la

petite déjà installée dans son agonie. Le désespoir de la
mère s'exhala en récriminations indignées :

— Qu'est-ce que j'ai fait au Bon Dieu ?

Dans ce milieu de christianisme étriqué, cette inter-
rogation se comprend, mais l'égoïsme de Noémi,
rapportant tout à soi, s'y fait jour. Le médecin trouva
enfin à se rendre utile en prescrivant un calmant.

Le père et la mère restèrent à Bailleul jusqu'aux
obsèques. Michel apprit la mort de sa sœur de la
bouche du chirurgien venu traiter sa dislocation. Il est
confiné dans sa chambre au second étage du château
étrangement vide où les domestiques ne parlent plus
qu'à voix basse. Une vieille bonne qui travaille à du
deuil se tient à son chevet. Le matin de l'enterrement,
il est seul, tout le monde s'étant rendu au cimetière. Au
retour, sa mère ne monte pas chez lui. La vue de ce fils
vivant exaspère sa peine. Bientôt, au contraire, son
père s'installe à son chevet, fait avec lui ses devoirs de
vacances, cherche à l'occuper en lui faisant commencer
le grec, et retrouve ainsi lui-même quelque paix. Ce
père tendre n'est d'ailleurs pas un père indulgent.
L'enfant se souviendra toujours qu'ayant refusé un des
plats qu'on lui monte sur un plateau (il s'agissait, je
crois, de ris de veau), on le laissa à jeun deux jours
d'affilée, jusqu'à ce que la faim lui ait fait manger
jusqu'au dernier morceau du mets qui lui répugnait.

Il semble que ce désastre ait pour un temps au moins
rapproché les époux. Peut-être sur l'avis du médecin,
qu'inquiète le marasme de Noémi, l'intimité charnelle
se renoue entre eux. Quinze mois après l'accident,
Madame de Crayencour, âgée de trente-neuf ans,

accouche après douze années d'intervalle de son troisième enfant, qui heureusement est une fille. « Cette
petite sera la consolation de vos vieux jours », s'écrie
l'excellent et un peu solennel docteur Cazenave en
montrant au père la nouvelle-née. Pour une fois, la
prédiction s'accomplit. Tout de suite, Michel-Charles
croit retrouver Gabrielle en Marie : pour un peu, il
penserait, comme la mère en deuil dans un poème
d'Hugo, que la petite morte s'est réincarnée dans la
petite vivante. Mais on se rendrait ridicule en suggé-
rant ces choses-là. Quant à Noémi, ces fantaisies de
l'imagination ne l'effleurent pas.

Marie mourra à trente-trois ans, d'une mort violente, comme sa sœur ; à cette époque, Michel-Charles
était depuis longtemps sous la terre, et Noémi arrivée à
un âge où la plupart des gens ne pleurent guère les
morts. Mais cette fin tragique fera impression, comme
avait fait impression la fin tragique de Gabrielle. Il ne
manque pas à Lille et ailleurs de vieilles gens pour
chuchoter à qui veut les entendre que la fortune des
Dufresne, fondée sur des biens noirs, a porté malheur
à leurs descendants. Si disposé qu'on soit à croire au
jeu mystérieux des rétributions, on a peine à accepter
celle-là. Mais Michel ne fut pas loin d'y ajouter foi
toute sa vie.

Il y eut aussi les consolations. La mort de Gabrielle
ne fit pas précisément décerner à Michel-Charles la
Légion d'honneur, mais il semble qu'elle décida enfin
les autorités à lui accorder ce ruban auquel il se croyait
des droits depuis de longues années. « *Un pareil
malheur, quelque grand qu'il soit, ne peut constituer un
titre en faveur d'un fonctionnaire, mais, lorsque les
services rendus sont constatés, il est permis d'adoucir, par*

une récompense justement méritée, la douleur d'un père si
affreusement éprouvé dans ses affections les plus chères. »
L'Empire avait parfois bon cœur. D'autre part, le mari
et la femme, secondés par les grands-parents Dufresne,
se décidèrent à prélever un lot sur leurs terres du
Mont-Noir et à y faire construire pour la commune une
école de filles. Une tablette de marbre noir au nom de
Gabrielle y figura jusqu'en 1914. L'école incendiée fut
reconstruite, mais j'ignore si l'on fit les frais d'une
nouvelle plaque. Cette fondation semble avoir valu à
Michel-Charles les palmes académiques qu'il arbore
sur ses portraits, entre la croix des braves et l'ordre
belge de Léopold (on n'a pas pour rien des propriétés
de l'autre côté de la frontière). De la morte elle-même,
rien ne subsiste que sa photographie de petite fille
promise, semblait-il, à un heureux avenir, et un gros
carnet composé de feuilles de vélin relié de toile noire.
L'adolescente y avait soigneusement calligraphié, tantôt en bâtarde et tantôt en anglaise, l'histoire du monde
depuis Adam que lui avait dictée son père. Le récit
commençait à la Création, en l'an 4963 avant notre ère,
et finissait en 1515 avec la bataille de Marignan. Si
Gabrielle eût vécu, sans doute aurait-elle continué son
énumération de monarques et de batailles jusqu'à
Napoléon III, voire jusqu'à la Troisième République.
Près d'un siècle plus tard, séduite par ce vélin jauni,
j'ai copié sur les feuillets restés vierges quelques
poèmes que j'aimais.

A partir de l'histoire de la petite gouvernante renvoyée, je dispose d'une abondante source orale : les récits faits et refaits par mon père au cours de longues promenades dans la campagne provençale ou ligure, plus tard sur le banc d'un jardin d'hôtel ou de clinique suisse. Non qu'il aimât ses souvenirs ; ils lui étaient pour la plupart étrangers. Mais un incident, une lecture, une figure vue dans la rue ou sur la route les faisaient jaillir par fragments, un peu comme des tessons antiques qu'il eût maniés un instant pour ensuite les repousser du pied dans la terre. J'ai pris à l'entendre de belles leçons de détachement. Ces bribes du passé ne l'intéressaient qu'en tant que résidus d'une expérience qui n'était plus à refaire. « Tout ça », disait-il, usant d'une de ces expressions de troupier qu'un homme qui a passé par l'armée emploie souvent jusqu'à la fin de ses jours, « tout ça a compté dans le congé ».

En prenant le soir même quelques notes dans mes carnets de ces années-là, plus tard surtout, en me répétant ces récits sus par cœur, un peu comme on fait tourner un vieux disque, il m'a semblé que Michel avait de bric et de broc raconté de la sorte toute sa vie. Je vois maintenant que les lacunes sont nombreuses. Quelques-unes (ce pluriel ment : une seule peut-être) s'expliquent par l'horreur sacrée et par la crainte d'ouvrir de nouveau l'armoire aux fantômes. Dans le reste des cas, rien de si noir n'était en cause : des périodes insignifiantes avaient tout simplement glissé dans l'oubli. Je sais que je contredis ainsi tous nos psychologues patentés pour qui tout oubli camoufle un secret : ces analystes sont comme nous tous : ils refusent de faire face au morne vide que contient plus ou moins toute vie. Que de journées qui n'ont pas mérité d'être vécues ! Que d'événements, de gens et de choses qui ne valaient pas qu'on s'en occupât, à plus forte raison qu'on s'en souvînt ! Beaucoup de vieillards racontant leur passé gonflent celui-ci comme un ballon, le pressent contre eux comme une vieille maîtresse, ou, au contraire, crachent dessus ; ils montent en épingle, faute de mieux, un chaos ou une absence. Michel ne faisait rien de tout cela : il n'essayait même pas d'établir un bilan. « J'ai vécu plusieurs vies, me disait-il à son lit de mort. Je ne vois même pas ce qui les rattache les unes aux autres. » Contrairement à celle de la plupart des vieillards, sa mémoire n'était pas non plus incontinente. Ses récits ne disent que ce qu'il a voulu dire. C'est ce qui m'autorise à travailler sur eux.

La première lacune concerne l'école, le lycée ou le collège. Rien de tout cela ne l'intéressait. Nombre de grands écrivains, surtout de nos jours, ont tiré de ces années-là une mouture dont ils ont pétri à peu près toute leur œuvre. Ils ont trouvé au collège l'amour, le plaisir, l'ambition, les hautes pensées et les basses intrigues, toute la vie en raccourci. Tout se passe parfois comme s'ils n'avaient rien appris depuis, et comme si l'essentiel en eux était mort à vingt ans. La vie de Michel n'offre ni *Fermina Marquez* ni *La Ville dont le prince est un enfant.* Il avait gardé, très en gros, le souvenir des rivalités, des passe-droits et des astuces de la salle d'étude, des plaisanteries bêtes, des farces grossières, des jeux brutaux ou violents auxquels il excellait sans que l'envie lui soit venue plus tard de s'en vanter, au contraire ; il se rappelait même sans plaisir ses succès de chef de bande. Pas un nom de professeur assez aimé, respecté, ou haï pour qu'on s'en souvienne ; pas de maître à qui l'on sache gré d'avoir fait aborder ou d'avoir aidé à élucider une grande œuvre ; pas un nom de camarade ou d'ami (à une exception près, qui, comme on le verra, ne compte guère). Dans ce désert, deux souvenirs surnagent comme à titre d'échantillons. La violence d'abord : le jeune jésuite chargé de la classe de latin lit à haute voix les thèmes des élèves sur un ton de persiflage, pour faire rire. Michel en particulier, nouveau venu expulsé depuis peu par une institution laïque, sert de cible.

— Voici, Messieurs, du latin de lycée.

— Cela vous changera de votre latin de sacristie.

L'élève fonce sur sa copie et la lacère avec rage : des papillons qui ont été du Montalembert traduit dans la langue de Cicéron flottent au gré d'un courant d'air et se posent sur les pupitres. Le jeune maître croit faire cesser le chahut en envoyant chercher le supérieur, qui prendra des sanctions. Michel tira son couteau de poche. Le latiniste en soutane s'enfuit, relevant ses jupes qui battaient contre ses jambes maigres ; des portes à intervalles réguliers divisaient le quadrangle ; on l'entendait les ouvrir à la volée, puis les reclaquer derrière lui, ouvertes et reclaquées ensuite par le poursuivant et sa meute. Au bout d'un couloir béait la porte des lieux. La victime s'y précipita et poussa le verrou dans les rires et les huées. L'élève au couteau fut renvoyé le lendemain.

Ensuite, le désir. Dans une autre boîte, Michel, nul en algèbre, prend des leçons dans le bureau d'un jeune professeur en soutane. Ils sont côte à côte. Sous la table, le jeune prêtre pose doucement la main sur la jambe nue de l'élève, remonte un peu plus haut. L'air bouleversé du garçon lui fit cesser son jeu. Mais Michel n'oubliera jamais ce visage de supplication et de honte, cet air d'absorption et de quasi-douleur qui est celui du désir et du plaisir à demi accompli.

Ni l'un ni l'autre de ces deux épisodes ne fut responsable de sa première fugue. L'ennui et le dégoût des routines suffisent. Ce Michel de quinze ans muni d'un ou deux louis amassés Dieu sait comment a des projets d'avenir : passer en Belgique, dont le seul charme est d'être de l'autre côté de la frontière, atteindre Anvers, se faire prendre comme mousse, laveur de vaisselle ou garçon de cabine dans l'un des paquebots ou des cargos amarrés dans le port, et gagner ainsi la Chine, l'Afrique du Sud ou l'Australie. Le train pris à Arras (sa boîte s'y trouvait) ne le mène, et encore avec des « correspondances », que jusqu'à Bruxelles. Arrivé par la gare du Midi, il apprend sur place que les trains pour Anvers partent de la gare du Nord : il faut traverser toute la ville. La nuit tombe, et avec elle une pluie froide qui lui paraît mouiller davantage qu'à Lille. Il se souvient d'un camarade belge, un certain Joseph de D., revenu finir son éducation à Bruxelles. Ce Joseph vaguement au cou-

rant de ses projets s'était fait fort de lui obtenir pour
une nuit l'hospitalité de ses parents, à condition, bien
entendu, de ne rien leur dire du Grand Dessein. Un
porteur assure à Michel que cette avenue n'est pas trop
loin. Elle n'est pas non plus très près. Il se présenta
quand ces gens sortaient de table. Il s'inventa une
vieille cousine qu'il allait saluer à Bruxelles et chez qui
il n'osait sonner à cette heure tardive. On lui offrit les
restes du repas sur un coin de la table, et un lit dans
une pièce à l'entresol, mi-resserre, mi-chambre de
domestique. Joseph, devenu en Belgique et en famille
plus petit garçon qu'on n'avait cru, lui dit bonsoir d'un
air embarrassé. Le visiteur insolite est enfermé à clef,
comme si on le soupçonnait d'être venu voler les
potiches du maître de maison, grand collectionneur, et
ne doute pas qu'on le mettra demain bon gré mal gré
dans le train de Lille. La fenêtre n'était pas difficile à
enjamber : il tomba dans une boueuse plate-bande. Le
mur du jardin était aussi d'escalade facile.

Dehors, il est maintenant nuit noire. Il évite les
réverbères et les rares bodégas encore éclairées, pour
ne pas se laisser voir des agents de police, qui lui
semblent n'avoir pour emploi que d'arrêter un Français de quinze ans. A ce garçon qui sait par cœur ses
classiques, le labyrinthe des rues, où il se perd, fait
penser au Minotaure. Il arrive Gare du Nord transi, et
rate le premier train du matin. Dans le compartiment
de troisième classe où il finit par se caser, il s'oblige à
baragouiner le flamand, dans l'espoir vain d'être moins
remarqué.

La circulation d'Anvers l'entraîne d'elle-même vers
le port. Il aperçoit bientôt les cheminées des paquebots
et la pointe des mâts. Mais personne ne veut d'un

mousse ou d'un garçon de cabine. A l'arrière d'un cargo allemand, d'épaisses brutes batifolent, jouent à saute-mouton, s'administrent de grandes claques. L'officier qui remonte à bord repousse le vagabond : « *Nein, nein.* » Les grosses figures rouges se penchent d'en haut, pleines de rires. Le garçon zigzague entre les grues grinçantes, esquive d'un bond les roues d'un fardier avec leur bruit de tonnerre. Ces attelages gigantesques et les minces mâts qui tremblent sont les seules choses belles dans ce décor gris sale. Une masse de chair chevaline glisse sur le pavé, s'abat. Le charretier la relève sous une pluie de coups de fouet. Michel se débonde en injures criées en français : « Salaud, je te casserai la gueule ! » Mais, dans un caboulot du port où il s'alimente de pains au jambon, il n'ose protester quand la servante ne lui rend pas toute sa monnaie.

Les becs de gaz s'allument déjà dans du brouillard jaune. Devant la vitrine d'un tabagiste, un homme bien vêtu lui passe le bras autour du cou en chuchotant des propositions qui semblent à l'adolescent moins obscènes encore que démentes. Il s'arrache au satyre anversois, traverse en courant la chaussée qui le sépare du quai, s'arrête haletant derrière un échafaudage de barils. La peur et la brutalité sont partout. Va-t-il se cacher pour la nuit sous une de ces bâches ? Il sait que des malins réussissent parfois à monter à bord des navires en partance, et ne sont découverts qu'au large. Mais ces bâtiments noirs et clos, rattachés au quai par une simple corde qui se tend et fléchit tour à tour, semblent inaccessibles. Et qu'adviendra-t-il en pleine mer, quand la faim l'obligera à sortir de sa cachette ? Il reprend sa marche au hasard, évitant de son mieux les sergents d'une part et les rôdeurs de l'autre, et parvient à un bassin plus étroit où s'alignent des remorqueurs et des chalands. Une femme sur le pont d'un petit caboteur ramasse quelques serviettes oubliées sur une corde tendue. Michel la hèle : pourrait-il, contre argent, dormir à bord ? Le mari sort avec une lanterne.

La demande les fait s'esclaffer : leur bateau, c'est pas un hôtel ; on part demain au point du jour pour Ostende. Qu'à cela ne tienne : Michel débite une histoire qu'il se hâte d'inventer. Il est d'Ypres (il n'ose avouer qu'il vient de l'autre côté de la frontière) ; son père et lui ont passé la journée en ville et se sont perdus dans la foule ; il a cherché toute la journée sans le retrouver. Il faut maintenant qu'il fasse route à pied, étant presque sans argent, mais la distance d'Ostende à Ypres n'est pas grande. Ces bonnes gens lui font confiance ; il soupe avec eux ; quand le mari et la femme se retirent dans leur petite cabine toute luisante de cuivres, il s'endort sur un tas de sacs parmi des ballots.

Le jour suivant fut l'un des plus beaux de cette fin d'enfance. Couché à l'avant, par ce gris matin de mars, il jouit de la puissante coulée du fleuve ; les péniches rencontrées, avec des enfants qui courent le long des bastingages ; les drapeaux en poupe penchés sur l'écume, la fumée qu'effiloche la brise et les escarbilles tombées sur le pont ; les mouettes avides d'ordures ménagères ; les grands navires que, comme par miracle, on évite à temps, toute la gaieté de la vie sur l'eau. A l'embouchure du fleuve, on traverse une flottille de pêche. La mer est houleuse ; Michel lutte héroïquement contre ses nausées de novice. A Ostende, où l'on n'amarre qu'à la nuit close, il saute à terre sans trop

s'attarder à remercier ses hôtes ; qui sait si, entre
temps, par bonté de cœur, ils n'ont pas décidé de le
confier à la police ? Il serre dans la poche de son
pantalon la pièce de cinq francs qui lui reste : c'est
encore assez pour quelques jours d'aventure.

Mais Ostende hors saison est pour lui une ville
inconnue. Les grands hôtels sont des casernes vides et
barricadées. Des passants qui sentent la bière, l'eau-
de-vie et le poisson se coudoient dans les rues étroites.
Il avise le plus minable des bars-restaurants où l'on
loue des chambres. Un orgue mécanique fait du bruit
dans une petite salle où des matelots chaloupent avec
des filles ou entre eux ; la patronne installe le petit
(c'est ainsi qu'elle l'appelle) dans l'arrière-cuisine. Elle
est plaisante, avec de grands cheveux blonds et des
joues roses qui tournent au rouge vif ; on étonnerait
Michel si on lui disait qu'elle a le même âge que sa
mère. Elle parle à peine le français ; il comprend mal le
flamand d'Ostende ; elle lui sert à manger et remplit de
nouveau l'assiette vide. Elle lui désigne du doigt, au
haut de l'escalier, la porte d'une chambre. Il se couche
accablé de sommeil, sans même remarquer sous la
chaise des bottines de femme, et, pendu à un clou, un
jupon.

Le craquement du plancher le réveille. La belle
hôtesse décroche son corset ; à la lueur de la chandelle,
il la voit s'avancer vers lui en chemise, ses longues
mèches blondes traînant sur sa planureuse poitrine.
Elle rit ; elle bégaie des mots qu'on comprend dans
toutes les langues ; elle a tout juste l'âge où l'extrême
jeunesse tente et attendrit le plus ; elle sait y faire. Pour
la première fois, Michel découvre la chaleur et la
profondeur du corps féminin, et le sommeil du plaisir

partagé. Ils finissent même par s'expliquer en mélangeant les patois comme ils mélangent leurs corps ; elle lui donne de bons conseils sur le bol de café au lait du matin.

— Ton père doit se faire du mauvais sang. Tu devrais lui envoyer une dépêche. Veux-tu de l'argent ?

Il n'a pas besoin d'argent. En rédigeant son télégramme au bureau de poste de la rue des Sœurs Blanches, il sent bien qu'il verrouille la porte de l'aventure : l'Afrique ou l'Australie ne seront pas pour demain. Mais d'autres chances se proposeront. En attendant, il a vécu quelques journées pleines où il s'est senti exister. Il sait ce que couvrent les vêtements des femmes ; il n'ignore plus rien de ce que les filles rencontrées dans la rue attendent de lui et qu'il a à leur donner. Il leur retourne d'égal à égal leurs regards hardis. Et la journée d'aujourd'hui, au moins, est encore à lui tout entière.

En cette saison, les roulottes ne circulent pas sur la plage. Il s'allonge dans un repli du sable protégé du vent. Il fait couler les grains entre ses paumes, pétrit des mottes qu'il écrase ensuite. Il emplit ses poches de coquillages qu'il vide un peu plus tard dans une mare qu'il traverse pieds nus. A midi, il mange à un étal des moules assaisonnées de vinaigre. Ostende sera pour lui un de ces lieux singuliers où l'on n'a, somme toute, nulle raison de se rendre, qu'on n'apprécie pas particulièrement, mais où l'on retombe comme un jeton dans une case du jeu de l'oie. Il y aura là un octobre sinistre, puis une semaine de Pâques un peu douce, un peu romanesque, et un rien cynique. Il y aura aussi un certain brûlant et tragique jour d'août. Mais ce qui n'est pas encore est davantage néant que ce qui a été.

L'adolescent marche jusqu'au soir dans les dunes où l'on perd tout sens de la distance ; il regarde des pêcheurs abrités du vent par le flanc de leur chaloupe rapetasser des filets sur le sable. Quand il rentre dans son présent domicile, il songe qu'il y aura peut-être une seconde nuit où il saura se montrer plus sûr de son fait que durant la première. Et si son père ne répondait pas ? Il pourrait trouver à s'embaucher sur une barque de pêche. Mais cela ne durerait guère : il se rend compte pour la première fois que les moments de liberté sont rares et courts.

Michel-Charles a fait diligence. C'est presque avec soulagement que le jeune garçon l'aperçoit dans la salle, assis dans son bon manteau de voyage, feignant de boire un verre de bière, et discourant courtoisement avec l'hôtesse. Ce père intelligent a immédiatement tout compris. Mais la personne en question paraît bonne fille : les choses auraient pu plus mal tourner. Dans d'autres circonstances, qui sait ? il aurait lui-même pu tenter sa chance auprès de cette sympathique tenancière. Mais le temps n'est pas à la bagatelle. Il paie l'écot de Michel, que la belle hôtesse appelle maintenant le petit monsieur, et emmène son fils coucher en ville dans l'un des hôtels ouverts en morte saison. Le lendemain, dans le train qui les ramenait à Lille, il fit l'allocution attendue sur le danger des rencontres de hasard. Il la fit courte, ce dont son fils lui sut gré. Il est tacitement entendu que Noémi ne saura rien de cette leçon d'amour à Ostende. Mais Michel ne dit pas tout à son père : il lui cache qu'il avait rêvé de ne plus revenir.

Le Second Empire fut jusqu'au bout pour Michel-Charles un beau songe. « *L'Empereur était l'arbitre de l'Europe ; l'agriculture, l'industrie, le négoce étaient en pleine prospérité ; l'argent circulait en abondance : on le gagnait facilement et le dépensait de même ; du petit au grand tout le monde semblait heureux. L'hiver n'était que bals et que fêtes ; l'été, les stations thermales et balnéaires regorgeaient de visiteurs. Je me souviens d'un hiver, à Lille, où pendant cinquante-huit soirées, il y eut bal ou grand dîner chaque soir tant chez nous que chez nos amis et chez les hauts fonctionnaires militaires et civils. Chaque semaine, il y avait bal à la Préfecture, au Grand Quartier Général occupé par Mac-Mahon, par Ladmirault, par Salignac de Fénelon et d'autres ; bal aussi au Petit Quartier et à la Trésorerie Générale, sans compter les fêtes chez les grands industriels, les négociants et les riches propriétaires. Combien les temps sont changés !* » Ce président du conseil de préfecture d'un département où la richesse et la pauvreté s'affrontent peut-être plus que partout ailleurs en France a dû voir l'envers des décors : il ne se souvient que des feux de la rampe et des lustres. Les années de l'Empire passent en tutu comme des danseuses de Degas. Il ne se demande pas si le désastre n'était pas en germe dans cette politique de la poudre aux yeux, des entrechats et de la vie facile ; il se souviendra toujours, au contraire, qu'il a reçu son ruban aux Tuileries des mains de l'Empereur lui-même, et que le couple accompagné du petit Michel, installés tous trois dans un landau de louage, a vu passer avenue du Bois la calèche de l'Impératrice, encadrée de beaux officiers sur de fringantes montures, toute remplie par les volants d'Eugénie et de ses dames d'honneur. Noémi elle-même répète volontiers le mot d'enfant de Michel, passant devant une luxueuse boulangerie de la rue de Rivoli où s'étale en lettres d'or sur la vitrine : *Fournisseurs de Leurs Majestés l'Empereur et l'Impératrice :* « Quoi ? L'Empereur et l'Impératrice mangent du pain ? »

Ces souvenirs qui font tant de place à la fête impériale n'ont pas un mot pour le chaos de l'année terrible et des années funestes. Michel-Charles se contente de dire qu'il démissionna après la chute du régime. Mais ce retrait sous la tente fut court. Des notoriétés lilloises à qui il faisait confiance le persuadèrent bientôt de reprendre ses fonctions. Ce qu'il tait, c'est que dans le *Journal Officiel* du 12 mars 1871, un arrêté du Président du Conseil le nommant préfet du Nord voisine avec un arrêté du ministre de l'Intérieur déléguant les mêmes pouvoirs à un nommé Baron, ancien secrétaire général de la préfecture. Après trois semaines d'escarmouches administratives, un certain Séguier, plus unanimement appointé, les remplaça l'un et l'autre. Mon grand-père reprit ses anciennes fonctions qui, à l'en croire, lui donnaient d'ailleurs la haute main dans les affaires du département. Il remplit dix ans de plus cette place d'éminence grise (ou du moins crue telle), tâchant d'oublier qu'il servait désormais la République, votée, il est vrai, à une seule voix de majorité.

En 1880 seulement, il eut un jour la surprise de lire dans ce même *Journal Officiel* qu'il était admis à demander la retraite. Quelques années manquant pour l'âge requis, cette destitution déguisée le privait de sa pension et des sommes versées en prévision de cette retraite au cours de plus de trente ans. Cette injustice fit du bruit : des républicains eux-mêmes portèrent, assure-t-il, leurs condoléances rue Marais. Paul Cambon tenta d'apaiser le fonctionnaire limogé en lui offrant une présidence honoraire avec pension entière. Michel-Charles se donna les gants de refuser.

On a de lui deux portraits datant de ces années soixante-dix, presque aussi contradictoires que les ordres et les contrordres venus d'en haut. L'un est du genre solennel. Le « patricien flamand » a pris de la carrure et perdu l'air sombre qui nous intéressait en lui vers 1860. Il porte l'habit chamarré de son poste et tient entre ses belles mains son bicorne. C'est le portrait d'un fonctionnaire loyal, tout intégrité et autorité, prêt à se faire coller au mur, s'il le faut, par les ennemis de l'ordre. L'autre, une photographie prise sans doute pour éviter au modèle de longues séances de pose (l'attitude et le costume sont point pour point ceux du portrait), montre un personnage tout aussi officiel, mais aux traits et aux favoris un peu moins tirés au cordeau. L'œil narquois, quasi sorcier, trop beau pour son possesseur, conviendrait à un paysan celte indiquant aux légionnaires la mauvaise route à travers un marécage, ou à Jean Cleenewerck jouant au

plus fin avec Thomas Looten. Un tel homme n'a pas
été qu'une digne victime : il a souvent dû damer le
pion à son préfet républicain.

Pour Michel, qui achève en ce moment ce qu'on
appelle « sa philosophie », les crève-cœur administra-
tifs de son père sont, bien entendu, comme s'ils
n'étaient pas. La débâcle l'a moins marqué encore que
Rimbaud, son contemporain de Charleville, plus proche, il est vrai, des lieux du désastre. Il se rappela
néanmoins toute sa vie, avec un dédain moqueur, la
pagaïe de l'époque et ses bruyantes impostures : les
mots historiques vrais ou faux qui résument un état
d'esprit ; le « C'est ma guerre » de l'Impératrice ;
l'armée française « prête jusqu'au dernier bouton de
guêtre », que Bismarck culbutera comme un tragique
jeu de quilles ; les « A Berlin ! » des badauds parisiens,
pareils aux « Marchons ! » des choristes d'opéra, et
tout ce patriotisme pour filles et pour garçons de café ;
le « Pas un pouce de nos territoires, pas une pierre de
nos forteresses ! » clamé au moment où l'on savait qu'il
faudrait en venir là. Plus tard, il trouvera ridicules les
orphéons braillant « Vous n'aurez pas l'Alsace et la
Lorraine ! », alors que précisément les Allemands les
ont déjà.

Mais l'éveil véritable vint en mai 1871, lors de la
répression de la Commune. A-t-il su les chiffres et mis
en regard les quatre-vingt-six otages fusillés par les
insurgés et les quelque vingt mille pauvres diables
liquidés par l'établissement versaillais ? (De chaque
côté, on fait ce qu'on peut.) Vit-il l'horrible photographie, l'un des premiers clichés à conviction de l'histoire, qui montre rangés dans leurs cercueils de bois
blanc, un numéro d'ordre à leurs pieds, six ou sept

Communards passés par les armes, scélérats qu'on
devine avoir été un peu rachitiques, un peu poitrinai-
res, nourris de charcuterie et abreuvés de l'air pur du
Faubourg Saint-Antoine ? En tout cas, il a assisté à la
Grande Peur des gens nantis, qui finissent par sym-
pathiser avec les Prussiens mainteneurs d'ordre, sauf
dans le cas où ceux-ci volent des pendules. Un habitué
des mardis, moins élégants, hélas, qu'autrefois, arrive
à Versailles où il s'était trouvé, si l'on peut dire, aux
premières loges. Il a vu les sœurs et les épouses des
législateurs bien-pensants, placées tout au bord du
trottoir pour regarder passer les Communards prisonniers, farfouiller de la pointe de leurs ombrelles le
visage et les yeux de ces misérables. (« Après tout, ils
ne l'ont pas volé. ») Ce récit qui hantera Michel toute
sa vie n'a pas fait de lui un homme de gauche ; il lui a
évité d'être un homme de droite. Les bons pères
confisquent dans son pupitre une Ode aux Morts de la
Commune, dans laquelle une indignation authentique
s'exprime en lieux communs hugolesques, sans le
grand souffle du vieux de Guernesey. On le menace
d'expulsion, mais on ne va pas mettre dehors, à la
veille des examens, cet élève indiscipliné, mais brillant,
et de plus fils de famille. Michel passe triomphalement
son bachot.

Les années d'université à Louvain d'abord, à Lille ensuite (à moins que ce ne soit le contraire) ne sont qu'un galop un peu endiablé. Michel arbore au bal des talons rouges et des chemises à jabot de dentelle. Les sœurs des condisciples et les filles des professeurs partagent sa fringale de vivre ; l'atmosphère est celle des *Amours du chevalier de Faublas* ou des très jeunes années de Casanova avant la rencontre avec Henriette : on ne sait quoi de rapide, de facile, et d'un peu pataud. Gaietés de chiens sur l'herbe. A Louvain surtout, où Michel-Charles a sans doute mis son fils parce qu'il fait confiance à cette université catholique, se poursuit en sourdine l'éternelle bacchanale flamande. Ces jeunes personnes si chaperonnées ont des jeux de fausses clefs, des coins tout préparés dans l'écurie, sur la paille, ou dans la buanderie, sur des tas de linge ; les servantes au grand cœur ont le langage et les complaisances de la nourrice de Juliette. Cette exubérance eut parfois des suites : une jolie fille riche en soupirants accoucha en secret ; l'enfant fut porté à l'asile dans un carton à chapeaux. Mais rien de tout cela ne semble avoir beaucoup marqué l'étudiant : il oublia vite les prénoms de ses danseuses.

Il ne se rappelait pas davantage celui d'un camarade qu'il décida à se rendre avec lui en Suisse, à Saxon-les-Bains, localité alors notoire par ses salles de jeu. Les deux garçons sûrs d'avance de faire sauter la banque furent au contraire obligés de quitter leur hôtel en douce, abandonnant leurs valises. Michel fit route à pied jusqu'à Lausanne : il y trouva à la poste restante un mandat envoyé par son père et couvrant tout juste le prix d'un billet de troisième. Michel-Charles cette fois ne s'était pas dérangé en personne pour répondre à l'appel de son fils. C'est la première rencontre du jeune homme avec le démon du tapis vert, mais sans doute avait-il joué avec passion dès l'époque des billes.

Ces distractions laissaient peu de place aux choses sérieuses. L'étudiant avait hérité de la robuste mémoire paternelle : les examens de licence ne l'effrayaient pas. En dépit d'une tradition qui le fait docteur en droit, je doute qu'il ait jamais poussé l'ambition ou la complaisance si loin. Je lui demandai un jour où il avait trouvé le zèle nécessaire pour composer son mémoire de licence, et, s'il l'entreprit jamais, sa thèse. Il me répondit qu'on ne manquait nulle part de professeurs impécunieux. Quand on pense aux innombrables fils de famille qui obtinrent au XIXe siècle leur doctorat de droit sans goût, sans aptitudes, et sans la moindre intention de se servir jamais de leurs diplômes, on se dit que ce genre d'expédients a dû être assez commun. Mais cette désinvolture marque la distance qui sépare Michel de son père, si fier de ses quatre boules blanches.

Un profond dégoût s'empare du jeune Hamlet. Ni le jeu, ni les plaisirs de vanité, ni le plaisir tout court, ni

la conquête de parchemins bien ou mal acquis n'apportent tout à fait ce qu'on avait cru. Quant aux institu-
tions familiales, il a déjà pris l'habitude de citer
sarcastiquement la rengaine d'époque : « *Où peut-on
être mieux qu'au sein de sa famille ?* » et de répondre avec
éclat : « N'importe où. » La famille, c'est Noémi
flanquée du vieux Dufresne, et Michel-Charles en qui
son fils ne veut voir, à tort ou à raison, qu'un de ces
maris accablés et conciliants qu'il se promet bien de ne
pas être à son tour. On l'envoie souvent à Bailleul aux
dîners du dimanche de sa grand-mère. Il aime assez
cette avenante octogénaire et ses deux tantes à peine
moins vieilles, lui semble-t-il, que leur mère. Il
s'intéresse néanmoins trop peu à elles pour leur faire
parler de leur jeunesse, qui date de Louis-Philippe, ou
pour recueillir les propos de Reine dont les premiers
souvenirs remontent au Directoire. Les convives
médiocres lui gâtent les mets exquis. Aucune idée
neuve ne s'est infiltrée depuis trente ans dans ces têtes
étroites ou derrière ces faces épanouies ; les héritages,
les généalogies et les crimes de la République alimen-
tent les conversations. Il n'est pourtant pas assez sot
pour ne pas goûter certains traits d'un espagnolisme
déjà suranné : la tante P., veuve du député orléaniste,
garde le cœur de son fils, mort consul en Chine, dans
un vase de cristal à ornements dorés ; ce boudoir de
dévote est une chapelle ardente. Plus frappante encore
est une honnêteté qui semble venue tout droit de l'âge
d'or, et survit parmi les bas conflits d'intérêt comme
une plante salubre dans les mauvaises herbes. Un
cousin peu fortuné a son couvert mis chaque dimanche
à une place assez éloignée de celle de la maîtresse de
maison. Il y a quelques années, lorsque s'est ouverte la

succession d'un parent fort riche, mort intestat, c'est à lui et à Michel-Charles que revenait de droit la fortune du défunt. On s'était décidé à faire de l'argenterie et des bibelots des lots qu'on tirerait ensuite au sort. Michel-Charles et Noémi s'affairaient au salon ; le cousin un peu infirme était assis dans la salle à manger, près du poêle, et triait des couverts dans des tiroirs mis à portée de sa main. Tout à coup, il appela. Michel-Charles, accouru, se vit tendre un papier trouvé plié sous une louche d'argent.

— Le testament... Tu hérites de tout.

En racontant cette histoire à son fils, Michel-Charles insista sur le fait qu'un bon feu brûlait dans le poêle. Aux yeux de Michel, l'héritage aurait dû être partagé comme si de rien n'était. Son père et Noémi furent d'un autre avis.

Ce bon Henri mourut sur ces entrefaites. On se hâta d'examiner ses placards et ses meubles à secret. On s'attendait à y trouver des estampes galantes et des livres dits légers. On y découvrit de vieux pamphlets libéraux contre Badinguet et quelques volumes dépareillés de Pierre Leroux et de Proudhon. Dans un tiroir fermé à clef, un cahier d'écolier portait à chaque page, griffonné rageusement de haut en bas : « Vive la République ! » Michel seul, romantisant sans doute cet hurluberlu, vit en lui un enterré vivant.

Lille surtout reste le lieu des cauchemars. Il en hait les murs noirs de suie, les pavés gras, les cieux sales, les grilles et les portes cochères renfrognées des beaux quartiers, l'odeur moisie des ruelles pauvres et le bruit de toux qui monte de leurs sous-sols, les blafardes petites filles de douze ans, souvent déjà grosses, vendant des allumettes en reluquant les messieurs assez affamés de chair fraîche pour se risquer dans ces parages misérables, les femmes en cheveux ramenant de l'estaminet leurs ivrognes, tout ce qu'ignorent ou que nient les gens à plastron amidonné et à bouton-nière ornée d'un ruban. Cette ville a de lugubres secrets : Michel avait treize ans, plus ou moins, quand la porte d'un couvent du quartier s'est ouverte, et une religieuse est allée en courant se jeter dans un canal. Quel désespoir fermentait sous cette coiffe ? Jeune ou vieille, belle ou laide, victime des petites méchancetés du cloître, peut-être folle, enceinte peut-être, cette inconnue qu'on dirait sortie de *La Religieuse* de Diderot le hante comme l'eût fait une sultane noyée dans le Bosphore.

Mais la suprême goutte d'amertume sera distillée dans la salle à manger du 26 rue Marais, un soir de réveillon de Noël. C'est de nouveau une histoire de cousin peu fortuné, mais cette fois du côté Dufresne. On est à table en famille : la dinde truffée vient de rentrer à l'office, à moitié disséquée et mangée, quand se fait subitement annoncer le cousin X., monsieur quelconque, malchanceux en affaires, qui pour le moment dirige une laiterie catholique. Il n'est pas de ces parents qu'on invite pour Noël, pas même de ces gens pour lesquels on fait mettre à l'impromptu un couvert. C'est le président Dufresne qu'il désire voir. Amable ordonne de le faire entrer dans le bureau de Michel-Charles et sort avec son air des jours d'au-dience.

Les portes de chêne sont épaisses ; le bureau à beau
être contigu à la salle à manger, on n'entend rien. Mais
un battant s'ouvre ; le cousin qui s'est trompé de porte
et titube comme s'il avait bu traverse la salle à manger
sans regarder personne. Amable reprend sa place à
table et entame le plum-pudding importé d'Angleterre.
Sitôt le valet sorti, il rapporte brièvement sa conversation avec l'importun. Cet imbécile de X. a, comme on
sait, un fils lieutenant en Algérie, et ce petit vaurien a
fait des dettes : le père, pour les payer, a puisé dans la
caisse de la laiterie catholique.

— Je n'ai pas d'argent à dépenser pour des gens de
cette espèce, conclut-il.

Tout le monde l'approuve, et personne, sauf Michel,
ne fut très troublé quelques jours plus tard, quand on
apprit que le cousin, souffrant sans doute d'une rage de
dents, avait pris une dose trop forte de laudanum.

La rue Marais est une prison : Shakespeare a
répondu d'avance à Michel que le monde aussi en est
une. Mais c'est déjà quelque chose que de changer de
cachot. Quand on en est là, plusieurs voies s'offrent à
l'évasion. L'une est la vie religieuse, mais le christianisme philistin de la famille fait précisément partie de
ce que fuit Michel ; il ne pensera à la Trappe, d'ailleurs
assez peu sérieusement, que d'ici une trentaine d'années. L'Art, autant que possible avec une majuscule,
est une autre issue, mais il ne se croit ni futur grand
poète ni futur grand peintre. La voie la plus commode
à vue de nez du moins, est l'aventure ; elle viendra,
mais la chiquenaude du hasard qui à cette date eût
poussé Michel vers elle ne s'est pas produite : l'équipée
d'Anvers l'a dégoûté d'aller tenter sa chance sur un
cargo en partance pour les colonies. Quel élan ou

quelle lubie l'a propulsé vers l'armée ? Peu de chose
peut-être : un troupier flânant aux abords de la
Citadelle, des hommes passant sous ses fenêtres,
musique en tête, comme du temps de la petite
gouvernante anglaise ? En tout cas, ce que je sais de sa
vie par la suite m'assure qu'une fois la décision prise il
n'y a pas repensé deux fois. En janvier 1873, une lettre
écrite d'un café parisien, sur le papier rayé et avec
l'encre boueuse de l'établissement, apprit à Michel
Charles et à Noémi que leur fils s'était engagé.

Troisième partie

How many roads must a man walk down
   Before he's called a man ?...
How many years can a mountain exist,
   Before it's washed in the sea ?...

— *The answer, my friend, is blowin' in the wind,*
   The answer is blowin' in the wind.

                                        Bob Dylan.

Sur combien de chemins faut-il qu'un homme marche
   Avant de mériter le nom d'homme ?
Combien de temps tiendra bon la montagne
      Avant de s'affaisser dans la mer ?...

— *La réponse, ami, appartient aux vents ;*
   La réponse appartient aux vents.

ANANKÉ

Michel-Charles atterré prit le premier train pour Paris. La famille, on l'a vu, au moins depuis le rattachement à la France, n'était pas de tradition militaire ; le frère de Reine, mort au service de Napoléon, n'était qu'une exception oubliée. Encore si Michel avait passé par l'une des grandes écoles ! Le père s'en veut de ne pas avoir dirigé son fils vers Saint-Cyr ou vers Saumur. Un officier, général un jour, même aux ordres de la Gueuse, serait à la rigueur acceptable, mais tout en lui se révolte à l'idée de Michel entré dans le rang. Sitôt à Paris, il alla voir Mac-Mahon. L'ancien habitué des mardis lillois gardait bon souvenir de son hôte. Tous deux sont catholiques, de ce catholicisme qui est une conviction politique soudée à une tradition religieuse ; tous deux sont réactionnaires ; le maréchal qui, dans trois mois, sera président de la République, est presque aussi peu républicain que le président du conseil de préfecture. Michel-Charles est bien reçu, mais quand il mentionne, en s'efforçant de paraître la prendre à la légère, la décision de son fils, et insinue que l'éducation et les qualités de Michel devraient lui valoir sans trop tarder

un grade correspondant à ce que sa famille est en droit
d'attendre, le maréchal prend le ton romain. « On le
traitera mieux qu'un autre s'il se conduit bien, et plus
mal qu'un autre s'il se conduit mal. » On a beau aimer
le style austère des hommes de Plutarque, une réponse
moins cassante eût fait plaisir. Il est inutile d'insister.

Mon grand-père arpente tristement la rue de Vaugirard, rêve à ses allées et venues d'étudiant studieux,
docile aux suggestions familiales. Que le monde a
changé ! Et pas seulement les régimes.... Mais qui
sait ? L'armée peut-être assagira le fils prodigue ; dans
sept ans, Michel somme toute n'aura que vingt-six ans.
L'engagé volontaire a été incorporé au septième régiment de cuirassiers et dirigé sur Niort. Michel-Charles
a envie d'aller là-bas embrasser son fils, mais une telle
démonstration de tendresse est contre-indiquée. Les
visites à Paris sont d'ordinaire pour ce provincial
l'occasion de parties fines ; cette fois pourtant, ni les
spectacles, ni le Café Riche, ni les belles personnes
qu'on croise sur les boulevards ne lui font envie. Il
achète une poupée pour la petite Marie et rentre à
Lille.

Michel se prit immédiatement de goût pour l'armée.
Nous avons vu que le patriotisme n'était pas chez lui
une passion ardente ; si la guerre éclatait, il n'y verrait
qu'une excitante partie de jeu où l'on mise sa vie. En
attendant, la routine militaire le débarrasse de toutes
les responsabilités, sauf les plus simples. Il aime
l'uniforme : les bottes, les gants à crispins, le casque et
la cuirasse qui flambent au soleil, comme des miroirs
ardents, si bien qu'il lui arrivera de glisser évanoui de
sa monture, au cours d'une revue, par un midi torride
de Quatorze Juillet. Il excelle au pansage et au dressage

et trouve délicieux le trot dans le petit matin vers le champ de manœuvres. Il apprécie chez ses camarades la finesse et la goguenardise paysannes ou l'air déluré du faubourien, l'art de vivre qui consiste à prendre les choses comme elles viennent et l'obscénité ou la scatalogie énorme des chansons de marche. Il garde bon souvenir de parties de canotage et de goujons mangés sur la berge.

D'autres aspects des loisirs militaires l'enchantent moins. Il se fait mal aux graisseux jeux de cartes des cafés et à leur empilage de soucoupes, aux gauloiseries rebattues sur le passage des jolies filles, aux propos insipides coupés de silences ou de bâillements. Il tire de sa poche Théophile Gautier ou Musset et lit des vers aux camarades auxquels il vient d'offrir une tournée. Ces garçons l'écoutent avec la gentille politesse du peuple, mais on se rend compte que le prologue de *Rolla* ne leur dit rien. Michel a souffert toute sa vie du fait que l'enthousiasme ne se communique pas comme par une traînée de poudre, à l'instar de ces cierges qu'on allume le soir de Pâques dans les églises orthodoxes qu'à Paris il aimera plus tard fréquenter. Il a appris à ses dépens que la poudre fait long feu, et qu'il ne suffit pas de placer les gens en face d'un beau paysage ou d'un beau livre pour les leur faire goûter. Il va s'asseoir dans l'herbe avec ses poètes favoris et les feuillette en regardant couler l'eau.

Un brigadier qui a pris sous sa protection ce fils de famille lui propose de l'emmener dans la maison close la mieux cotée de la ville. Michel a horreur des prostituées : ce qu'il voit dans le salon de cet établissement de province ne le fait pas changer d'avis : la grosse dodue toute réjouie, la belle minaudière un peu

sur le retour, qui a connu des temps meilleurs, la
robuste commère qui est prostituée comme on serait
portefaix, l'abrutie prête à tout, gonflée de petits
verres, la brune Andalouse originaire de Perpignan.
Tandis que le brigadier s'éclipse avec l'une des filles,
Michel avoue avec embarras à la sous-maîtresse qu'il
n'a pas trouvé chaussure à son pied.

— Au moins, si l'une d'elles vous ressemblait, dit-il
galamment.

La sous-maîtresse, une brunette de trente ans, le
prend au mot. S'il le veut vraiment, Madame la
remplacera volontiers pour une heure ou deux ; le reste
de son temps est à elle. Michel trouverait désobligeant
de refuser ; d'ailleurs, elle lui plaît : il passe une bonne
nuit. Au petit matin, le jeune homme, aussi peu Don
José que possible, s'habille à la hâte pour ne pas
manquer l'appel et place avant de partir deux louis sur
un guéridon. Le bruit du métal sur le marbre réveille la
belle endormie ; elle voit les jaunets près des coupes à
champagne vides, se dresse sur son séant, et agonit son
partenaire d'insultes entrecoupées de sanglots. Il l'a
prise pour une putain qu'on paie ; il n'a pas compris
qu'elle avait le béguin pour lui ; ce n'est qu'un salaud
comme tous les hommes. Ça valait bien la peine d'être
pour lui comme elle n'a été pour personne.

Il sort bouleversé d'avoir offensé cette femme. Dans
la rue, les louis d'or tombent à ses pieds sur le pavé. Il
ne les ramassa pas, mais, de longues années plus tard,
il lui arrivait encore de se rappeler l'injure inconsciem-
ment infligée à cette créature qui avait du goût pour
lui, qui l'avait peut-être (qui sait ?) aimé davantage que
d'autres femmes auprès desquelles il avait plus longtemps vécu. Il ne retourna jamais dans l'établissement.

La visite de Michel-Charles à Mac-Mahon n'a sans
doute pas été si inutile qu'il l'avait cru. Passé brigadier,
puis maréchal des logis, le jeune homme échange vite
Niort pour Versailles. La belle vie commence. Michel-
Charles fait à son fils une pension convenable ; les
camarades sont pour la plupart d'un autre calibre que
dans les Deux-Sèvres. Le fils de ce Salignac de Fénelon
qui, à Lille, fréquentait rue Marais, devient pour
Michel un frère d'armes. Une génération plus tard, un
Bernard de Salignac de Fénelon fut, paraît-il, le
modèle du Saint-Loup de Proust ; je me demande s'il
ne faudrait pas reconnaître dans le jeune compagnon
de Michel le père de ce personnage d'*A la recherche du
temps perdu*, ce père qui, à en croire Saint-Loup, fut
exquis, mais dont ç'avait été le malheur d'être de
l'époque de *La Belle Hélène* plutôt que de *La Valkyrie*,
viveur aimable qui, sautant pour quelque raison le mur
des races et des castes, se lia à Nice avec Monsieur
Nissim Bernard. Quoi qu'il en soit, Michel et son
élégant camarade se sentent Princes de la Jeunesse. Ils
ont le même goût pour les beaux attelages, les sou-
pers fins, les pièces à la mode, et les femmes à la mode
aussi, qu'on peut à la rigueur supposer n'être pas
vénales. Tous deux aiment le jeu, et Michel jusqu'au
désastre. Le brillant sous-officier présente le nouveau
venu à ses amis de la société parisienne, comme Saint-
Loup le fera de Marcel. La nuit, pour gagner du
temps, ils rentrent en prenant en écharpe une partie du
bois de Boulogne, ayant eu la précaution, pour franchir
une grille qui ne s'ouvre que pour des officiers, de
cacher sous le siège du dogcart des képis chamarrés
qu'ils mettent au bon moment.

Michel a été introduit par son camarade chez des

parents de celui-ci qui habitent Versailles. La jeune femme est d'une élégance un peu sèche ; le mari, d'âge moyen, a la passion de la photographie. Ses journées se passent dans sa chambre noire au milieu des cuvettes et des égouttoirs. La dame a des bontés pour Michel, mais je ne sais quoi de dur et de tendu inquiète le jeune homme chez cette demi-maîtresse. Un jour où il a été invité à déjeuner, il trouve Monsieur de X. dans le jardin, le pied enveloppé d'un bandage. Une foulure : un simple accident. On vient prévenir Madame que sa modiste lui apporte un chapeau à essayer ; elle quitte un moment les deux hommes. Monsieur de X. dit en souriant :

— Ma chambre noire est dans la cave ; l'escalier est dangereux, et j'ai l'habitude de descendre les mains pleines d'objets fragiles. Heureusement, je ne pose le pied qu'avec prudence. Hier, j'ai trébuché. Si, par le plus grand des hasards, ma main gauche n'avait pas été libre, je n'aurais pu me retenir à la rampe et briser ma chute. J'en suis quitte pour cette foulure. Mais, en me relevant tant bien que mal, j'ai constaté que quelqu'un avait tendu un fil de fer à hauteur de cheville. Non, ne croyez pas qu'elle vous aime à ce point. Elle a un amant à qui vous servez de paravent.

La maîtresse de maison reparaît, et aide son mari appuyé sur une canne à gagner la salle à manger. Le repas se passa avec décorum. Michel espaça ses visites.

De petites sommes perdues au jeu avaient été à plusieurs reprises couvertes par Michel-Charles. En août 1874, c'est le grand rinçage. Le temps pressant pour payer cette dette dite d'honneur, Michel télégraphia rue Marais, au risque que cette dépêche fût interceptée par sa mère ; de toute façon, la somme était trop forte pour qu'on pût cacher à Noémi cette nouvelle incartade. Le soir même, le jeune homme reçoit une réponse laconique : « Impossible. »

Aucun autre secours n'est à attendre. Salignac de Fénelon est aussi à court que lui. Ce soir-là, le 17 août 1874, sept jours seulement après son vingt et unième anniversaire, Michel s'habille soigneusement en civil, baise sa cuirasse et son casque comme un moine près de se défroquer baiserait sa coule, et va prendre à la gare de Versailles ce train de Paris qui faillit être si fatal à son père. Depuis le retour de la paix, les passeports n'étaient plus un problème. Il monta gare Saint-Lazare dans un wagon pour Dieppe, d'où il s'embarqua pour l'Angleterre.

Il était d'humeur si mobile que la vue des grands policemen sur le quai de Southampton, les verdures aperçues par les vitres du train, et bientôt le premier contact avec l'immense Londres firent évaporer ses soucis. Pas pour longtemps, toutefois. Le plus immédiat était celui d'argent. Il prit une chambre dans un très médiocre hôtel de Charing Cross dont il avait entendu parler par des commis voyageurs lillois qui « faisaient » l'Angleterre. Lille l'avait habitué à la suie et à l'humide crasse noire, mais le fuligineux chaos de Londres défiait toute comparaison.

Pour la première fois de sa vie, il est tout seul. Seul comme le plus malheureux et le plus révolté des hommes ne peut l'être dans sa famille, son école, son régiment, où son nom et son visage sont connus, où il peut attendre des autres, sinon un secours, au moins un reproche, une moquerie inoffensive ou non, une marque d'amitié ou au contraire la preuve d'une de ces antipathies qui sont des amitiés retournées. Même les inconnus à Lille étaient plus ou moins connus, ou du moins rangeables dans des catégories qu'il connaissait. Bailleul était sans inconnus. A Louvain il avait été

défini par sa qualité d'étudiant ; à Niort et à Paris par
son uniforme. Durant ses fugues d'adolescent, il avait
expérimenté, brièvement, il est vrai, la solitude et le
dénuement, mais son père se trouvait toujours à l'autre
bout d'un fil télégraphique. Tout se passe maintenant
comme si Michel-Charles n'était plus, et la solitude à
Londres se multiplie par quelques millions d'hommes.
Personne ne se soucie qu'il trouve de quoi vivre, ou
aille faire un trou dans la Tamise, comme la religieuse à
demi légendaire de son enfance dans un canal de Lille.

Depuis sa fuite du régiment, le nom d'une solide
maison de commerce anglaise, spécialisée dans l'importation de tissus, l'avait soutenu comme le port d'un
talisman. Cette maison entretenait des relations avec
nombre de filatures du Nord ; un parent de la tante P.
dirigeait l'une d'elles. Rien n'avait moins intéressé
Michel jusqu'ici que l'industrie textile, mais l'impo-
sante maison W. était le seul établissement connu de
lui dans cette énorme ville, la Tour de Londres et la
Banque d'Angleterre mises à part. C'était aussi la
première chance à tenter.

Il prit l'adresse dans un annuaire, et s'informa du
chemin auprès d'un garçon de café. Son anglais qui
avait paru excellent à l'Université le laissait démuni en
présence du cockney des rues. Cette plongée dans
Londres l'épuisa comme l'eût pu faire un long trajet en
pleine forêt. Ayant refusé par économie le copieux
petit déjeuner anglais de l'hôtel, il avait faim. Il se
fourvoya plusieurs fois avant d'atteindre sa destina-
tion ; le directeur de la maison W. n'était pas visible.
Michel s'entêta et prit place dans l'antichambre pour
tout le temps qu'il faudrait. Sur le coup de midi, le
directeur, reconnaissable aux saluts discrets des

employés, sortit se sustenter à une taverne du voisinage. Il nota à l'aller comme au retour ce jeune étranger collé sur place. Il finit par le recevoir par curiosité.

L'anglais universitaire de Michel le servit mieux dans ce bureau qu'il ne l'avait fait dans la rue. Le jeune homme fit sonner le nom du cousin possesseur d'usines qu'en fait il avait rencontré deux fois dans sa vie, et s'offrit pour la correspondance avec la France. Le directeur jouait avec ses breloques, n'écoutait qu'à demi. Il congédia bientôt l'importun.

Le fils de famille poliment éconduit alla un moment se rasseoir dans l'antichambre, rassemblant ses idées, se demandant si mieux ne valait pas chercher tout de suite une place de garçon ou de plongeur dans un restaurant français. Un homme aux bons yeux intelligents s'approcha de lui sur ces entrefaites et posa quelques questions. On ne résistait pas à la bienveillance de ce petit homme basané qui parlait anglais avec un fort accent d'Europe Centrale. Michel lui confia tout, sauf pourtant son vrai nom. Le petit homme se débarrassa d'échantillons qu'il portait et le fit passer dans un bureau moins solennel que le premier, où se tenait le chef des expéditions. On embaucha le jeune Français à un salaire fort médiocre pour coller des étiquettes et aider à l'emballage des tissus. Michel se sentait sauvé. Il découvrait pourtant avec surprise que l'emploi qu'un homme finit par obtenir est rarement celui pour lequel il se croyait préparé et dans lequel il pensait pouvoir être utile. L'heure de la sortie des bureaux sonnait. Michel retrouva sur le trottoir son bienfaiteur qui ne se laissa pas remercier et demanda à

Mr. Michel Michel où il comptait loger. Celui-ci n'en savait rien.

— Pourquoi pas chez nous ? Nous venons d'acheter une maison et nous sommes dit qu'en prenant un locataire nous sortirions plus vite d'hypothèque. On ne vous écorchera pas.

Ils passent prendre à l'hôtel la mince valise du Français. Tout en réitérant des mercis repoussés une fois de plus, Michel regarde ce petit homme un peu gras qui est pour lui ce que l'archange Raphaël fut pour le jeune Tobie de l'Histoire Sainte. La maison est située à Putney. Tout le long du trajet, Rolf Nagel (il a décliné son nom) se raconte avec volubilité : son père, un Juif de Budapest, exilé à la suite d'on ne sait quelle insurrection, a tenu longtemps une taverne hongroise à Soho. Rolf a préféré aux fourneaux les tissus, dans lesquels il a très convenablement réussi. Pour ce doux anarchiste, casé de son mieux dans la vie mercantile de Londres, le fait que Michel est déserteur est un titre de plus à sa sympathie.

La modeste maison de briques couverte de lierre semble idyllique au sortir de la Cité. Rolf présente à Mr. Michel sa jeune femme, que j'appellerai Maud, mon père ne m'ayant pas dit son prénom. (Le nom et le prénom du mari sont aussi de mon cru.) Maud est belle, pâle et rose sous une chevelure roux sombre. Cette fragile Anglaise a le charme un peu inquiétant de certains modèles de Rossetti ou de Burne-Jones, avec lesquels Michel va bientôt se familiariser grâce aux chromos et aux galeries de peinture. Après le repas, on passe au salon meublé de pacotille. Rolf s'installe au piano. Bien qu'incapable de déchiffrer une note de musique, il joue avec verve des airs d'opérette en vogue et des rengaines de music-hall, tout en fredonnant inintelligiblement leurs paroles. Michel, par politesse, demande une chanson hongroise : un autre homme alors monte à la surface ; il entonne un vieil air avec une sorte de passion concentrée, mais termine par une clownerie. Le prix de pension qu'il fait à Michel n'est pas de nature à lever bientôt son hypothèque. Cet échappé d'un ghetto d'Europe Centrale a envers son hôte des générosités de prince.

Je ne vais pas faire languir le lecteur, qui voit déjà où je vais. Moins de trois semaines plus tard, Michel et Maud roulent ensemble sur le matelas du grand lit à rideaux d'indienne, orgueil de Rolf qui l'a acheté en vente publique. La timide jeune femme se révèle une Bacchante. Rolf tous les samedis rend visite à son père dans une maison de retraite pour vieillards israélites à l'autre extrémité de Londres, laissant ainsi aux amants de belles heures libres. Sitôt son départ, la chambre conjugale se change en Venusberg. L'armoire à glace et le miroir de la coiffeuse captent des scènes que Rolf rentré le soir ne soupçonnera pas. De temps à autre, ce mari mélomane se rend seul au concert, ni Maud ni son locataire ne tenant à l'accompagner. Le dimanche, ces trois personnes se promènent sur le *common* de Putney ou poussent jusqu'au parc de Richmond où Maud aime à flatter de la main les biches apprivoisées. Rolf fait connaître à Michel ce qui est pour lui la poésie de Londres, les rues du plaisir et du commerce de demi-luxe, brillamment éclairées par leurs rutilantes devantures, les filles aux aguets sous de pâles réverbères, les petits théâtres dont il connaît immanquablement l'impresario ou le loueur de places, les bons restaurants pas trop chers, le musée de cires de Madame Tussaud et l'extérieur des lieux de détention. De temps à autre, il offre une *musical comedy* à sa femme et à son locataire. Le spectacle à prix réduit est suivi d'une modeste partie fine : ces messieurs partagent l'addition.

La confiance dont Rolf l'honore semble à Michel un peu touchante et un rien grotesque, mais les reproches dont il s'accable sont conventionnels : il n'est pas question de renoncer aux délices du lit. Si au moins le mari atteint dans son honneur demandait une réparation à l'épée ! Mais Rolf, à supposer qu'il se doute de quelque chose, ne pense pas plus à provoquer son locataire en duel qu'à un combat en champ clos. A table, à la promenade, et autour de l'inévitable piano du soir, Maud toujours très à l'aise comble de prévenances les deux hommes.

Au bout de quelques mois pourtant, Michel a assez de cette existence à trois. Il finit par dénicher dans les petites annonces du *Times* un poste de professeur d'équitation et de conversation française dans un collège de garçons. Un cottage est mis à la disposition de Mr. et de Mrs. Michel. Il décide Maud à partir.

Un certain samedi, Monsieur Michel Michel dit définitivement adieu aux ballots et aux étiquettes. Il sut beaucoup plus tard que Maud, pour se munir d'argent comptant, avait bazardé les quelques modestes bijoux qui lui venaient de Rolf et une partie des fâcheux bibelots du salon. Mais, ce soir-là, il ne put s'empêcher de penser avec commisération au pauvre homme rentrant dans sa maison désertée. Maud a le cœur moins tendre. Elle ne profite pas, néanmoins, comme tant de femmes, des intimités de l'adultère pour vilipender son mari. Rolf est un bon type qui l'a toujours bien traitée. Elle était apprentie modiste quand ils ont fait connaissance ; encore quelques années de ce métier-là, et elle s'en allait de la poitrine. Non, Rolf n'est ni si désagréable ni si exigeant en amour que ça. Croit-elle qu'il y a longtemps qu'il s'est rendu compte ? Ah, quant à ça, on ne sait jamais.

Ils eurent des mois heureux dans ce cottage du Surrey drapé de vignes vierges que rosit l'automne. Les pur-sang dont Michel a la charge contentent ce besoin du cheval qui le tourmente depuis sa fuite du régiment. Il aime enseigner l'équitation et parler français avec ceux de ses élèves qui connaissent cette langue ; avec les autres, il retombe d'emblée sur l'anglais, se souciant peu d'écouter leur charabia. Maud a cette forme d'imagination très anglaise qui consiste à transformer en conte de fées le passage d'une souris en quête de miettes, et change en un personnage fantastique la théière ébréchée. Elle trouve plaisir à s'asseoir au grand air, laissant le vent jouer dans ses cheveux ; un peu ondine, un peu salamandre, elle reste tête nue sous la pluie, quitte à se sécher ensuite au feu de la cuisine. Tout les enchante : un tardif colchique sous les feuilles, les lapins dans l'herbe, le ruisseau à demi gelé qui se divise derrière la maison et forme un îlot qu'habitent des oiseaux. A Noël, l'odeur des branches de sapin fraîchement coupées s'harmonise avec celle de la dinde rôtie. Si le bonheur avait ses phosphorescences, la maisonnette sous les arbres brillerait de mille feux.

Et cependant Maud a parfois la sensation d'être tombée sur un lit d'orties. Aux yeux des correctes épouses des professeurs, cette trop jolie fille n'est pas tout à fait une dame. Le soupçon que l'union de ce couple s'est faite sans bénéfice de clergé flotte indéfi-

nissablement autour d'eux. Michel ne fait que rire de
ces prudes mal fagotées ; à certains jours, Maud lui fait
écho, mais, à l'époque des diplômes, la direction ne fait
pas appel au service de Mr. Michel pour une autre
année.

Avec la petite somme qui leur reste, ils s'installent
pour l'été dans une ferme du Devonshire qui prend à
bon marché des pensionnaires. La nourriture les
déçoit : le lait, la crème, les œufs et les fruits sont
expédiés chaque matin sur Londres ; y goûter serait, au
dire des propriétaires, « manger de l'argent ». Les
amants aident à la fenaison et à la cueillette des
pommes ; ils flânent dans ces paysages grands ouverts,
coupés de petites vallées serpentant entre deux bocages. Une stupeur sensuelle, une tiédeur humide s'exhale des hautes herbes. Mais la musique d'un régiment
sur la place d'une petite ville du voisinage, où ils se
sont rendus au marché, soufflette brusquement
Michel. La colère étant chez lui une forme de l'angoisse, il cherche querelle à Maud. Ils rentrent sans se
parler le long de la grand-route.

Le lendemain, comme il est question des quelques
mois passés dans le Surrey, Maud raconte que le plus
hardi des garçons du collège, ayant entendu au thé du
proviseur des chuchotements qui la concernaient, a
parié de venir à bout à bon compte de cette irrégulière
Mrs. Michel. Il a profité de l'absence du professeur
d'équitation pour aller lui faire au cottage une cour des
plus vives ; elle l'a tenu en respect, non sans peine
d'ailleurs. Michel lui crie qu'elle ment. Ils se réconci-
lient dans les larmes et les assurances réciproques de
fidélité.

Mais, la nuit venue, le doute renaît chez Michel.

Pourquoi cette femme qui aime tant l'amour aurait-elle repoussé ce beau garçon blond ? La querelle reprend le lendemain au sujet d'un mandat postal reçu par Maud, et qu'elle prétend émané d'une tante, sa seule parente, bien disposée envers elle ; en réalité, ce modeste subside vient de Rolf. Michel fait sa valise et rentre en France et au régiment.

Il y fut dégradé, et cette cérémonie de l'arrachement des galons, qu'il comparait plus tard, avec désinvolture, à l'extraction d'une dent, fut sans doute plus pénible qu'il ne l'admit par la suite. Un camarade rentré en même temps que lui au bercail militaire la subit à son côté, ce qui facilita les choses : ils en plaisantèrent ensemble. Michel goûte quand même une sorte de contentement animal à retrouver sa caserne, et la compagnie d'hommes de son âge le change de l'alanguissante présence d'une amante. Loin de le disgracier aux yeux de ces gens simples, ses aventures font de lui un personnage romanesque. Grâce aux protections que son père lui avait obtenues rue Saint-Dominique et chez le vieillard de l'Élysée, le maréchal des logis prodigue regagna vite les galons perdus.

Il dut faire à Lille sa paix avec les siens, car on a de cette époque un étonnant groupe de famille pris sans doute dans l'atelier du photographe, mais le salon rue Marais contenait à coup sûr des meubles analogues et des palmiers en pot identiques. Michel-Charles a beaucoup vieilli. Inconfortablement assis sur le rebord d'une chaise, ses jambes peut-être un peu ankylosées étendues devant lui, sa tête toute ronde encadrée de

favoris gris, on le dirait mal à l'aise sur cette correcte et
édifiante image commandée, dirait-on, pour faire taire
les bruits qui couraient sur la rupture avec le fils
unique. Noémi, très droite, serrée dans sa robe noire à
buscs et à bouillonnés, coiffée comme la princesse
Mathilde l'était dans ces années-là, occupe un fauteuil.
Mais plutôt qu'à une cousine de Napoléon III, elle fait
penser à sa contemporaine de l'autre côté du monde,
l'Impératrice douairière Tzu Hsi. Elle a la même
solidité indestructible et la même roideur d'idole. A
travers ses paupières mi-closes, elle regarde devant soi
avec méfiance comme à travers la fente d'une meurtrière. Le photographe en posant ses modèles lui a fait
entourer de son bras le cou de la petite Marie assise sur
le tapis, les jambes repliées, et qui montre avec le
naturel de l'enfance ses longs bas noirs et ses bottines
noires. La fillette tourne vers son père son beau visage
d'enfant sage ; sa chevelure nouée par un ruban forme
une gentille petite queue. Michel s'appuie au dossier
du siège de Michel-Charles ; mince, hâve, un peu
hagard, on le devine absent. Ses yeux troublés et
comme assombris regardent « n'importe où », c'est à
dire pour le moment vers l'Angleterre.

Dès qu'on n'est plus sous l'œil du photographe, le
groupe se desserre. Noémi ne se prive pas de dire à son
fils qu'il finira sur l'échafaud, prédiction qu'elle lui
rabâche depuis sa tendre enfance. L'ombrageux jeune
homme ne rétorque rien : on peut supporter bien des
choses quand on n'est que pour quelques jours de
permission à Lille. Michel-Charles reste bienveillant et
taciturne ; quelque chose en lui, qu'il n'explique pas,
pour ne pas choquer les gens qui l'entourent, lui fait

penser que la place d'un homme réfléchi n'est pas sous
l'uniforme : cette désertion en temps de paix lui a
toujours paru un coup de tête plutôt qu'un crime.
D'ailleurs, l'incident est clos.

Les nuits de Michel se passaient à Londres. Il écrivait presque chaque jour à Maud des lettres émaillées de citations de poètes anglais, qu'il lisait avidement depuis que leur langue était pour lui celle de l'amour. Il envoyait ces lettres sous double enveloppe chez l'épicier où se fournissait la jeune femme ; cette précaution conseillée par Maud était peut-être inutile : rien ne prouve que Rolf eût intercepté cette correspondance. Maud répondait tantôt par de brefs messages dont il n'y avait rien à tirer, tantôt par des effusions enjouées et tendres, pleines d'allusions à leur vie commune, avec des croix et des ronds pour signifier des baisers.

Un jour enfin, Michel n'y tint plus. Il fut décidé que Maud quitterait Rolf pour de bon et rejoindrait le bien-aimé à une date convenue dans un petit hôtel de Piccadilly. (Nous sommes sans doute en mars 1878.) Pour la seconde fois, le jeune sous-officier couche dans un tiroir son uniforme soigneusement plié, jette un dernier regard à sa cuirasse qui reluit au haut d'un placard, s'habille en pékin, et sort discrètement du quartier. Il n'ignore pas qu'il consomme ainsi sa

rupture, non seulement avec l'armée, mais aussi avec
sa famille et avec la France, où, sauf amnistie, il ne
pourra rentrer avant l'âge de quarante-cinq ans.

Les premières caresses données et reçues, Maud lui
fit part d'une bonne nouvelle. Une de ses amies tenant
commerce à Liverpool était partie recueillir un petit
héritage en Irlande, où elle pensait s'installer. Elle lui
avait laissé pour un an la gérance de son affaire. C'était
une occupation toute trouvée, jusqu'à ce que Michel
ait pu obtenir quelque chose de mieux. La boutique
spécialisée dans les articles de toilette, les cosmétiques
et les parfums, était située dans une grise ruelle aux
abords du théâtre. La clientèle semblait consister
surtout en dames de petite vertu et en actrices en
tournée. L'examen du stock fut l'occasion de fous
rires. Les étiquettes et les prospectus promettaient
tantôt la jeunesse éternelle, tantôt des formes arrondies
sans excès, tantôt les trente-six beautés des odalisques
du sérail, les lèvres lisses et l'haleine pure. Les objets
de toilette intime ne manquaient pas non plus. Michel,
qui exècre les parfums (« Une femme qui sent bon est
une femme qui ne sent pas ») a du mal à se faire aux
vagues relents d'huile de Macassar et d'eau de rose. Il
découvre bientôt que la petite boutique est un bureau
d'adresses ; l'entremetteuse et la faiseuse d'anges la
fréquentent presque autant que les commis voyageurs
en parfums. L'odeur inquiétante d'une pâte noirâtre
alerte le jeune homme : Maud explique avoir reçu de la
propriétaire l'ordre le plus strict de ne vendre la
dangereuse confiture qu'à des personnes dont elle a la
liste.

La crise éclate quand une actrice gorgée de gin entre acheter une pommade pour les seins, et, dégrafant son corsage, insiste pour que Mr. Michel l'applique lui-même sur sa poitrine fanée. Passant outre aux objections de Maud, moins mal à l'aise que lui dans cette atmosphère louche, il décide de mettre la clef sous la porte.

Durant ce court séjour à Liverpool, le jeune Français a beaucoup traîné dans les rues et sur les quais. Je n'ai entrevu ceux-ci qu'après les bombardements de la seconde guerre mondiale, et sais peu de chose de leur aspect vers 1878. Mais la morgue des grandes compagnies de navigation, les spéculations du commerce d'outre-mer, l'excitation des départs et les retombées des retours y régnaient. Un peu de l'adolescent errant au bord des bassins d'Anvers renaît dans le jeune exilé qui ne s'avoue pas avoir fait fausse route. Il ne se lasse pas de ce mélange de mâts et de cheminées, de ces coques rouillées et incrustées par la mer, de ce va-et-vient d'hommes de toutes les races, de toutes les couleurs, parfois enturbannés et pieds nus (et c'est sans doute l'un d'eux qui fournit à la boutique de Maud la confiture noire), serpentant dans la solide masse des indigènes au teint rouge, beige ou gris. Michel fait amitié pour un quart d'heure avec des hommes qui s'en vont et peut-être ne reviendront pas. Faire comme eux, lâcher cette femme... Il écoute des Australiens vanter leur Melbourne et des Yankees leur New York. Melbourne est bien loin... De New York, Michel croit savoir qu'on y crève sur le champ à moins qu'on n'y fasse d'un seul coup fortune ; tout là-bas est si laid que les Américains riches n'ont qu'une passion, qui est l'Europe. Et, néanmoins, de vagues notions romanesques, des bouts d'informations raccrocheuses lui font signe : enseigner l'équitation à des héritières de nababs de Wall Street, acquérir un ranch dans ce mystérieux Ouest qu'il aurait du mal à déterminer sur les cartes, errer d'État en État chapeauté d'un feutre à grands bords, gagnant et perdant des fortunes au poker, et çà et là redressant des torts... S'il le faut, Maud trouvera toujours à s'employer à Manhattan comme modiste ou comme femme de chambre, et il ira comme tant d'autres ramasser du guano en Amérique du Sud ou faire au Mexique la contrebande d'armes. Caractéristiquement, le chercheur d'aventures, point trop à court pour l'instant, prend des premières pour la traversée, et Maud s'achète au décrochez-moi-ça les indispensables robes du soir.

Le voyage fut morne ; les toilettes de demi-mondaine de Maud, et sa beauté, attirèrent l'attention de certains passagers, ce dont Michel prit ombrage ; peut-être avait-elle espéré qu'il en serait autrement. Loin de gagner une fortune au poker, il perdit en quelques séances une partie des petites sommes que lui envoyait en secret son père : les joueurs trop habiles étaient en ce temps-là la plaie des passages transatlantiques. Des États-Unis, ils ne virent qu'Ellis Island, leur statut conjugal incertain ayant déplu aux autorités. Ils rentrèrent en Angleterre dans l'entrepont.

Maud et Michel prirent gaiement cette mésaventure. L'engouement pour l'Amérique était bien tombé. Ce fiasco leur semblait une farce qu'ils se seraient jouée à eux-mêmes. Michel trouva une place de professeur dans un collège de garçons un peu moins bien coté que le précédent. Le directeur, clergyman de son état, fondait ses succès sur la bonne nourriture et les bonnes notes mensuelles ; les joues rondes et les lauriers scolaires des enfants enchantaient les familles Il y eut de nouveau un cottage, cette fois drapé de clématite, mais un peu moins commode que le précédent, et des chevaux un peu moins fringants. Le charme de la campagne anglaise transfigure de nouveau la vie des amants. Maud, belle d'indolence, reprend ses flâneries au bord d'un pré ou dans un sous-bois. Leur existence s'enrichit d'un magnifique setter couleur feu, que Michel a acheté à un paysan qui le négligeait. Red (j'invente ce nom banal, et donnerais beaucoup pour savoir celui qu'il portait en réalité) accompagne le professeur d'équitation dans ses chevauchées et dort au pied du lit que l'habitude a rendu conjugal pour Maud et Michel.

Mais le fond d'angoisse qui subsiste chez le jeune homme remonte en malaises physiques. Il souffre d'insomnies ; son pouls s'affole ; lui, si sûr en selle, a des vertiges à la fenêtre du premier étage. Il va dans la petite ville voisine consulter un médecin. Cet homme de l'art était pour la franchise à tout prix, préférable certes aux bienfaisants mensonges, mais fâcheuse quand celui qui la pratique n'est pas bon diagnosticien. Il s'informe de la profession de Michel et fronce le sourcil en entendant sa réponse.

— Il faut renoncer au cheval. Où sont vos parents ?

Les parents de Michel sont en France.

— Prévenez-les tout de suite. Vous souffrez d'une insuffisance cardiaque qui peut à tout moment vous être fatale. Du repos et des soins constants sont votre seule chance de vivre quelques années de plus. Et méfiez-vous des plaisirs sexuels, qui empireraient votre état.

Ayant dûment payé son arrêt de mort, Michel refait à pied les quelque deux ou trois miles qui le séparent de son domicile. Il ne répétera pas à Maud les propos de l'oracle. Il s'est dit de bonne heure que le phénomène qu'on nomme vivre ressemble à l'éphémère effervescence de produits chimiques réagissant l'un sur l'autre. Un moment vient vite où ce bouillonnement prend fin. Il n'y a guère là de quoi s'inquiéter ; encore moins vaut-il la peine d'effrayer son père. L'arrêt du médecin glissa peu à peu dans l'oubli, mais je me demande parfois si la générosité insensée de Michel, ses désistements rapides, sa passion de jouir du présent et son dédain de l'avenir n'ont pas été renforcés par cette notion de la mort subite, plus ou moins sous-jacente pendant près de cinquante ans.

Ils en étaient au point où des amants s'accordent des vacances. Maud passait souvent des fins de semaine chez sa tante, personnage indistinct qui tenait à la fois de l'alibi et du fantôme. Durant l'une de ces absences, Michel, qui trouvait quelque agrément à la petite femme potelée du directeur, échangea avec elle plus que des propos. Tout autant que Maud, l'épouse du clergyman aimait l'amour. Pour jouir avec le jeune Français de moments sans contrainte, elle imagina de lui faire passer vingt-quatre heures dans le grenier de leur logis. Le dimanche du mari était rempli d'une série de prêches et de rencontres avec les mères des élèves s'occupant de bonnes œuvres ; c'était aussi le jour où il dînait chez Lord X. La bonne avait congé jusqu'au lundi matin. Très tôt, à l'heure où les

persiennes du village étaient encore closes, l'amou-
reuse fit entrer Michel par la porte de service. Bien
caché sous les combles, il entendit l'époux trompé
descendre l'escalier et échanger un tendre au revoir
avec l'infidèle. Elle interdit ensuite à Michel de
circuler dans la maison vide, de peur que l'œil d'une
voisine n'accroche à travers une vitre cette silhouette
d'homme. Comme dans les romans libertins du
XVIIIe siècle, il goûte le plaisir un peu humiliant de
recevoir sa nourriture et d'être servi dans ses humbles
besoins par cette fougueuse, mais prudente, amante.
Le clergyman rentra tard et se coucha de bonne
heure, ce qui permit à la Messaline anglicane de rejoindre presque aussitôt son prisonnier qui aurait peut-
être préféré dormir. Elle le relâcha discrètement à l'aube.

Mais cette débauche les éloigna l'un de l'autre. Soit
peur, soit satiété, la femme du directeur se contentait
de saluer de loin le professeur d'équitation, qui lui
rendait son salut dans le même style. Cette petite
bourgeoise dévergondée (tel est le jugement, peut-être
sommaire, qu'il porte sur elle) lui paraît moins digne
de respect, et, somme toute, douée de moins d'agréments qu'une fille.

Ce soir-là, il attendit Maud sur le quai de la gare avec
un regain de tendresse. Elle sauta du train, les mains
chargées de paquets ; un voisin serviable lui passa par
la portière les cartons les plus encombrants ; le sourire
qu'elle lui fit agaça Michel. Oui, sa tante allait bien ;
elles avaient fait ensemble, à peu de frais, leurs achats
de Noël ; le reste, s'il y avait un reste, était de ces
choses qu'elle n'avouait pas. Cette période devint celle
des scènes. Maud prend ombrage des leçons que
Michel donne à de jeunes personnes du voisinage, aux

noms aristocratiques et aux amazones bien ajustées. Les jours de mauvais temps, où le ciel bas n'est plus qu'un réservoir de pluie, Mrs. Michel, couchée sur un canapé, lit des romans sentimentaux. Quand Michel rentre, soucieux surtout de faire sécher ses bottes et de changer de chaussettes, Red seul lui fait fête. D'aigres reproches assaisonnent sa tasse de thé : n'a-t-elle pas quitté pour lui un mari aux petits soins, qui jouit d'un bon salaire et a des chances un jour d'être chef de bureau ou sous-directeur ? On n'est après tout bien qu'à Londres ; elle s'abîme les mains à cuisiner sur le vieux fourneau du cottage ; Michel est déloyal comme tous les Français ; il ne se couperait même pas le bout du doigt pour elle. Un jour, il la prend au mot :

— C'est ce que vous croyez, ma petite Maud.

Replongée dans un roman de Ouida, elle ne l'entend pas monter dans leur chambre, y prendre quelque chose, sortir par la porte entrebâillée. C'était cette fois une après-midi douce et grise. S'emparant d'une corde qui traînait, il lia sa propre main gauche au dossier d'une chaise de jardin. La détonation amena très vite Maud épouvantée. Le médius gauche pendait, rattaché seulement par quelques filaments de chair à la première phalange. Du sang dégoulinait à travers les perforations du siège de métal comme au travers d'une passoire. Elle lui banda la main tant bien que mal. Le bras en bandoulière, il fit à pied les quelque deux lieues qui le séparaient du cabinet du médecin.

Il en ressortit après l'amputation du doigt, le bras toujours en écharpe, son moignon convenablement badigeonné d'iode et empaqueté dans des pansements. Le médecin avait accepté son histoire d'accident. Le

voyant très pâle, il insista pour que le blessé s'étendît
un instant sur la chaise longue de son cabinet. Mais
Michel ne tient pas en place. Curieux *keepsake,* il a
demandé à emporter dans son mouchoir son doigt
coupé, mais trouve très drôle de le jeter au dernier
moment dans le cou de la petite bonne qui lui ouvre la
porte de la rue. La jeune personne s'évanouit. Michel
héla une carriole qui allait de son côté et grimpa sur le
siège auprès du fermier. Il était temps : il tournait de
l'œil lui aussi.

Un tel geste valait bien les épisodes les plus écheve-
lés des romans de Ouida. Il ravigota momentanément
leur amour. Mais il arrive à Michel, en regardant son
moignon cicatrisé, de se dire que s'il est beau de se
tuer pour une femme, il est peut-être idiot de lui
sacrifier deux phalanges. Puis, la tendresse reprend
le dessus. Le petit cottage est hanté par le souvenir de trop de scènes. Ils décident de recommencer
ailleurs.

Michel, qui reçoit maintenant régulièrement des
subsides de son père, propose à Maud de se rapprocher
de la grande ville. Ils trouvent à louer, à vingt miles
environ de leur présente résidence, une maisonnette
située près d'une gare de banlieue, d'où, quand ils en
auront envie, ils pourront se rendre en une heure à
Londres. Ce fut un plaisir de prendre congé du
collège ; c'en fut un autre de déménager dans la carriole
d'un fermier les quelques objets qu'ils avaient accumu-
lés autour d'eux. Trois semaines seulement restant à
courir jusqu'à la fin du terme scolaire, Michel, accompagné du seul Red, retourne surveiller les exercices
équestres de ses élèves trop bien nourris. Il prit au
dernier moment une décision qui lui coûta : celle de

laisser Red au bienveillant fermier, son voisin ; il n'imaginait pas confinée entre les murs d'un jardin de banlieue la belle bête habituée à bondir en pleins guérets et en plein bois. Mais le surlendemain de son retour dans leur nouveau logis, on entend à la porte des grattements et des jappements. Le grand chien couleur feu se jette contre la poitrine de son maître, puis s'étend à terre, trop épuisé pour toucher à l'écuelle pleine d'eau qu'on lui offre, battant faiblement le plancher de sa queue. Red échappé de chez le fermier a fait Dieu sait comment ces quelque vingt miles. Michel jure de ne plus s'en séparer de sa vie.

La nouvelle existence fut aussi agréable qu'on se l'était promis. Ils vont souvent à Londres : Maud court les magasins ; il s'achète des livres, va au théâtre, et se prend de passion pour Irving et Ellen Terry. Il a trouvé à s'employer le matin dans un manège du voisinage. Pour s'occuper et pour accroître leurs minces ressources, Maud reprend à domicile son ancien métier de modiste. Michel rentrant de ses longues promenades avec Red jette un coup d'œil au salon et l'aperçoit discutant une forme avec une cliente. Il y a plaisir, le soir, à voir ses belles mains, dont elle tire vanité, courir parmi les rubans et la paille tressée. Mais, sauf pour les livres et l'absence de piano et de fredonnements d'opérettes, leur vie ne diffère guère de celle que Rolf et Maud menaient à Putney.

Sur ces entrefaites, Michel reçoit, sous enveloppe scellée du cachet familial, une lettre de son père, cordiale et brève comme elles le sont toutes. Michel-Charles ne va pas très bien ; il a toujours désiré voir Londres et s'est résolu à le faire pendant qu'il en a encore l'envie et la force. Il restera huit jours, et aimerait avoir à peu près continuellement son fils auprès de lui. Ne sachant pas l'anglais, il espère aussi que Michel l'attendra au débarcadère de Douvres.

Sitôt le paquebot amarré à quai, Michel vit descendre du pont des premières et s'engager sur la passerelle un homme âgé, de haute taille, un peu corpulent, tenant d'une main un portemanteau et de l'autre un plaid soigneusement roulé et serré d'une courroie, et qu'un parapluie dépassait des deux bouts. La conversation s'engagea dans le train comme si de rien n'était. Oui, la traversée de Calais à Douvres avait été bonne. La santé de Michel-Charles n'était pas brillante : il souffrait de nouveau d'ulcères à l'estomac, après un répit de près de trente années ; l'humide climat de Lille aggravait d'hiver en hiver ses rhumatismes. Le voyageur accepte avec plaisir la tasse de thé qu'un employé lui apporte toute fumante ; il met la tête à la portière, à l'arrêt de Cantorbéry, pour tâcher de voir la cathédrale ; sur le ton d'un homme qui revient à ses innocentes manies, il rappelle à son fils que dans les temps anciens plusieurs membres de la famille ont porté en guise de prénom le nom de Thomas Becket, soit à cause de la popularité dont ce prélat martyr a joui dans toute l'Europe du Moyen Age, soit parce que des liens étroits ont relié jadis à l'Angleterre certaines familles flamandes. Un peu plus loin, il admire les

guirlandes vertes des houblonnières qui festonnent la
route comme elles le font au bas du Mont-Noir.

A Londres, Michel-Charles descend dans un de ces
excellents hôtels du genre sérieux, sans luxe tapageur,
où la domesticité est aussi stylée que chez soi. Il a
retenu pour son fils une chambre à côté de la sienne. Il
fait monter un dîner fin, où figurent des plats anglais
auxquels il a envie de goûter. On le sert au coin du feu,
dans la bonne chambre dont les rideaux rouges bien
tirés amortissent les bruits londoniens. Cette soirée
sera consacrée tout entière à un sentiment rarement
exploité par la littérature, mais qui, lorsque par hasard
il existe, est l'un des plus forts et des plus complets qui
soient, l'affection réciproque d'un père et d'un fils.

Michel-Charles met discrètement Michel sur la route
des confidences. Il y a longtemps que le jeune homme
manque d'interlocuteurs. Il a beau posséder à fond la
langue anglaise, il y a des idées et des émotions qu'on
n'exprime que dans la sienne, et devant un auditeur
qui comprend. Toute une partie submergée de lui-
même remonta à la surface ce soir-là. Il raconta même,
sur un ton de plaisanterie, pour ne pas paraître la
prendre trop à cœur, son équipée transatlantique, mais
donna du doigt coupé la version de l'accident, dont il a
eu le loisir entre temps de fignoler les détails. Toutefois, ce récit des incidents de ces sept années lui paraît
à lui-même inconsistant comme un songe. Dès qu'il
s'explique, il ne se comprend plus. Il ne trouve pas
grand-chose à dire de Maud, peut-être parce qu'en
dépit d'une si longue habitude, la jeune femme
demeure pour lui mystérieuse, peut-être parce que les
sentiments qu'elle lui inspire passent mal par les mots,
peut-être aussi parce qu'en parlant d'elle il s'aperçoit

qu'au fond il a cessé de l'aimer. Il tend à son père la
photographie de sa compagne, non sans avoir indiqué,
comme c'est l'usage, que ce cliché ne l'avantage pas.
Michel-Charles, que la vue de la beauté rend grave,
contemple longuement ce bristol et le rend sans rien
dire à son fils.

A l'heure des cigares, le père toussa pour s'éclaircir
la voix :

— Tu vois par toi-même que je ne vais pas très
bien... J'aimerais avant qu'il soit trop tard te voir
convenablement établi et installé pas trop loin de
moi... J'ai beaucoup réfléchi au problème de ton
mariage, que complique bien entendu ta situation
militaire. Certaines familles pourraient s'en effaroucher. La jeune personne à laquelle je pense est d'une
bonne et ancienne maison de l'Artois, à vrai dire assez
peu fortunée. Les négociations avec les parents vont
leur train. Je l'ai vue une fois. Brune, belle, et même
mieux que belle : elle a du chien. Vingt-trois ans. Elle
monte en casse-cou ; vous vous entendrez au moins sur
ce sujet-là. Et puis, fait-il, ramené à la généalogie, son
violon d'Ingres, sa famille et la nôtre ont déjà contracté
alliance au XVIIIe siècle.

Se retenant de dire que ce détail ne l'intéresse guère,
Michel mentionne qu'à moins d'amnistie il ne pourra
pas rentrer en France avant plus de quinze ans.

— Sans doute, dit le père inclinant la tête. Sans
doute. Mais il ne faut pas s'exagérer la difficulté. Le
Mont-Noir est à deux pas de la frontière. Tout le
monde nous connaît, les douaniers comme les autres.
On fermera les yeux sur des visites de quelques heures.
Et la famille de L. est à peu près dans le même cas ;
leur propriété en Artois est peu éloignée de Tournai.

On s'arrangera pour vous trouver un domicile en territoire belge.

Ces plans qui paraissent raisonnables à son père ravivent chez Michel l'ancien dégoût de ces milieux nantis et corrects dans lesquels toujours tout s'arrange. Ce monde imperméable au malheur est précisément ce qu'il a fui dans les rangs, puis en Angleterre. Mais la main de Michel-Charles tremble un peu quand le jeune homme lui tend un verre de grog qu'un garçon solennel vient d'apporter. Tout d'abord, le vieux monsieur sort de son gousset un papier de soie plié en quatre, l'applique à ses lèvres, et fait tomber dans le fond de sa gorge une poudre digestive.

— Ce n'est pas une décision à laquelle tu puisses tout de suite te résoudre, dit-il, en tournant sa cuiller dans la boisson chaude. Mais j'ai l'impression que le meilleur de ton aventure est déjà derrière toi. Je ne voudrais pas que tu t'enlises... Tu as tout de même trente ans... Et je n'ai pas de temps à perdre si je veux voir de mes yeux ton premier enfant.

Michel est tenté de dire que le mariage aussi enlise. Mais quelque chose lui souffle que la vie avec Maud est également sans issue. Michel-Charles d'ailleurs n'insiste pas ; il parle d'autre chose. Le fils aide le père dans ses rangements et se retire dans la chambre voisine.

Le lendemain, il ne fut plus question que des curiosités et des agréments de Londres. Le premier soin de Michel-Charles est de se faire prendre mesure par un tailleur réputé ; Michel le conduit à Bond Street. Le père en profite pour faire renouveler la garde-robe du fils. Un vieux rêve de Michel-Charles est de posséder un chronomètre anglais de grande mar-

que ; après de longues hésitations, il choisit la pièce la
plus chère : le double boîtier extra-plat s'ouvrait
d'abord sur un cadran au centre duquel une aiguille
minuscule marquait les secondes ; la devise *Tempus
fugit irreparabile* plaît au vieux lecteur d'Horace. Un
second disque d'or, plus mince encore que le premier,
poussé par un ressort, découvre tout le jeu compliqué
du mécanisme à broyer le temps. Le vieil homme le
regarda longuement, se demandant sans doute combien de jours, de mois ou d'années ces engrenages
travailleraient pour lui. Cet achat, fait sur le tard, est
peut-être une forme de défi ou de propitiation.

À la taverne typiquement anglaise où Michel-
Charles a voulu déjeuner, son fils dépose avec un
sourire un billet de cinq livres sur la table, la commis-
sion que lui a discrètement offerte le joaillier, le
prenant pour un guide qui pilote le riche étranger.
D'un geste bénévole, Michel-Charles repousse vers son
fils cette aubaine. Il fallut aussi se procurer une valise
de bonne qualité, destinée à contenir les vêtements
neufs du voyageur. Nouvel achat et nouvelle commis-
sion. Quand Michel-Charles choisit à la devanture d'un
magasin de Piccadilly un châle brodé de jais pour
Madame Noémi, la connaissance que Michel possède,
grâce à Rolf, des trucs de commerçants londoniens, se
révèle utile. Michel n'ignore pas que l'objet exposé en
vitrine est parfois de meilleure qualité que celui,
supposé tout pareil, qu'on offrira au client dans le
demi-jour de la boutique. Il tient bon : c'est le châle
placé en devanture qui se croisera sur le sein puissam-
ment corseté de Noémi.

Le reste des huit jours se passe à voir Londres.
Michel craint pour son père la fatigante visite de la

Tour, mais ni les escaliers à vis ni les cours d'honneur n'excèdent les forces de ce voyageur qui s'intéresse à Anne Boleyn et à Thomas More. Ils admirent ensemble les parterres de Hampton Court et dégustent dans un établissement de thé au bord de la Tamise de minces rondelles de pain beurré et de concombres. A Westminster, Michel-Charles s'arrête pensivement devant chaque gisant, et son fils s'émerveille de la connaissance intime que son père possède du moindre Plantagenêt et du moindre Tudor. Au British Museum, le vieil homme contemple avec respect les débris du Parthénon, mais s'attarde surtout devant ces antiques gréco-romains qui lui rappellent ses enthousiasmes de jeunesse en Italie et au Louvre. En peinture, quelques portraitistes du XVIIIe siècle mis à part, il n'est séduit que par les écoles hollandaise et flamande, et Michel se ressouvient des visites d'autrefois au Musée d'Amsterdam, la main dans la main de son père qui essayait de lui expliquer *La Ronde de Nuit*. Bien que ni l'un ni l'autre ne soient mélomanes, Michel-Charles tient à une soirée à Covent Garden. Des chanteurs italiens y donnent *La Norma*.

Au départ, il pleut. Michel-Charles s'inquiète un peu pour la belle valise neuve. Les deux hommes s'embrassent sur le quai. Le père mentionne que, dès son retour à Lille, il écrira concernant le projet qu'on sait. D'ici là, que Michel ne décide rien, mais qu'il réfléchisse. En attendant, peut-être a-t-il besoin d'argent?

Michel a besoin d'argent, mais s'en tait par délicatesse. Michel-Charles bredouille un peu :

— La jeune femme... Si les choses s'arrangent

comme tes parents le souhaitent... Peut-être qu'une compensation...

— Non, fait Michel avec une certaine froideur. Je ne crois pas que ce soit indiqué.

Michel-Charles sent qu'il a blessé son fils à travers l'absente. Michel couvre son mouvement de recul en s'occupant du bagage. La silhouette du voyageur disparaît dans la cohue, puis reparaît ; il tapote de petits signes d'adieu sur l'une des vitres de la salle à manger des premières. Il est vieux et malade : deux états auxquels le jeune homme n'a jusqu'ici guère pensé.

Dans le train de banlieue qui le ramène vers Maud, Michel s'aperçoit qu'il s'est déjà décidé, sans même avoir eu besoin de beaucoup songer à la belle brune de bonne et ancienne famille. Mais comment préparer Maud ? Elle est de ces femmes avec qui on peut rire, pleurer, faire l'amour, mais non s'expliquer. La maisonnette, quand il s'en approche, n'est pas éclairée ; Red seul attend dans le noir du corridor. L'armoire de Maud est ouverte et vide. Elle a laissé une lettre épinglée sur l'oreiller. Elle se rend bien compte de ce que signifie cette longue visite du père de Michel. Elle est retournée chez Rolf, qui ne demande pas mieux. On a eu de bons moments ensemble, mais il faut que tout ait une fin. Si Michel ne rentre pas tout de suite, la femme de ménage s'occupera du chien. Et par habitude elle a mis des ronds pour les baisers sous la signature.

La journée du lendemain se passa à payer. Payer le loyer, qui avait encore deux mois à courir, payer le boucher, le fruitier, le poissonnier, l'épicier, payer la femme de ménage. Maud n'ayant jamais tenu le moindre livre de comptes, les moyens de vérifier manquaient. Léger d'argent, d'autant plus qu'il avait fait envoyer par un fleuriste de Londres deux douzaines de roses à Putney, Michel prit en ville une chambre en attendant que son père fît signe. Par économie, il se nourrit de poisson frit enrobé d'un papier de journal, acheté aux boutiques juives de ce quartier pauvre, ou se fait cuire un œuf sur la petite flamme du gaz qui éclaire la pièce. La nourriture de Red lui coûte plus que la sienne.

La lettre arriva avec trois semaines de retard; Michel-Charles, tombé malade dès l'arrivée à Lille, n'avait pu écrire plus tôt; il payait sans doute les fatigues de ce séjour à Londres, qui avait été, disait-il, un des bons moments de sa vie. Tout était prêt pour le retour du prodigue. Qu'il prenne le paquebot pour Ostende, et de là se fasse conduire à Ypres, où quelqu'un de sûr l'aidera à passer la frontière. Michel-Charles envoyait une assez grosse somme pour le voyage.

Michel ne put s'empêcher le dernier soir d'aller rôder autour de la maison de Putney. Les rideaux étaient soigneusement tirés. Rolf, ressorti en veston d'intérieur pour poster une lettre, aperçut le jeune Français et l'aborda cordialement. Michel annonça son départ d'Angleterre pour le lendemain. L'irrépressible Rolf proposa d'aller souper à trois dans une taverne de Richmond où l'on trouvait de bonnes huîtres. Sentant qu'il aurait dû refuser, Michel dit oui. Rolf, monté se changer, le fit attendre au salon quelques mortels moments; Maud enfin parut, habillée comme pour une partie fine. Elle parla peu au souper, et Michel ne fut guère loquace, mais Rolf suffisait à produire du

bruit et de la gaieté. Il mentionna qu'il passerait sous-
directeur le 1er janvier 1884, c'est à dire d'ici un peu
plus de trois mois, raconta des anecdotes du bureau qui
le firent rire aux larmes, fit même une allusion
comique au fiasco américain de Michel et de Maud.
Michel serra les poings : Maud n'aurait pas dû raconter tout cela. Mais Rolf n'insista pas : le bon regard de
ses gros yeux se posait amicalement tour à tour sur sa
femme, sur Michel, sur les dîneurs à la table voisine,
sur le garçon en tablier blanc, sur une jeune personne à
joues roses qui quête pour la *Salvation Army*. A table,
Maud a relevé sa voilette. Je l'imagine (car Michel ne
m'a pas donné d'elle cette dernière image) vêtue de
vert, couleur toujours aimée des Anglaises, tenant
entre deux doigts sa coquille d'huître au bord de ses
lèvres comme une minuscule petite conque.

Michel se sent vaguement refait ; Rolf a tiré les fils
des deux marionnettes. Avait-il, par hasard, une
maîtresse, et a-t-il été assez content de se débarrasser
momentanément de sa jeune femme ? Aime-t-il Maud
d'un amour quasi paternel (il a quinze ans de plus
qu'elle) et a-t-il tenté avec succès l'expérience dangereuse qui consiste à donner à une femme, une fois pour
toutes, sa pleine dose de passion et de romanesque,
sachant qu'elle est de celles qui préféreront toujours à
la longue une maison à Putney et un mari sous-
directeur ? Le jeune homme se souvient du mandat-
poste reçu en Devonshire et des visites de Maud à la
tante de Londres. Peut-être est-ce Rolf, et non des
amis partis en Irlande, qui a suggéré la gérance de la
parfumerie de Liverpool ? Michel descend plus avant,
vers des abîmes de perdition qu'il n'imagine que
vaguement, puants et dangereux comme des solfatares.

Si Rolf, plus ou moins impuissant, avait trouvé bon dès les premiers jours d'offrir à Maud des distractions sans importance en compagnie du jeune étranger ? S'il y avait en lui, soit un fond de vice, soit le masochisme de sa race persécutée ? Parmi ces explications qui d'ailleurs n'expliquent rien, Michel ne s'arrête pas à la plus rare, qui est aussi la plus simple : celle d'une immense et incorrigible bonté.

Après de courtoises altercations au sujet de la note, ces messieurs la partagent ; on boit au voyage de Michel et à la promotion de Rolf. Ces trois personnes se quittèrent sous un réverbère.

Monsieur Michel Michel, redevenu Michel de C. (mais il allait souvent, quand l'envie lui en viendrait, être de nouveau Michel Michel tout court), suivit les indications paternelles. Deux ou trois visites en douce au Mont-Noir eurent lieu durant l'automne de 1883. Michel venant d'Ypres faisait à pied ces quelque quinze kilomètres, salué ou ignoré selon le cas par les douaniers. Mais le jeu est risqué : reconnu et appréhendé, le déserteur est bon pour deux ans de forteresse. Inspiré par plus de prudence, Michel-Charles fait de temps en temps atteler et va à Ypres ou à Courtrai voir son fils. Une fois seulement, par bravade, le jeune homme se glisse jusqu'à Lille, ennuyeux lieu de naissance, qui se revêt du charme des endroits interdits. Vers la Saint-Sylvestre, Michel-Charles, flanqué cette fois de Noémi, retrouve son fils à Tournai, à l'hôtel de la Noble Rose, où sont également descendus, venant de France, le baron Loys de L., sa femme Marie-Athénaïs, et celle de leurs filles qui va épouser Michel. Cette rencontre officielle met le sceau aux fiançailles. Marie-Athénaïs, énergique belle-mère, elle-même née à Tournai où ses ancêtres avaient émigré

pendant la Révolution, découvre bientôt dans cette
ville un ami ou un parent qui consent à louer au jeune
couple son hôtel, jusqu'à ce que Michel obtienne de
rentrer officiellement en France. Michel-Charles remplit le logis de bons vieux meubles que Noémi avait
relégués au grenier. Michel épousa Berthe de L. à
Tournai au cours du mois d'avril 1884.

Auparavant, s'était passé pour lui un drame resté
plus présent à sa mémoire que cette cérémonie nup-
tiale, sur laquelle il semblait n'avoir rien à dire. Par un
soir de mars, il se rend pour la dernière fois au Mont-
Noir avant son mariage, et prend les précautions
habituelles. Cette année-là, Michel-Charles s'est installé de bonne heure à la campagne, peut-être pour se
rapprocher de son fils. Comme toujours, Michel fait
route à pied. Une mince couche de neige tardive
s'étend sous les bois dénudés et sur les champs gris.
Red comme d'habitude accompagnait son maître,
bondissant sur la route, rampant sous les fourrés,
soudain hors de vue, puis revenant à cette vitesse de
bolide du chien qui veut s'assurer qu'on est toujours là.
Sur cette frontière, pas mal de contrebandiers suspen-
daient au cou de leurs chiens de petits paquets de
denrées interdites ; les bêtes bien dressées faisaient la
navette d'elles-mêmes. Ce soir-là, un douanier, qui vit
se profiler sur la pâle couche de neige un chien en
apparence non accompagné, tira : la détonation et le
gémissement qui suivit firent courir Michel jusqu'au
prochain tournant. Red blessé à mort eut à peine la
force de lui lécher la main. Son jeune maître se jeta à
terre et pleura. Il souleva le cadavre et le porta dans ses
bras jusqu'au Mont-Noir, où il l'enfouit honorable-
ment sous un arbre. Le chien rapide et léger pesait

comme la pierre. C'était ce que Michel avait ramené de plus précieux de ses années d'Angleterre, mais Red était mieux pour lui qu'un mémento de Maud : c'était le camarade animal avec qui il avait conclu un pacte, surtout depuis le jour où celui-ci l'avait jusqu'à l'épuisement cherché et finalement retrouvé ; c'était aussi la victime d'un crime que nous avons tous commis, l'être innocent qui nous faisait confiance, et que nous n'avons pas su défendre et sauver. Si Michel avait été superstitieux, ce crève-cœur lui eût paru un signe.

Les vœux de mon grand-père se réalisèrent ponctuellement. Un an après le mariage naquit l'unique enfant du couple, dénommé Michel-Fernand-Marie-Joseph ; nous dirons Michel-Joseph pour faire court. Je ne me propose pas d'évoquer souvent ce demi-frère de dix-huit ans mon aîné, mais ne puis sans amputer mon récit l'en éliminer tout à fait. Il semble un peu tôt pour caractériser quelqu'un qui pour l'instant vagit entre les bras d'une bonne. Une citation pourtant s'impose, et je l'emprunte à Michel-Joseph lui-même. Les premières lignes de brefs mémoires dont j'ai parlé ailleurs, et qu'il a rédigés quelque soixante ans plus tard évoquent sa naissance en une phrase dont on ne trouverait peut-être l'équivalent dans aucune autre autobiographie : « Je suis né à Tournai, dans un hôtel particulier dont l'ameublement, selon un document conservé aux archives, entraîna une dépense de vingt-six mille francs. »

J'ai montré la tendresse survivant chez Michel-Charles et son fils aux frasques de ce dernier. A la génération suivante, il en alla autrement. L'éducation y fut pour quelque chose. Cet enfant que ses parents

n'eussent guère pu promener de ville d'eaux en ville
d'eaux et de concours hippique en concours hippique
grandit tantôt confié aux soins affectueux, mais désor-
donnés, de sa grand-mère Marie-Athénaïs dans le
domaine familial de Fées (je maquille ce nom), tantôt
au Mont-Noir, où le maussade enfant ne s'accorde pas
trop mal avec la rêche Noémi, son autre grand-mère.
L'hiver, Michel-Joseph est mis sous la coupe d'un vieil
officier bourru et de sa femme, petite dame qui peint
sur porcelaine et fait passer ses productions pour du
vieux Lille, et les désagréments qui s'ensuivirent
traumatisèrent sans doute le jeune pensionnaire du
couple. Plus tard, Marie de P., pieuse sœur de Michel,
découragée par le caractère hargneux de l'adolescent,
demande à son frère de le lui retirer des mains ; nous le
verrons passer d'un train d'enfer d'une institution
religieuse à une institution laïque, des Jésuites de la rue
de Vaugirard au lycée de Douai, et de là à une pension
pour fils de famille sur la Riviera, sans noter entre ces
boîtes d'autres différences que la bouffe plus ou moins
mauvaise et des lieux plus ou moins sales. Prodigue
comme toujours, Michel, quand il pense à son fils,
c'est à dire rarement, multiplie les cadeaux, des premiers soldats de plomb à la première motocyclette et à
la première voiture de course. Il lui offre, adolescent,
de longs voyages accompagné d'un quelconque camarade qui lui sert d'escorte ; j'ai dit ailleurs qu'il l'invite
parfois durant les vacances, ou même le retire arbitrairement du collège pour passer quelque temps avec lui
et sa seconde femme ou l'une de ses maîtresses. Ces
épisodes tournaient souvent mal.

   Il en résulta entre les deux hommes une animosité
qui dura toute la vie. A l'âge requis, en 1906, le fils

opta pour la Belgique, ce que sa naissance à Tournai lui
permettait de faire. Michel s'en irrita, sans songer que
c'était son propre statut de déserteur qui avait fait
naître Michel-Joseph hors de France, rendant possible
un pareil choix. Comme d'autres dans le même cas, le
garçon ne songeait qu'à échapper aux trois ans du
service militaire français, ce qui n'eût pas dû choquer
ce père peu chauvin. Mais la logique n'est pas le fait
des natures passionnées : Michel sent vaguement
qu'en changeant de pays, son fils renonce aussi à
Montaigne, à Racine, aux pastels de La Tour et à *La
Légende des Siècles*. Il n'a pas tout à fait tort. Par une
réaction prévisible, le fils prend en tout le contre-pied
du père : Michel, de trois épouses et bon nombre de
maîtresses, a en tout deux enfants ; Michel-Joseph sera
père d'une famille nombreuse. Fils d'un grand liseur,
il se flattera d'être ignare. En dépit d'un penchant très
vif pour certains aspects de la vie religieuse, Michel
vivra et mourra libre de toute foi ; Michel-Joseph ne
manque pas la messe de onze heures. Michel, patricien
qui se fout de ses ancêtres, ne sait même pas le nom de
son arrière-grand-mère paternelle ; Michel-Joseph
donnera dans la généalogie. Le père aura été envers son
fils indifférent et facile ; le fils sera sévère pour ses
rejetons. Dans ses brefs souvenirs, Michel-Joseph
parle le moins possible de ce père contredit en tout ;
Berthe, désignée comme « ma chère maman », ne paraît
qu'une fois, à l'heure de sa mort, que précisément
Michel reprochait à l'adolescent de ne pas avoir
pleurée.

Mais ce qui les sépare le plus est leur attitude à
l'égard du Veau d'Or. Michel n'aime l'argent que pour
le volatiliser ; Michel-Joseph y tient parce qu'il sait que

tout ce qui lui est cher, la considération sociale, les belles alliances, la réussite mondaine, s'effondre sans un compte en banque. Durant toute mon enfance, j'ai entendu entre les deux hommes les reproches haineux s'échanger comme des balles. « Tu as vendu les terres qui étaient dans la famille depuis des générations : Crayencour, Dranoutre, le Mont-Noir... — Parlons-en, des terres des ancêtres... Tu n'es plus même citoyen du pays où elles se trouvent... » Une fois au moins, j'ai vu ces débats plus sots qu'ailleurs dans cette région aux frontières fluides se terminer par un pugilat. A la distance où j'en suis, il m'est impossible de décider si la haine du fils pour le père (nourrie peut-être de pas mal d'affection frustrée) tenait à ce que Michel avait jeté bas tout ce en quoi son fils voulait croire, ou si tout simplement l'héritier présomptif ne pardonnait pas au monarque régnant d'avoir dilapidé une fortune. Pour qui considère les dévolutions d'héritage comme une espèce d'investiture, les deux attitudes n'en sont qu'une.

Je vois très bien comment on pourrait tracer de mon demi-frère le portrait hagiologique du restaurateur succédant au dissipateur. Marié et établi en Belgique en 1911, Michel s'installa dans ce Bruxelles affairiste et mondain où la passion d'acquérir et le snobisme du nom et du titre sévissent comme nulle part ailleurs. Mais prenons garde : ce goût des aventures de l'argent est traité par nous avec respect, quand ce n'est pas avec lyrisme, s'il s'agit de l'Amsterdam du Siècle d'Or ; la sentimentalité héraldique et les petites coteries nobiliaires nous charment dans les cours surannées d'Allemagne au XVIIIe siècle. On parvient presque toujours à ce qu'on veut, quand on le veut avec persistance pendant quarante ans. Mon demi-frère sut s'insérer dans ce milieu, à demi nouveau pour lui, au sein duquel il aspirait à vivre ; il fit faire à ses enfants d'excellents et solides mariages. Après un silence de quelque vingt-cinq ans de part et d'autre, je reçus de lui en 1957 l'annonce qu'il avait réussi à obtenir ou à se faire confirmer pour lui et sa descendance ce titre de chevalier que son grand-père lillois avait remisé comme démodé en France. J'en faillis sourire, mais je m'aperçois aujourd'hui que pour le citoyen d'un petit État ayant encore une cour et une noblesse vivante et active, même si cette activité est toute de surface, il n'est pas plus absurde de se réjouir de l'obtention d'un parchemin qui le proclame chevalier que pour un Français de sabler sa Légion d'honneur.

J'essaie de peindre d'un seul coup ce personnage, ici au second plan, qui a pourtant joué son rôle dans ma vie. Enfant, ses entrées soudaines m'effrayaient : ce jeune homme portant beau avait le don curieux de s'introduire silencieusement dans une pièce, de sa démarche glissante, un peu dansée, que j'ai retrouvée plus tard chez certains professionnels du flamenco, et qui ferait croire que la goutte de sang gitan héritée d'une aïeule maternelle n'était pas qu'une légende des familles. Mais ce garçon qui jouait volontiers les mauvais garçons s'accrocha de bonne heure aux bienséances comme à des bouées. Il s'irritait que sa demi-sœur, qui avait déjà pour lui le défaut d'exister, fût plus rêveuse, plus grave, plus tranquille que l'idée convenue qu'il se faisait des petites filles, et cela d'autant plus que l'enfant à la grande bouche rieuse, que j'étais aussi, ne riait pas en sa présence. Je me souviens d'un après-midi au bord de la mer, au haut d'une dune, où je m'absorbais dans la contemplation des vagues se gonflant, se creusant et déferlant sur le sable en une seule longue ligne sans cesse reformée. La phrase que j'écris là est bien entendu d'aujourd'hui, mais les obscures perceptions de la petite fille de sept ans étaient les mêmes, ou plus fortes, bien que non exprimées, que celles de la femme vieillie. Mon demi-frère s'approcha de son pas feutré ; je m'entendis admonester par une voix sombre. « Que fais-tu là ? Un enfant doit jouer et non rêvasser. Où est ta poupée ? Une petite fille ne doit jamais être sans sa poupée. » Avec la dédaigneuse indifférence de l'enfance, je classai dans la catégorie des imbéciles ce jeune adulte qui débitait ce que je sentais déjà comme des lieux communs. En fait, il avait ses étrangetés et ses gouffres, comme tout le monde.

Les moindres gentillesses à son égard, une fleur laissée pour lui un jour où, grippé, il gardait la chambre, émouvaient ce nerveux jusqu'aux larmes. Il m'a fallu longtemps pour comprendre que cette forme d'émotivité est souvent le fait de natures pauvres qui ne donnent rien en retour et s'étonnent qu'on donne. Je l'ai vu d'autre part d'une dureté incroyable avec des êtres supposés chers. Il croyait aux « mauvais morts », et les craignait, s'imaginant en avoir parmi les siens ; ces notions étonnantes chez un homme qui se voulait peu doué du côté de l'imagination lui venaient peut-être de sa grand-mère, Marie-Athénaïs, qui, paraît-il, rencontrait de temps en temps des fantômes. Comme beaucoup d'élèves des bons pères, il jouait avec des équivoques qui n'étaient pas tout à fait des mensonges : aux questions de Noémi, sûre d'avance que la De-Dion-Bouton n'avait pu gravir les hauteurs du Mont-des-Cats, il répond qu'il est arrivé là-haut dans la voiture ; il voulait parler de la charrette à foin qui l'avait recueilli après la mauvaise panne au bas de la colline. Par la suite, il tirera gloire de n'acquitter de factures que le plus tard possible, pour ne pas se priver de l'intérêt des sommes en question ; l'idée que ces retards pussent gêner le fournisseur ne l'effleurait pas. Par ailleurs, il défendit en galant homme et presque en chevalier les droits d'une bâtarde que laissait dans l'indigence un parent dont il escomptait l'héritage, et qui, bien entendu, le déshérita. Je regrette de dire qu'à cette occasion Michel se moqua de lui. Nous sommes tous faits de lopins, comme disait Montaigne.

Je perdis de vue ce demi-frère entre ma douzième et ma vingt-cinquième année. En janvier 1929, à Lausanne, je lui écrivis pour l'appeler au chevet de son père mourant. J'avais tort : Michel m'avait demandé de n'en rien faire. Mais deux ans et deux ou trois mois plus tôt, cet homme déjà malade avait épousé une Anglaise sentimentale et conventionnelle comme on ne l'est que dans la bourgeoisie britannique, mais qui le soigna avec dévouement. Elle trouvait naturel, comme ce l'était, que son beau-fils fût averti. Michel-Joseph répondit qu'occupé à se bâtir une maison dans la banlieue de Bruxelles, il n'avait pas en poche l'argent de ce trajet ; de plus, par cet hiver rigoureux, et par un matin de tempête de neige, sa femme avait eu une attaque de nerfs à l'idée de faire le voyage de Suisse. En fait, ce défenseur des bonnes traditions familiales craignait d'avoir à prendre sa part des frais d'une longue maladie et des obsèques d'un homme mort pauvre par lequel il s'estimait lésé.

J'aurais dû m'en tenir là. Mais ma belle-mère, cette

Anglaise qui trouvait Dickens commun et révérait les
bonnes familles des romans de Galsworthy, croyait aux
réconciliations entre proches. Comme beaucoup de
Britanniques peu fortunés de ce temps-là, elle avait
naguère passé pas mal d'années dans des pensions de
famille du continent, particulièrement en Belgique ;
une petite industrie dont elle venait d'hériter à Londres lui permettait quelques fantaisies : elle se voyait
reparaissant dans ce pays parée du titre de vicomtesse.
Ni mon père, qui finissait, je l'ai dit, par se laisser
donner du comte par ses fournisseurs, ni moi-même,
qui y mettais plus d'exactitude, n'avions jamais réussi à
la persuader que le propriétaire d'anciennes terres
vicomtières n'était pas nécessairement vicomte, et je
crois bien que l'importance de ce fait échappait même à
Michel. Par ailleurs, l'héritage de ma mère, entièrement en propriétés dans le Hainaut, et laissé par
Michel à de vagues régisseurs, demandait des soins.
Pendant environ dix-huit mois, jusqu'à ce que Christine de C., déçue par Bruxelles, revînt s'installer en
Suisse où s'étaient passées les deux dernières années de
la vie de son mari, je fis en Belgique d'intermittents
séjours. J'y dînais assez souvent dans la maison
nouvellement construite de mon demi-frère, garnie de
haut en bas des meubles et des portraits de famille
bailleulois et lillois que Michel, n'ayant que faire d'eux
après la vente du Mont-Noir, lui avait laissé engranger.
En matière de partage après décès, Michel-Joseph en
était resté à la simple théorie du droit d'aînesse.
Disons, pour être juste, qu'il continuait à croire
Michel mort moins ruiné qu'on ne pensait, et ayant,
par des moyens mystérieux, avantagé sa fille. Quant à

moi, ces bahuts et ces emperruqués ne me tentaient pas.

On parle de l'ignorance sexuelle où la société à certaines époques proches de nous, quand ce n'est pas même, en dépit des apparences, à la nôtre, laisse volontairement la jeunesse ; on ne parle pas assez de l'extraordinaire ignorance financière et légale où nous sommes tous plongés ; dans ces sciences d'où dépend notre indépendance, et quelquefois notre vie, le plus perspicace et le plus cultivé d'entre nous n'est souvent qu'un analphabète. J'en savais juste assez pour sentir que dans ce domaine je ne me débrouillerais pas seule. Axée, comme je l'étais, sur Paris, où venait de paraître mon premier livre, je ne le quittais jamais qu'à regret pour ce Bruxelles qui me semblait alors la capitale de l'épaisseur ; j'en vins à me dire qu'un demi-frère installé sur les lieux et s'occupant d'affaires immobiliè-res saurait mieux que moi vendre ces terres et en placer le produit. Aucun sage n'était encore venu m'appren-dre que c'est toujours une erreur en pareil cas de s'adresser à un membre de sa famille, surtout lorsque des tensions ont existé entre lui et nous : il est impossible que le plus scrupuleux ne mette pas incons-ciemment en ce qui nous concerne une pointe d'hosti-lité ou de désinvolture. Je doute d'ailleurs que rien de tel soit entré en jeu : l'indifférence suffisait. J'assistai à l'une des discussions de mon mandataire avec un acquéreur ; le paysan habile en marchandage l'empor-tait sur toute la ligne sur le négociateur citadin et ignorant des lieux. J'aurais dû intervenir ; je m'en savais incapable. Peut-être faut-il compter aussi avec je ne sais quelle gêne à l'idée de tirer profit d'un bien dont ma mère et moi-même avions plus ou moins reçu des rentes sans jamais prendre la peine de marcher sur ces champs et sous ces arbres. Le produit des fermes vendues une à une fut placé moitié dans l'affaire immobilière que dirigeait mon demi-frère, moitié (Michel-Joseph n'avait guère pensé à subdiviser les risques) dans une forte hypothèque consentie aux propriétaires d'un hôtel à agrandir et à rénover ; ces gens s'appelaient les époux Rombaut ; leur nom m'est revenu en tête trente-cinq ans plus tard quand il s'est agi de baptiser un couple brugeois de *L'Œuvre au Noir* : on a les bénéfices qu'on peut.

Le vent de la crise américaine faisait déjà trembloter les châteaux de cartes européens. La banque immobilière s'effondra, et, comme l'affaire n'était pas à responsabilité limitée (j'ignorais alors ce que ce mot signifiait), j'y perdis plus que je n'y avais mis. L'hôtel aussi, au moins métaphoriquement, croula : l'hypothèque n'était qu'une seconde hypothèque, et, disait-on, irrécupérable. Je fis ce que j'aurais dû faire deux ans plus tôt : j'appelai à l'aide un vieux juriste français qui avait déjà, en d'autres temps, sorti Michel de passes difficiles ; avec l'aide d'un de ses confrères belges, il récupéra à peu près la moitié du prêt consenti aux hôteliers déficitaires. Je décidai que cette somme, prudemment grignotée, suffirait pour me donner dix à douze ans de luxueuse liberté. Après, on verrait. Je ne m'apercevais pas que je refaisais ainsi, dans des temps changés, le calcul toujours aléatoire qui avait été vers 1900 celui de mes deux oncles maternels. Cette décision, que je me félicite d'avoir prise, me mena, avec une mince marge de sécurité, jusqu'en septembre 1939. Vivant du revenu de fonds placés en Belgique et gérés par mon demi-frère, je serais restée plus ou

moins liée à une famille dont rien ne me rapprochait et
à ce pays de ma naissance et de ma mère, qui, dans son
aspect présent, tout au moins, m'était totalement
étranger. Ce krach aux trois quarts complets me rendit
à moi-même.

Mais si je pris assez facilement cette perte, moins par
magnanimité que par inexpérience, la manière dont
elle me fut annoncée me choqua. Michel-Joseph avait
toujours aimé jouer de la carte postale insolente : sur le
revers d'une vue de la Grand Place, il m'avisa tout
uniment que ce qui restait de mon héritage maternel
s'était dissipé : je n'avais plus, à l'en croire, qu'à
vendre des pommes aux carrefours. (Il y a, il est vrai,
de plus sots métiers.) Je ne sentis pas le sel de cette
plaisanterie, inspirée par la légende des désarrois de
Wall Street, qui remplissaient les journaux, que je ne
lisais pas. Le ton me parut déplacé de la part d'un
homme qui s'était proposé pour gérer ces biens si
aisément perdus. La carte postale fut laissée sans
réponse. Je ne revis plus Michel-Joseph, et toute
communication cessa entre nous, sauf pour l'annonce
de type héraldique qui me parvint au bout d'un quart
de siècle et que j'ai mentionnée plus haut.

Peu avant cette petite catastrophe, j'eus avec lui une
rencontre que je ne savais pas la dernière. Durant une
visite à Bruxelles, chez ma belle-mère, j'allai signer
chez lui je ne sais quels papiers. Il me ramena à la Gare
du Midi avec ma valise ; je repartais pour Paris, et de là
pour Vienne. C'était un chaud et humide soir d'été
traversé de torrentielles pluies d'orage. Les rues de
Bruxelles étaient comme toujours un chantier de
démolition : on y défaisait, refaisait, ou modifiait
quelque chose. Des embardées dans la boue et des

barrages nous mirent en retard. Nous arrivâmes à la
gare lorsque le train que j'allais prendre était déjà loin ;
le suivant ne partait que dans une heure. Assis côte à
côte, attendant pour sortir de voiture un intervalle
entre deux trombes d'eau, emprisonnés dans cette
boîte de métal et de verre sur laquelle coulaient des
rigoles, nous causâmes à peu près comme deux inconnus l'eussent fait dans un bar. Il m'enviait ma liberté
qu'il s'exagérait du reste ; la vie a bientôt fait de recréer
des liens, prenant la place de ceux dont on se croyait
débarrassé ; quoi qu'on fasse et où qu'on aille, des
murs s'élèvent autour de nous et par nos soins, abris
d'abord, et bientôt prison. Mais pour moi non plus à
l'époque ces vérités n'étaient pas claires. Cet homme
qui s'était voulu à rebours de son père sentait qu'il
avait épuisé d'un coup sa provision de choix. « Que
veux-tu ? On s'est créé un entourage ; on ne peut pas
étrangler tout ce monde. » Nous tombâmes d'accord
qu'une telle manière de faire place nette n'eût convenu
qu'au Sultan Mourad. Mais, pour la première fois,
j'avais senti chez cet homme des instincts de liberté pas
si différents des miens, tout comme son goût pour la
généalogie équilibrait mon intérêt pour l'histoire.
Nous ne nous ressemblions pas seulement par la forme
de l'arcade sourcilière et la couleur des yeux.

Revenons au présent, c'est-à-dire en 1886 ; rendons une fois encore visite à Michel-Charles. Mon grand-père a passé au Mont-Noir l'automne de 1885, qui est pour lui le dernier. Le temps des longues promenades est passé ; il s'est diverti à copier dans un beau cahier relié ses lettres d'Italie, vieilles de quarante ans, dont il a déchiré les originaux, peut-être après les avoir çà et là corrigés et embellis. Il a aussi rédigé un bref résumé de sa vie destiné à ses enfants, et où triomphe la sincérité mitigée. Tout y est décrit par un homme bienveillant décidé à voir en beau, sinon en rose. Il loue l'intelligence de Noémi et même ses bonnes grâces mondaines. Sa fille Marie, qui a remplacé la petite morte d'il y a déjà près de vingt ans, est, comme il l'avait espéré, l'ange de sa vieillesse. Il ne doute pas que les débuts de la jeune fille, cet hiver, dans la société lilloise, ne soient marqués des plus grands succès. Une photographie de la Marie de cette année-là donne raison au père sous le charme : la jolie fille en robe de satin, sérieuse, avec une lueur de gaieté dans l'œil clair, est la séduction même. Quant à son frère, Michel, « c'est, nous assure-t-il, une tête de feu et un cœur d'or ». Rien n'est dit des

deux désertions suivies de sept années passées en
Angleterre, ni des chagrins qu'a dû ressentir le père de
l'expatrié, mais l'union avec Berthe est mentionnée.
« Il l'adore et elle le lui rend bien. Ils viennent de nous
donner un gros garçon. » Michel-Charles n'eut pas
sans doute la joie de voir souvent ce nouveau-né tant
désiré : Tournai était trop loin pour un malade, et
l'interdit pesait toujours sur les visites de Michel en
France. A-t-il vraiment cru le jeune couple installé
dans une lune de miel qui durerait toute la vie ? Il se
peut : il y avait du naïf chez cet homme avisé. On
ignore s'il avait déjà reçu l'arrêt du médecin : les
ulcères, vieux mal dont il avait pris l'habitude, ont fait
place à un cancer à l'estomac, inopérable à l'époque :
ses jours sont comptés. Mais il y a des verdicts
silencieux que notre corps prononce sur soi-même et
que quelque chose enregistre en nous. J'imagine qu'en
quittant ce Mont-Noir aux futaies alors si belles, mais
dévasté depuis la guerre, et de nos jours par les
promoteurs, Michel-Charles a jeté sur ses arbres le
regard d'un homme qui a mis dans ces grandes
créatures vertes une part de son immortalité. Je doute,
certes, qu'une telle pensée se soit consciemment présentée à mon grand-père ; encore moins eût-il pu
l'exprimer ; elle flotte pourtant, informulée, de siècle
en siècle, de milliers d'années en milliers d'années,
dans l'esprit de tous ceux qui aiment leur terre et leurs
arbres.

A Lille, Michel-Charles regagne pour n'en plus
sortir sa chambre aux fenêtres voilées de guipure qu'on
est obligé de blanchir chaque semaine, la suie lilloise
n'épargnant pas les belles demeures. Les domestiques
ont beau faire : une crasse tombée du ciel colle aux

cadres dorés, embue la glace, englue le marbre noir de
la cheminée, sale sous-produit des usines et des
charbonnages tout proches. Je pourrais, comme je l'ai
fait pour mon autre grand-père, me demander à quoi il
pense : s'il caresse en esprit un lisse fragment de
marbre antique abandonné dans la campagne romaine,
ou le sein brun d'une belle contadine facile au signor
étranger, — et la pointe rose frémit et se redresse,
contrastant avec l'immobilité du marbre sa mobilité de
chair. Songe-t-il encore à ses camarades d'un fatal soir
de mai et aux grisettes qui les accompagnaient dans
leur excursion à Versailles ? Peut-être ne pense-t-il à
rien, sauf aux sourdes sensations de son estomac, où,
pour lui, s'est logée la mort. De plus, son corps fatigué
est la proie des rhumatismes.

Il occupe seul la grande chambre conjugale que
Noémi a quittée pour s'établir dans la pièce voisine, un
peu pour respecter le repos du malade, un peu parce
que le voisinage d'un corps qui se désagrège n'a rien
d'agréable. La belle chambre sent l'écurie. Michel-
Charles s'est laissé dire par son cocher que l'urine de
cheval était un remède souverain contre les rhumatismes. Il a fait mettre sous son lit un grand bassin plein
de ce liquide ammoniaqué, et de temps en temps,
presque subrepticement, y trempe son bras droit
douloureux et ankylosé.

Durant ces jours-là, Noémi eut fort à faire. Ne
fallait-il pas envoyer à toute heure chez le pharmacien
ou l'herboriste, faire chercher le médecin si le malade
se sent tout à coup plus mal, en appeler d'autres en
consultation, passer chez le notaire, un vieil ami, ou le
faire venir discrètement au salon, en bas, pour s'assurer que tout est en ordre, recevoir, discrètement aussi,

la couturière en prévision de son deuil et de celui des gens de maison ? Mais son principal souci est de surveiller les bonnes sœurs qui font office d'infirmières. Il s'agit d'empêcher qu'elles ne passent leur temps à égrener leur chapelet ou à lire leur missel au chevet du malade, s'en remettant pour les soins aux femmes de chambre déjà sur les dents. (Ces paysannes en cornette ont une tendance fâcheuse à se faire servir par les domestiques.) D'autres fois, c'est au contraire la collusion entre le couvent et l'office qui inquiète Noémi. Sous prétexte d'aller chercher ou rapporter un plateau, il arrive qu'une bonne sœur se faufile à la cuisine, et y emplisse de friandises le gros cabas où elle met ostensiblement ses lunettes, son tricot et son livre de prières ; Noémi assure avoir plus d'une fois épié cette manœuvre. Les coiffes empesées et les croix de métal sur la poitrine ne diminuent en rien sa méfiance à l'égard du personnel, et en ce moment les bonnes sœurs sont du personnel. Elle en oublie de se teindre les cheveux, ou, pour parler son langage, de se les rincer, comme elle le fait chaque semaine, à l'aide d'une forte décoction de café.

Marie, infirmière-née, met dans la chambre un peu de la gaieté et de la vigueur de ses dix-huit ans. Elle s'entend comme personne à faire bouffer un oreiller, ou à persuader le malade de prendre une gorgée de lait. Vers la fin, Michel s'est risqué à Lille : il est tacitement entendu que les autorités fermeront les yeux ; on ne va pas arrêter le déserteur au lit de mort d'un père si respecté. Mais le visiteur se cantonne prudemment dans la chambre paternelle. Le dernier jour, Michel-Charles retire péniblement de ses doigts engourdis la chevalière gravée sur pierre dure, héritée de Michel-

Donatien et le beau camée antique qui représente
Auguste vieilli, et les remet à son fils ; d'un mouvement de tête, il désigne aussi dans le vide-poches le
précieux chronomètre acheté en Angleterre *Tempus
irreparabile.*

Le lendemain du décès, Michel entend de bonne
heure sonner à la porte. Penché sur la balustrade du
premier étage, à demi caché par le repli d'une portière,
il regarde ; peut-être est-ce l'employé des pompes
funèbres qui vient prendre mesure. Non, c'est une
dame du beau monde lillois, qui habite la même rue, et
fait de bon matin sa visite de condoléances Noémi
traverse le vestibule pour la recevoir.

— Mais, ma pauvre Noémi, tes cheveux sont tout
gris !

— C'est le chagrin, ma bonne Adeline c'est le
chagrin.

Michel partit avant les obsèques à Bailleul. Une
légende transmise par mon demi-frère, qui avait peut-
être inventé le fait de toutes pièces, voudrait que
Michel-Charles, par testament, ait fondé dans l'un des
hospices de Lille un lit pour malade indigent, à
condition que son fils, si c'était un jour nécessaire, y
fût reçu et soigné jusqu'à sa fin. Rédigé dans ces
termes, un tel legs sent son XVIIe plutôt que son
XIXe siècle. Quoi qu'il en soit, Michel n'eut pas à s'en
prévaloir : il était destiné à mourir luxueusement dans
une clinique suisse. Mais il est exact que la part laissée
au fils prodigue était mise sous la tutelle d'un conseil de

famille, que présidait Noémi flanquée de ses notaires.
L'excuse mise en avant était l'impossibilité où Michel
se trouvait pour longtemps de rentrer au pays, et
conséquemment de gérer sa fortune. Cette difficulté
dura moins qu'on n'avait cru ; dès 1889, une amnistie
inattendue lui rouvrit officiellement la France. Mais ni
Lille, ni le Mont-Noir, où trône Noémi, ne l'attirent.
D'autre part, Tournai est un trou où l'on ne s'est
installé que pour plaire à un homme qui n'est plus ; on
y a épuisé en une saison les charmes de la société des
châteaux et des beaux hôtels. Les revenus que Noémi
achemine trimestriellement vers son fils, accompagnés
d'une lettre acrimonieuse, suffisent au jeune couple
pour s'adonner à la passion du changement de place.
Pendant les treize ans qui séparent la mort de son père
de celle de Berthe, Michel, bon gré mal gré, met le cap
sur l'aventure.

La famille de Berthe, fort ancienne, comme l'avait
dit Michel-Charles, plongeait dans une antiquité de
légende. Le baron Loys de L. tirait vanité de ses
parchemins ; il y trouvait aussi réconfort, quand besoin
en était, c'est à dire souvent. On souriait de l'entendre
dire qu'il descendait, par les femmes, de Charlemagne,
et donc de Berthe au grand pied. De tels sourires
naissent parfois d'un respect exagéré pour les grandes
figures de l'histoire : on s'imagine mal que les descendants des descendants de ces gens-là puissent être aussi
quelconques que ce monsieur qui nous parle. L'ar-
rière-petite-fille du premier Grand Charles, Judith de
France, mariée à un comte de Flandre et enterrée à
Saint-Omer, laissa des gouttes de son sang dans
d'obscures familles féodales du pays, les unes, comme
celle du baron, restées en possession de leurs pièces
d'archives, d'autres sans doute tombées avec le temps
dans la pàysannerie anonyme. Il en allait de même
d'Ethelrude, fille d'Alfred, roi du Wessex, et mariée
elle aussi à un comte de Flandre, contemporain, celui-
là, des invasions normandes, et dont le baron Loys
descendait à la vingt-septième génération. Le fait

prouve surtout combien furent anciens les rapports entre la Flandre et l'Angleterre.

Pour un homme doué d'imagination, et le baron n'en manquait pas, il y a plaisir à sentir ainsi passer à travers soi l'axe même de l'histoire. Judith et Ethelrude le maintenaient dans les passes difficiles. Michel, qui, dans les moments d'irritation fréquents en famille, reprochait à son beau-père de dégringoler de ses ancêtres plutôt que d'en descendre, était fort injuste : le baron ne dégringolait pas. Sa plus grande vertu au contraire était une sorte d'inamovibilité. En des temps plus récents que le passé carolingien, son arrière-grand-père était mort émigré en Hollande ; sa grand-tante âgée de quatre ans avait été incarcérée à Douai, avec le reste de sa famille, sous l'inculpation d'avoir participé au complot des ci-devant contre la République. Son légitimisme avait de qui tenir. Une écurie bien montée était le luxe de cet homme qui s'accordait peu de luxe. Ses beaux chevaux, tenus prêts, attendaient l'honneur de servir au premier relais en France d'Henri V, au jour où celui-ci se déciderait à reconquérir son royaume. Mais l'histoire de France au XIXe siècle est si compliquée que la passion du baron pour le drapeau blanc s'était longtemps combinée avec la loyauté envers le régime de Napoléon III. Il avait été successivement aspirant de la marine impériale, capitaine au 48e de marche, puis chef de bataillon d'infanterie territoriale. Blessé à Gravelotte d'un éclat de biscaïen dans la cuisse, il tirait la jambe avec dignité. L'avènement de la Gueuse exaspéra son légitimisme. A Fées, la vidange annuelle se faisait le 14 juillet, et il eût regardé de travers les domestiques ou les ouvriers de ferme capables de préférer à cette besogne scatologique l'attrait des estaminets ornés de lampions tricolores sur la place du village.

Au côté de ce petit homme un peu raidi, ne perdant pas un pouce de sa taille, Marie-Athénaïs était éclatante. J'ai dit ailleurs combien l'espagnolisme des familles du Nord s'encombre de légendes. Mais le *sangre azul* était évident chez cette femme haute et mince au beau profil de faucon. Son quadrisaïeul avait guerroyé dans la Péninsule au XVIIe siècle, à l'époque où Chamilly séduisait et abandonnait tour à tour sa Religieuse Portugaise. Plus fidèle que l'amant de Marianna Alcoforado, l'aïeul de la baronne ramena au contraire de Séville en qualité de femme légitime sa Maria-Josefa Rebacq y Barca. Certains admirateurs de la baronne, regardant plus au sud, du côté de Grenade et des grottes de Sacromonte, prêtaient à leur idole des ancêtres gitans. Son tempérament justifiait cette hypothèse. Un siècle plus tôt, un autre ancêtre, bourgeois de Douai, s'était appelé tout court Lespagnol, ce qui permettait de faire de lui un soldat licencié de Charles Quint ou de Philippe II, ou, au choix, le descendant d'un de ces marchands étrangers établis dans l'ancienne Flandre à la grande époque du commerce des lins et des laines.

Toutes ces Espagnes brûlant sous la cendre donnaient à Marie-Athénaïs moins de la beauté proprement dite qu'une sorte de splendeur animale. Michel aimait à dire que certaines influences semblent immémorialement s'attacher aux lieux. Le Mont-Noir lui paraissait voué à la discorde et aux haines familiales ; Vénus au contraire régnait à Fées. L'austère baron lui-même sacrifiait à la déesse. Marie-Athénaïs était sauvagement jalouse de ce mari qui semblait compter peu pour elle, en dépit de sept enfants. Un été, on invita une cousine d'Arras, jeune veuve, pour la distraire de son deuil. Il se passa peu de temps avant que la baronne, entrant inopinément dans la chambre de l'invitée, y trouvât son mari dans les bras de cette blonde. Sans faire aux amants l'honneur d'un second regard, Marie-Athénaïs se dirigea vers l'armoire, l'ouvrit à toute volée, saisit des brassées de robes, des piles de souliers et de chapeaux et les précipita dans la malle ouverte de la facile cousine. Tandis que le baron s'éclipsait discrètement, la belle s'élança pour défendre son bien ; dans la rixe qui s'ensuivit quelques pièces du nécessaire de toilette de l'invitée volèrent par la fenêtre. Marie-Athénaïs appela le valet pour corder la malle, fit atteler, et conduisit par le bras la cousine jusqu'au marchepied de la voiture, lui laissant tout au plus le temps de ramasser un peigne et un miroir à manche d'argent tombés sur l'herbe.

Michel se souvenait de l'avoir vue souffleter un domestique servant à table avec des mains sales ; l'instant d'après, il est vrai, on le rappelait pour lui faire cadeau d'un reste de fine à partager avec ses camarades de la salle des gens. Les enfants de cette furie l'aimaient sans se faire d'illusions sur elle. Par un beau soir où l'on avait invité un voisin de campagne, Baudouin, le fils aîné, prit à la patère le pardessus et le chapeau du visiteur, s'en affubla, et, se glissant sur la terrasse où Marie-Athénaïs était allée comme d'habitude finir son cigare, lui enlaça tendrement la taille. Il ne fut giflé que quand il eut révélé son identité.

Les deux filles aînées de la baronne étaient, comme elle, éclatantes, sans donner si visiblement dans l'espagnolisme. Le type des deux cadettes, Madeleine et

Claudine, était plus rustique. Comme si son nom lui avait jeté un mauvais sort, Claudine claudiquait. Enfin, une dernière fille, pour ainsi dire hors série, en était encore à l'âge des bavettes.

Le baron avait échoué à modeler ses fils à son image. Baudouin, bon garçon grossier, ne partageait aucune des passions politiques de son père, sauf, bien entendu, en ce qui concerne l'inévitable parti pris contre les Juifs, les protestants, les républicains et les étrangers, contre lesquels tout le monde était d'accord. Brave homme, dans tous les sens du mot, il eût sans doute brillé à Bouvines ou, en des temps plus récents, au 48e de marche, mais sa vie de gentilhomme campagnard l'enlisait peu à peu dans la chasse, les bocks à l'estaminet et le lit des filles de ferme, le tout sans déplaisant excès. La verdeur de son langage était célèbre. C'était un de ces hommes qui se définissent par des anecdotes, de sorte qu'essayer de les dépeindre fait d'un chapitre une sorte de recueil d'ana.

Je n'en donnerai qu'un échantillon, souvent ressorti dans la famille. Le comte de X., député de la droite, de noblesse récente et peut-être papale, mais de situation indiscutée, membre de conseils d'administration de diverses mines et sociétés textiles, possédait non loin de Fées une propriété qui était, comme le disait le journal du district, le joyau de la région. Il n'eût pas déplu au comte de marier sa fille dans cette famille peu fortunée, mais dont l'ancienneté eût pour ainsi dire rejailli sur lui. Il invita Baudouin. Cette opulente demeure avait entre autres luxes celui d'un abbé qui disait la messe dans une chapelle gothique toute neuve et était supposé apprendre le rudiment au fils de la maison. L'abbé ne manquant pas de finesse, on jugea profitable de le laisser s'informer en douce des idées, des projets, et des sentiments du futur gendre. Tous deux se trouvaient seuls, un soir, devant un flacon de vieux cognac dont l'ecclésiastique n'était pas avare envers l'invité. Après quelques lampées, l'abbé crut le moment venu d'entonner l'éloge de la jeune personne, de son éducation, de ses qualités morales, et plus discrètement, de ses charmes.

— Oh, moi, l'abbé, dit Baudouin vidant de nouveau son verre, pourvu qu'elle ait le sac...

Michel croit voir dans la grossièreté de son beau-frère une coquetterie de gentilhomme campagnard qui jure, sacre et gueule, un peu par timidité, un peu par orgueil, pour bien montrer qu'il est ainsi et pas autrement. Il distingue, et avec raison, une sorte de philosophe cynique chez cet homme qui ne demande à la vie rien de plus qu'il n'a, et prend ses aises au jour la journée. Baudouin avait d'ailleurs chez les siens de beaux exemples de désinvolture. L'oncle Idesbald, excentrique perdu dans les brouillards de la génération précédente, avait harmonieusement vécu vingt ans en concubinage avec une villageoise. On le persuada de faire d'elle une honnête femme. Un beau matin, la cloche sonna pour les noces. Idesbald parut, vêtu et chaussé comme pour faire le tour des boueuses allées du parc, une fleur à la boutonnière de son vieil habit, donnant le bras à l'élue de son cœur qui arborait une robe neuve confectionnée à Lille. Le marié avait enroulé à son poignet gauche une triple laisse sur laquelle tiraient ses trois chiens favoris ; sur le seuil de l'église, il chercha du regard parmi les badauds à qui confier Azor, Flambeau et Duchesse, repéra un galopin de sa connaissance, et lui passa la laisse qu'il reprit après la cérémonie.

Se souvenant de ses beaux jours d'aspirant de la marine impériale, le baron avait envoyé son cadet au Borda, un peu pour le sortir de cette atmosphère de facilité. La vue assez basse du jeune homme excluant une carrière de guerrier, on se rabattit sur la marine marchande. Mais le génie vénusien de Fées l'avait suivi jusqu'à Bordeaux, siège de sa compagnie. Lors de son premier commandement, Fernand, près d'embarquer pour le Brésil, fit monter à bord en qualité de garçon de cabine une jeune personne portant bien le travesti. Cet épisode de comédie shakespearienne lui fit perdre son poste ; il resta longtemps ensuite à un rang subalterne. Rentré en grâce, il commanda un transport de troupes pendant la Grande Guerre : ses faufilements à travers les îles et les écueils de l'Égée lui donnaient l'impression « de chatouiller les nichons à la Mort ». Mais la Mort se montra bonne fille : à Paris, où il venait se faire soigner d'un reste de malaria, j'ai assez souvent vu en 1916 cet homme sombre et trapu, d'apparence froide, ou plutôt fermée, qui racontait d'un ton de voix égal les horreurs de Gallipoli. Il prit sa retraite après l'Armistice, et se retira dans une petite ville du Sud-Ouest avec la belle qui depuis longtemps charmait ses permissions.

Durant ces années où il ne s'y rend qu'en cachette, Michel ne se déplaît pas dans ce Fées dont personne ne songe à ravaler la façade, et où le baron seul, qui aime jardiner, soigne avec amour, mais sans goût, de maigres plates-bandes. Cette maison d'aspect si peu féodal ressemble pourtant à un château fort en ce qu'on s'y occupe sans cesse à repousser les assaillants : une

longue-vue est montée sur la véranda ; quand l'attelage
d'un ennuyeux ou d'une ennuyeuse est repéré au fond
de l'avenue, chacun s'égaille de son côté, jusqu'à ce
que l'intrus ou l'intruse soit reparti après avoir déposé
des cartes. Heureux encore si le visiteur malencontreux
n'entend pas derrière une porte des propos désobli-
geants, ou des rires qui fusent du fond d'un placard.
Le matin, on exerce les montures destinées à Henri V ;
le soir, des jeux innocents amusent la famille. La
baronne triomphe quand il s'agit de découvrir un objet
caché ; elle y va d'un pas sûr, guidée, dit-elle, par
« quelqu'un ». Elle tire les cartes, et triche experte-
ment s'il s'agit d'éviter une combinaison dangereuse.

Michel à Londres avait assisté avec passion à de
nombreuses séances d'hypnotisme. Un soir où le
fameux Pittman s'exhibait sur la scène d'un grand
music-hall, le magnétiseur, selon l'usage, fit appel à
des spectateurs de bonne volonté. Michel vit se poser
sur lui le puissant coup d'œil et monta d'un pas quasi
automatique les marches du proscenium, mais ce qui
suivit fut un duel. Le jeune homme se sentait prêt à
s'abandonner à cette incompréhensible force : il voulait céder, mais résistait malgré lui, rendait à l'homme
regard fixe pour regard fixe. Jamais, assurait-il, avant
cette soirée-là, il n'avait compris à ce point la magie des
yeux, qui non seulement réfractent la lumière et
reflètent les objets, mais encore attestent les puissances
secrètes de l'âme qui n'affleurent que là. Pendant dix
minutes, Pittman insista, puis rejeta l'inconnu d'un
geste :

— Mauvais sujet. A un autre...

Depuis, Michel s'est aperçu qu'il possède lui aussi, à
un moindre degré, le don sorcier. Il hypnotise tout le

monde à Fées, au cours de ces séances du soir, sauf le
baron, qui n'y assista jamais. Marie-Athénaïs se refusa
à croire qu'elle avait succombé ; pour le lui prouver, il
l'endormit de nouveau, et la força à enlever ses bottines
à seize boutons et ses bas de fil d'Écosse. Réveillée, la
peu prude baronne, honteuse de ses pieds nus, s'enfuit
en criant.

Il semble que les pouvoirs hérités de Sacromonte
aient aussi permis à Marie-Athénaïs de voir les fantômes. Le soir, errant dans le parc, il lui arriva plusieurs
fois de rencontrer deux spectres. Fantômes du passé,
comme elle le crut, ou fantômes de l'avenir, ce qui me
semble aujourd'hui plus probable ? Quoi qu'il en soit,
là où un revenant eût fait peur, ces deux spectres se
promenant bras dessus bras dessous dans l'allée firent
sourire, comme faisaient sourire les généalogies, pourtant authentiques, du baron. L'imagination de la
plupart des gens ne se laisse pas mener si loin.

Ce fut, toutefois, à Monte-Carlo, où Michel et
Berthe louèrent en 1889 une petite villa, que la
baronne fit sa plus belle démonstration de voyance.
Elle était venue y rejoindre pour quelques semaines
son beau-fils et sa fille aînée. Gabrielle, sa seconde fille,
lui donnait en ce moment de graves soucis. La jeune
femme est en instance de divorce d'avec son mari,
riche et pingre Lillois, possesseur de célèbres serres
chaudes, et qui préférait aux femmes les fleurs. Belle et
sportive comme sa sœur, douée comme elle pour
l'élégance et la vie « à grandes guides », Gabrielle n'a
que faire d'un mari qui dépense en charbon l'argent de
ses toilettes. Ces nouvelles ont assombri Fées : le baron
n'y fait jamais allusion ; Marie-Athénaïs, indulgente
aux fantaisies de l'amour, n'en est pas moins une

dévote chrétienne que scandalise le divorce, forme de
rébellion alors toute nouvelle. Que Gabrielle trompe ou
non son mari est relativement sans importance, mais
que Monsieur M. (je modifie cette initiale) et sa femme
cessent de vivre ensemble et de porter le même nom
offusque cette mère qui mourra revêtue de sa robe de
tertiaire de Saint-François. Marie-Athénaïs pense à
Gabrielle avec un mélange d'angoisse et d'exaspération.

Vers une heure du matin, dans la villa de Monte-
Carlo, les époux sommeillaient dans leur chambre au
premier étage. Marie-Athénaïs logeait au second, au-
dessus d'eux. Des craquements de marches d'escalier
réveillent Berthe et Michel. Il n'a pas le temps
d'allumer une bougie, que déjà une pâle lueur s'allonge
sous la porte. Le battant s'ouvre, et la baronne apparaît
dans sa longue chemise de nuit blanche, tenant en
main un bougeoir où vacille une petite flamme. Michel
pense à Lady Macbeth. La somnambule s'assied au
pied du lit et déclame d'une voix blanche :

— Gabrielle est très malade. Il faut que je retourne
là-bas la soigner.

— Vous rêvez, baronne. Remontez vous coucher.

Lentement, sans paraître avoir entendu la réponse,
elle se lève et va vers le seuil. L'armoire à glace et le
miroir sur la cheminée se renvoient sa longue forme et
la lueur de sa bougie. Elle ferme derrière elle avec soin
la porte de la chambre ; on entend de nouveau l'escalier
craquer. Puis, là-haut, le bruit de quelque chose de
lourd et de grinçant qu'on traîne, le son de l'eau versée
dans un bassin, et, peu après, vidée d'un coup dans le
seau de toilette. Ensuite, du silence. Berthe et Michel
décident de se rendormir. A l'aube, il monte au second

étage ; tout y semble calme. La porte de Marie-Athénaïs est grande ouverte. Sa malle à demi pleine est au milieu de la chambre, entourée d'objets épars ; le seau de toilette est plein d'une eau savonneuse. Sur le lit refait tant bien que mal et couvert de sa courte-pointe, Marie-Athénaïs dort tout habillée, tenant dans ses mains son parapluie. Une dépêche reçue à la table du petit déjeuner leur apprit que Gabrielle avait la fièvre typhoïde.

L'anecdote frapperait davantage si la jeune femme avait succombé. Elle n'en fit rien. Guérie et libre, la blonde Gabrielle rejoignit Berthe et son beau-frère, soit que son divorce fût déjà prononcé, soit qu'elle anticipât sur lui. Dix ans plus tard, les deux sœurs mouraient à quatre jours d'intervalle.

Tout comme les sept années passées près de Maud, les treize années de ce nouvel avatar de Michel (quinze si l'on compte à partir des noces à Tournai) ne me sont connues que par des allusions qu'il y fit, abondantes sur certains points, mais contournant d'énormes vides, et n'apportant jamais de ces incidents ou de ces péripéties la raison ni la date, de sorte que l'existence ainsi racontée manque de pente, et qu'il est impossible de remonter aux causes. En un sens, cette impression est exacte. Ces années semblent s'éparpiller au hasard comme des eaux tantôt brillantes et rapides, tantôt stagnantes, formant çà et là des flaques et des marécages, et dans tous les cas bues par la terre.

L'exil en Angleterre pouvait à la rigueur s'expliquer par les servitudes du dur amour, par la fuite loin des siens, ou simplement par les charmes de la vie anglaise, si puissants quand on les a une fois goûtés. Dans la période qui suit, au contraire, Michel tourne à vide. Pour commencer, ce mariage conclu pour contenter son père ne le fixe nulle part ; il n'est pas question non plus de fonder une famille, pour autant que cette expression, qui implique l'existence d'un édifice social

solide, ou qui se croit encore tel, signifie pour lui
quelque chose. Pas davantage de s'établir dans une
profession ou une situation utile. Des activités de
l'esprit, qui tiendront tant de place à la fin de l'âge mûr
et dans la vieillesse de Michel, il n'est pas non plus
question. Trois personnes semblent dix ans durant
glisser sur une piste de patinage aux accents des valses
à la mode, sous un éclairage qui fait penser à ceux de
Toulouse-Lautrec. D'Ostende à Scheveningue, de
Bad-Hombourg à Wiesbaden et aux pâtisseries de
plâtre de Monte-Carlo, ils ne manquent pas une
redoute, pas une bataille de fleurs, pas une représenta-
tion d'une troupe parisienne donnée sur un théâtre de
ville d'eaux, pas un dîner de gala, pas un de ces
concours hippiques dans lesquels Berthe et Gabrielle,
écuyères expertes, décrochent souvent des prix, et
surtout pas une de ces soirées éclairées par des lustres
et embellies par la présence de croupiers où l'on a
plaisir à voir à côté de soi le prince de Galles miser sur
son carré favori et Félix Krull tenir la banque au
baccara.

Du moins jusqu'au jour encore lointain, et peut-être
déjà sombre, où la beauté glaciale d'un hiver en
Ukraine pénétrera Michel comme un long couteau, pas
de trace dans sa mémoire de paysages qui ont servi de
toiles de fond à ces équipées ; la vie à l'étranger semble
n'avoir été pour les deux sœurs qu'une longue suite de
plaisanteries sur la dégaine des indigènes, l'accoutre-
ment des femmes, la bizarrerie des coutumes alimentaires et autres ; on ressort tous les clichés qu'on a
entendus sur ces sujets dans les petits théâtres ou au
café-concert. (« Ils n'en ont pas en Allemagne. ») Les
croisières annuelles dans leurs deux successifs petits

yachts, *La Péri*, et *La Banshee*, sont chaque année une
fête d'eau et d'air du large, mais rien ne semble avoir
été perçu de la sauvage beauté des îles hollandaises,
allemandes ou danoises, refuges saisonniers d'oiseaux,
ni du charme vieillot des petits ports frisons. A
Leeuwarden, les trois inséparables auxquels Baudouin
s'ajoute cette année-là débarquent un dimanche ; Berthe et Gabrielle se donnent immédiatement le plaisir de
choquer les indigènes tantôt par le froufroutement de
toilettes parisiennes et par des tournures excessivement
rebondies tirées des valises, tantôt au contraire par leur
débraillé de femmes de marins. Une quête a lieu ce
jour-là au bénéfice d'une maison de retraite pour vieux
loups de mer. On les prie de participer à cette charité.
Baudouin persuade ou défie son beau-frère de se placer
avec lui des deux côtés du portail du temple, à l'heure
du culte, un pot de chambre à la main, sûr que cette
pitrerie égaiera les bons Hollandais et desserrera les
cordons de leur bourse. Et, en effet, les sous de cuivre
et même quelques florins emplissent jusqu'au bord les
deux récipients. D'autres fois, les défis de Baudouin
sont alimentaires : chacun de ces Messieurs se fait fort
de consommer sa quote-part d'une omelette de trente
œufs et le pari fut tenu aux applaudissements du
capitaine du yacht, d'un matelot, du mousse, d'une
bande de rustiques et des deux dames.

Dans ce milieu demi-mondain des casinos, où les
joueurs par désœuvrement et les joueurs par vice se
retrouvent saisonnièrement autour de tapis toujours
verts, des stratifications s'établissent : les gens du
monde reconnaissent et saluent dans ce tohu-bohu
d'autres gens du monde. Mais, sous ces lumières
artificielles, les blasons les plus authentiques ne comp-

tent guère plus que des accessoires de cotillon ; l'or
tourne au clinquant et les diamants au strass. Berthe et
Gabrielle savent par cœur les parures de brillants, vrais
ou faux, des autres femmes. On les a vus scintiller à
Bad-Hombourg ; on les reverra à Monte-Carlo, parfois
sur d'autres poitrines. Les habitués de l'Hôtel de Paris
et de la salle privée du Casino forment une aristocratie
dans cette cohue de castes. On fait assaut de toilettes,
mais les femmes légitimes rendent les armes à cette
variété voyante de la courtisane qu'est la grande
cocotte, entretenue par des rois ou des présidents. Un
soir, la belle Otero entre en lutte avec Émilienne
d'Alençon : il s'agit de prouver qu'au cours de sa
carrière l'une de ces dames a amassé plus de bijoux que
sa concurrente. L'ample Otero navigue majestueuse-
ment entre les tables de jeu, des bagues à tous les
doigts, des bracelets étagés du poignet à l'épaule, des
colliers s'entrechoquant sur sa poitrine rose, et le peu
de corsage qu'elle a sous son décolleté est si couvert de
broches épinglées les unes contre les autres qu'on ne
voit pas l'étoffe. Comme on ne peut tout de même pas se
mettre des diamants sur la croupe, sa femme de chambre
l'escorte, en robe montante et petit tablier de dentelle,
harnachée des brillants que ne peut porter Madame.

Le sel de cette vie est fait des caprices du hasard et
des délais de la poste, des affres des fins de semaine ou
des fins de trimestre qui précèdent l'arrivée de l'enveloppe cachetée du notaire ; les « différences » à la table
de jeu font parfois l'effet d'une promenade en montagnes russes. Il arrive à Berthe et à Gabrielle de vendre
leurs robes du soir à la marchande à la toilette, quitte à
s'en commander d'autres ou à dégager celles-là, quand
les poches et les réticules sont de nouveau gonflés. A

Wiesbaden, par un jour de dèche, les trois inséparables décident de frapper un grand coup ; les deux dames, avant de rentrer en France, cousent sous les volants de leurs robes d'innombrables petits paquets d'une poudre blanche qui se vendra au poids de l'or de l'autre côté de la frontière. Michel en eut ce soir-là des palpitations de cœur.

Quand il s'agit de savoir où se défaire de la poudre magique, on consulte trois antiques sœurs lilloises (mais peut-être sont-elles originaires de Douai ou d'Armentières) qui ont elles-mêmes manigancé toute l'affaire.

Ces Buses, Parques prosaïques qui tirent les fils de pas mal d'intrigues et les coupent quand besoin en est, sont trois vieilles filles dont l'une au moins a été mariée dans la nuit des temps. Elles ont fort innocemment commencé. Anciennes bonnes, elles ont débuté sur une des plages du nord de la France, où elles tenaient commerce de jouets à deux sous, de frégates dans des bouteilles de verre, de bonnets de bain et de cartes postales. Elles ont maintenant une petite boutique de luxe à Ostende, une autre à Monte-Carlo, et ont mis des fonds dans un troisième commerce du même genre à Wiesbaden. Au-dessus de leurs boutiques, elles louent des chambres. Je les soupçonne de s'adonner un peu, à leurs moments perdus, au négoce si profitable qui enrichit vers la même époque la Mrs. Warren de Bernard Shaw, et d'avoir comme leur émule anglaise raisonné avec bon sens des mérites et des démérites du métier. Elles accomplissent leurs migrations annuelles d'une boutique à l'autre, voyageant en troisième classe, de nuit, pour économiser le prix d'une chambre

d'hôtel, ou, si par hasard elles s'en offrent une, elles se
contentent d'un seul lit, et dorment en travers du
matelas, les jambes et les pieds appuyés à trois chaises
placées côte à côte. Laides comme le péché, elles sont
frugales, sobres, honnêtes à leur manière, et complètement sans scrupules. Elles sont aussi sans hypocrisie.
« Voyez-vous, Monsieur, disait à Michel la plus
loquace des trois vieilles, pour gagner sa vie, il faut
travailler pour la gueule ou pour l'entrejambe ; il n'y a
que ça. » Michel retrouve autour d'elles un peu de
l'atmosphère de la douteuse boutique de Liverpool,
mais transformée par l'âcre lucidité paysanne et française. Elles lui servent aussi, le cas échéant, de
prêteuses qu'il repaye au décuple.

Parmi les astuces des trois vieilles, il en est de quasi
innocentes, machinées dirait-on par amour de l'art, car
elles ne peuvent rapporter grand-chose. Mais il n'y a
pas de petits gains pour les Buses. Elles déposent un
carton plein de lingerie de luxe, chaque pièce soigneusement emballée dans du papier de soie, au nom de
personnes occupant les meilleures chambres du meilleur hôtel. Madame, qui n'a rien acheté au magasin en
question, dit au concierge qu'il y a erreur. L'une des
vieilles, prévenue, monte s'excuser (le concierge est de
mèche), et en profite pour faire l'article. Il est rare que
le contenu du carton ne reste pas, tout ou partie, chez
la présumée cliente. Les Buses se sont vite aperçues
que Gabrielle, qui est jeune et jolie, et qui mime à
merveille les manières d'une petite main dans la
débine, réussit mieux qu'elles auprès des dames, et
parfois des messieurs qui décident des achats de celles-
ci. Gabrielle laisse des mèches folles traîner sur sa
nuque, prend l'accent, traînant lui aussi, et l'air

exténué d'une lingère que les Buses surmènent, et qui,
par surcroît, a été lâchée par son amoureux. Rien n'y
manque, pas même les épingles au corsage et le fard
mal mis. Elle consent, pour convaincre les acheteuses,
à passer les vaporeux peignoirs et les blouses finement
plissées sur lesquels les Buses lui octroient une com-
mission. Et quand il lui arrive, le soir même, de dîner
au restaurant avec Madame X. dont Michel et Berthe
viennent de faire la connaissance, Gabrielle, bien
poudrée, bien frisée, corsetée, décolletée, et portant
aux doigts, au cou et aux oreilles ce qui lui reste des
diamants du Lillois amateur d'horticulture, a changé
d'aspect à tel point que Madame X. se demande tout
au plus à qui lui fait penser son élégante voisine
d'étage.

Cet homme qui vit de préférence avec des femmes et pour des femmes a peu d'amitiés viriles. Sauf pour quelques ecclésiastiques auxquels il s'attachera, mi-confidents, mi-mentors, tout homme qui pénètre dans sa vie lui fait l'effet d'un importun ou d'un rival. Salignac de Fénelon à Versailles a été un camarade plutôt qu'un ami. Rolf n'a jamais été qu'un gêneur. Il est curieux que la principale exception, qui sera aussi la dernière, à ce refus délibéré de la présence masculine, ait été de nouveau un Hongrois, mais il n'y a pas de commune mesure entre le fils du petit restaurateur juif exilé à Londres et le somptueux Magyar qui se joint au groupe des inséparables.

Le baron de Galay (j'arrange ce nom) avait brillé, jeune, dans la bonne société de Budapest ; bien en vue à la cour de Vienne, il avait, disait-on, porté l'uniforme d'un régiment de hussards et eu sa quote-part de duels au sabre. Ce prestige conventionnel était depuis longtemps remplacé par une satanique légende de joueur. Il misait avec le même élan qu'autrefois ses ancêtres se lançant contre une compagnie de janissaires. Dans tous les tripots et les casinos d'Europe, on se rappelait l'avoir vu, les poches alourdies d'or et doublées de billets chiffonnés, jetant l'un d'eux au garçon de place qui lui appelait une voiture, nullement par ostentation et à peine par générosité, mais parce qu'il préférait les louis à ces papiers-monnaie qui lui paraissaient toujours sales. On l'avait vu aussi perdre d'un coup l'équivalent d'une ou deux petites fermes dans les Carpathes. On ne lui connaissait que ce seul vice, qui avait dû dévorer tous les autres, s'il les avait eus. Cet homme qui savait boire comme un Hongrois et un gentilhomme n'était jamais ivre ; ce parfait cavalier traitait avec le même mépris cérémonieux les femmes du monde et les filles. Michel admire sa désinvolture de grand seigneur méchant homme, qu'un fond de décence l'empêche d'émuler. A Baden, une Allemande, châtelaine aux environs et dame d'œuvres, apprend que le baron, qu'elle connaît un peu, a fait hier sauter la banque. Elle se dit que le moment serait bon pour le solliciter en faveur d'une école ou d'un hospice. Elle demande à le voir au Grand Hôtel, et le domestique du Magyar l'introduit dans le petit salon de son maître. Monsieur dort, prend son café, se baigne, mais si Madame veut bien patienter... Une voix furieuse éclate en hongrois de l'autre côté de la cloison. Soudain, une porte s'ouvre, et Galay ruisselant d'eau, complètement nu, s'incline pour baiser la main de la *Gnädige Frau* allemande : « Que désirez-vous de moi, gracieuse Madame ? » Elle prit la fuite.

Ces deux hommes qui aiment déplaire se lient vite. L'existence de Galay, centrée sur une seule passion et totalement détachée de tout le reste, flottant en plein vide, ne peut qu'enchanter Michel. De son côté, le Magyar a reconnu dans ce Français quelque chose de sa propre violence, peut-être de sa propre solitude. Ils font tacitement alliance. Au tapis vert, l'un renfloue l'autre en cas de perte. Les chevaux sont une autre habitude commune. Galay dédaigne ceux de manège, mais les trois inséparables voyagent avec leurs montures. Un jour, dans une gare allemande, un préposé aux expéditions a refusé de laisser voyager les bêtes dans un fourgon accroché au train que Michel prend lui-même. Le Français colérique a saisi l'homme au collet, et, le traînant par-dessus son comptoir, l'a jeté sur le plancher de la salle. Galay fait avec Michel et l'une ou l'autre des deux femmes quelques galops sur des pistes de forêts ou le long des plages. Les deux sœurs lui trouvent grande mine, mais les prouesses équestres de Berthe ne lui inspirent que froid dédain.

— Madame, l'Impératrice d'Autriche se conduit mal à cheval. Elle est belle, c'est entendu. Il est entendu aussi qu'elle monte bien. En Angleterre, on a peine à lui trouver un cavalier qui l'égale en audace dans les sauts d'obstacle. Ne l'imitez pas. Une femme n'a pas le droit de risquer la vie d'un homme, ni celle d'un cheval, parce que l'envie lui a pris de se rompre le cou.

Berthe s'irrite, et d'autant plus que Michel donne raison au Hongrois, mais elle accepte de cet homme à la voix coupante ce qu'elle n'accepterait d'aucun autre.

Par un beau jour d'octobre, Michel confie à son ami qu'il est pour un trimestre littéralement ratissé, et encore doit-il aux usuriers le montant du trimestre à venir. Qu'à cela ne tienne : Galay a en Ukraine une terre qui lui vient de sa famille maternelle, et que, par hasard, il n'a pas encore vendue. Le logis principal est flanqué d'un haras dirigé par un Anglais, ancien jockey

à qui le Hongrois ne fait plus confiance. Que ces trois
personnes s'y installent pendant quelques mois jusqu'à
ce que Michel ait redressé son budget ; Galay lui-même
viendra les rejoindre à la fin de l'hiver, durant son
circuit annuel de parents dont il espère encore quelque
chose. (Il a déjà, comme il s'en vante, mangé deux de
ses tantes.) Ce projet excitant enchante Michel et les
deux sœurs. Tous trois roulent interminablement le
long des voies ferrées d'une Allemagne pluvieuse et
d'une Pologne déjà glacée ; en Ukraine, dans les
wagons chauffés par un poêle au bois, un tourbillon
blanc s'engouffre aux arrêts par les portières entrou-
vertes ; des moujiks que Michel croit sortis de romans
de Tolstoï aident à déblayer la voie.

A Kiev, où ils passent quelques jours dans un de ces
luxueux petits hôtels à la française, tenus par l'ancien
majordome d'un quelconque grand-duc, qui fleuris-
saient alors en Russie, les voyageurs sont conquis. Les
deux femmes ressortent çà et là leurs plaisanteries de
petits journaux parisiens à l'égard des indigènes, mais
la vie a changé de module, et n'est plus à la mesure des
scies de café-concert. Pour Michel, cette Russie entrevue est la révélation d'un antique monde chrétien qui
brûle ici comme une lampe, mais qui en Occident s'est
éteint depuis des siècles. C'est aussi une Asie saisie par
la frange. Il cède, comme un nageur à la houle, aux
puissantes ondes des chants d'église. Il regarde, avec le
sentiment de retrouver des gestes et des modes de vie
oubliés, les pèlerins qui baisent le sol devant les icônes,
se signent en marmonnant on ne sait quoi, appuient en
pleurant leurs lèvres à ces visages peints sur fond or, ou
aux maigres mains momifiées des saints exposés dans
les cryptes de la cathédrale, devant qui les fidèles

défilent, comme un jour leurs enfants défileront devant la momie de Lénine. Michel ne se lasse pas de ces grands dômes dorés, dilatés dirait-on par la chaleur de la prière, gonflés comme des ballons captifs ou tendus comme des seins. Des charrois traversent le fleuve gelé ; au marché qui se tient sur la berge, il regarde un marchand à la criée soulevant à bout de bras ses poissons tout roides, ou le laitier qui tranche à coups de hache un bloc blanc. Il n'oubliera pas l'opulente beauté des Juives, ni le luxe des femmes vêtues à l'européenne dans leurs traîneaux conduits par des cochers à bonnets de fourrure. Pour la première et la seule fois durant ces longues années, il semble avoir vu et retenu du monde autre chose que les plages à la mode et les salles de jeu.

La terre de Galay, à quelques verstes de Kiev, a aussi ses enchantements et ses surprises. Sauf les chevaux, qui sont bien tenus, tout y est sale : ces Français découvrent l'épaisseur de l'inertie russe. Ils logent dans l'appartement comparativement somptueux du maître (sabres, divans et tapis turcs), au premier étage d'une sorte de longue isba dont le régisseur occupe l'autre aile. Ce coquin est courtois et réservé. Michel ne doute pas que le vétérinaire venu de Kiev ne soit d'accord avec l'ancien jockey pour prélever des poulains qu'on vendra en catimini aux éleveurs du voisinage ; l'Anglais filoute les paysans qui lui vendent leur avoine et escroque le maître absent. Mais les connivences locales et l'impossibilité de faire parler les serviteurs, dont du reste il ne comprend pas la langue, empêchent Michel d'entreprendre une enquête qui de toute façon ne mènerait à rien. Le jockey, qui a longtemps habité Chantilly, est d'ailleurs un personnage distrayant. On occupe les brèves heures de jour à exercer les chevaux dans d'immenses champs dont l'échelle réduit à rien les plus grandes étendues emblavées du nord de la France. Le soir, dans les vastes pièces vides où les bougies jettent des lueurs agitées par les vents coulis, le fils du concierge s'évertue sur une guitare. L'ancien jockey s'engage avec Michel dans un écarté astucieux. On se nourrit de mets succulents et lourds, auxquels l'épouse du régisseur ajoute çà et là un plat britannique, apaisant l'éternelle nostalgie que Michel garde de l'Angleterre. La nuit, en allant aux lieux, on trébuche sur les domestiques étendus par terre et ronflant dans les corridors. Les trois Français essayent des étuves, mais en sortent rebutés par la buée chaude, le demi-jour sinistre, les chairs rouges d'hommes et de femmes se fouettant de baguettes de bouleau, et l'eau froide qui siffle sur les pierres chauffées à blanc. La misère des quelques isbas où le hasard les fait entrer les effraie : ces paysans pouilleux sont à peine humains. (Michel mitigerait peut-être son jugement s'il se rappelait mieux les taudis de Londres et les caves de Lille.) L'isolement et la monotonie de la vie pèsent aux deux femmes qui ne se consolent qu'en rendant de temps à autre visite aux boutiques de Kiev.

Avec l'arrivée de Galay, tout change. Le Magyar est chez soi dans tous les lieux de plaisir de la ville ; il fait des nuits une débauche de musique tzigane. La race prophétique qui pourtant ne se doute pas qu'elle s'engouffrera dans une cinquantaine d'années dans les fours crématoires chante et danse pour les riches propriétaires qui ne pressentent pas, eux non plus, que leurs enfants finiront chauffeurs de taxi à Paris, ou dans des puits de mine. Le poker avec les voisins de campagne remplace la roulette.

J'ai cru d'abord que le séjour en Ukraine avait immédiatement précédé celui de Galay et de ses hôtes à Budapest. Mais la chronologie de Michel est vague. Rien ne prouve que les deux épisodes ne furent pas séparés par quelques mois en Occident. La visite en Hongrie fut en tout cas brève. Le Magyar et ses invités campent pour quelques jours dans un château isolé dans l'immense plaine, et où le baron était venu pour essayer de s'en défaire.

Il y avait donné rendez-vous à un marchand de biens. Au jour dit, une voiture amena de la gare un maigre Juif aux vêtements râpés et aux manières excessivement courtoises. On l'eût dit servile, si une espèce de tranquille détachement n'eût percé sous la déférence. Kaunitz (je prends ce nom dans un roman trop oublié de Stefan Zweig, où figure ce même type humain) parcourt le château, les dépendances et le parc, guidé par le baron, qui oppose, en une sorte de duo soigneusement concerté, sa politesse sèche de grand seigneur à la politesse un peu doucereuse du marchand. Galay s'attendait à être refait. Il le fut sans doute, mais pas plus que ne l'eût été tout vendeur par tout acheteur dans une situation analogue. Il le fut même un peu moins.

Le Juif fait remarquer que le vendeur en pareil cas gagnerait à disposer à part et en prenant son temps de l'argenterie, des tableaux, des meubles anciens qui garnissent la demeure dont il se dessaisit. Mais le baron n'a que faire de ses conseils : il veut vendre d'un seul coup, et argent comptant. La somme qu'offre Kaunitz reflète ces exigences : elle n'est pas dérisoire, mais basse, et le marchand est le premier à en convenir. Le marché conclu, Galay a ramené son visiteur jusqu'à la grille. Le Juif est pris quand même d'une sorte d'hésitation devant cet homme qui se ruine, ou peut-être, lui, l'héritier d'une tradition immémoriale, devant ce noble qui dans chaque bibelot et chaque portrait sacrifie la sienne.

— Monsieur de Galay, s'il y a tout de même dans cette maison un portrait de famille, une pendule, un objet quelconque auquel vous êtes attaché... Sans rabattre le moins du monde sur le prix convenu, je serais heureux que...

— Voilà qui suffit, Monsieur Kaunitz, dit Galay se penchant sur une plate-bande et passant à sa bouton-nière un œillet.

Michel trouva ce geste d'une suprême élégance ; la timide proposition du marchand a aussi son prix.

Si ce que j'écris ici était un roman, j'imaginerais volontiers un certain refroidissement entre le Hongrois et les Français à la suite de ces séjours en Europe de l'Est, soit que le baron supposé misogyne ait trop plu à l'une des deux femmes, ou à toutes les deux, ou du moins ait trop tenté de plaire, soit que son arrogance au contraire les ait offensées, soit encore que ces deux hommes également violents se soient affrontés sans raison. Il est plus probable que la fierté des trois Français a été froissée. Dans les lieux de plaisir d'Occident, Galay était leur égal ; ici, quoi qu'ils fassent, ils sont les obligés d'un prince, fût-ce d'un prince en ruine.

En tout cas, ils rentrent seuls en France. Il semble que Galay soit allé, comme il le faisait de plus en plus, s'adonner à son vice dans l'un des petits casinos de la côte dalmate. Quelques mois plus tôt, se trouvant avec Michel à Abbazia, il avait amené celui-ci sur un point désert du rivage admirer un éperon rocheux dominant la mer. « Le courant à cet endroit mène au large. On ne retrouverait pas le corps d'un homme tombé à l'eau après s'être tué d'un coup de feu. » Michel voulut toujours croire que telle avait été la fin du Magyar, peut-être parce que ç'aurait été pour lui aussi une des sorties possibles.

Mais, à Vienne, les trois voyageurs sont de nouveau à court, d'autant plus que Michel n'a pas voulu être en reste avec Galay de champagne et de Tziganes. A en croire Michel, ce fut cette dèche qui les décida à reprendre la route de l'Occident dans le sillage d'un cirque, où ils font un numéro de haute école et donnent un coup de main pour l'entretien des chevaux. Je suppose plutôt que l'attrait de la sciure de bois, des loges de velours rouge, des alezans qui tournent la queue aux flonflons cuivrés de l'orchestre, l'odeur de sueur et de fauve y fut pour quelque chose. Renoir, Degas et Manet les ont aimés comme eux.

Est-ce là tout ? Personne mieux que moi ne voit l'inanité de ce qui précède. Il se peut que la distance où je suis de ces personnes, et l'âge même où je suis parvenue au moment où j'écris ceci, me fassent trop oublier les éléments de gaieté, d'audace, de plaisir physique et charnel, de libre fantaisie et de simple joie de vivre qui se sont mêlés à tout ce bruit et à tout ce clinquant. Reste néanmoins que presque rien du Michel que j'allais connaître quelque vingt ans plus tard ne se devine dans le Michel de ces années folles. Celui-ci pourtant est né de celui-là.

Il semble bien que le plus grand obstacle à la vérité totale soit ici la bienséance, qui ne se situe pas toujours où l'on croit. De même que le Swann de Proust eût trouvé indécent de parler de soi, sauf légèrement, ou avec une pointe de comique, et en évitant soigneusement de jouer dans son propre récit un rôle avantageux, Michel évoquait parfois des fragments quasi picaresques de sa vie, ou mentionnait sa présence dans des circonstances insolites ou curieuses que cet amateur du spectacle du monde se plaisait à relater, mais l'idée de se dépeindre ou de s'expliquer profusément ne lui venait pas. Ce qu'il a expérimenté, pensé, subi ou aimé est resté au fond. Ces treize années sont un plateau presque vide de comparses et dont nous ne connaissons pas les coulisses. Je suppose que Michel a lu Retz ou Saint-Simon pendant que les femmes lisaient du Willy, ou confié Berthe et sa sœur à Galay pour une soirée à l'Olympia afin d'aller voir Lugné-Poe dans *Hedda Gabler* qui n'intéressait pas ces dames. Il ne l'a pas dit. Encore moins a-t-il tenté de définir ses rapports avec Berthe et Gabrielle, ou de creuser les raisons de son engouement pour Galay. Des personnes longtemps associées les unes aux autres finissent presque toujours par prendre réciproquement toutes les positions possibles, comme les figurants d'un quadrille. Pour employer une comparaison moins ambitieuse qu'on ne croirait, puisque nous sommes tous faits de la même matière que les astres, ces êtres bougent dans le temps, inversant leurs positions comme les étoiles circumpolaires au cours de la nuit, ou, comme les constellations du Zodiaque, ils glissent en apparence le long d'une écliptique qui n'existe que par rapport à nous, isolés ou groupés autrement que nous imaginons qu'ils le sont. Mais des mouvements au moins apparents des astres, un astronome ou un astrologue dessine d'avance l'itinéraire ; même après coup, rien ne nous permet de dresser la carte des modifications qui ont dû se produire entre ces personnes durant ces années de leur vie.

Le goût de l'encanaillement est patent chez Michel, ou du moins l'habitude de se plaire plus bas que soi, peut-être parce qu'il imagine à tort ou à raison que l'hypocrisie règne là moins qu'ailleurs ; il y a aussi, certes, les simagrées et les grimaces de la crapule, mais

Michel ne s'est pas enfoncé assez avant dans celle-ci pour les reconnaître ; il est, par nature, de ceux qui ne s'enfoncent pas. Il faut compter avec l'espèce d'innocence d'un homme sûr que rien de douteux ne peut l'atteindre, ni toucher aux personnes qu'il a mises dans son immédiate mouvance. Même détrompé, il s'étonnera avec quelque naïveté. Il lui arriva, me dit-il, de vivre assez longtemps avec une compagne qu'il croyait immunisée à l'égard des fredaines des sociétés faciles. « Nous nous rendions, bien entendu, dans les salles de jeu ; nous nous y séparions toujours pour ne pas nous porter malchance l'un à l'autre. Or, à la fin de la soirée, elle me rejoignait, son réticule plein de louis qu'elle avait gagnés. Elle gagnait sans cesse. Plus tard, j'ai su qu'elle quittait le casino pour l'hôtel tout proche, avec un inconnu qui payait. Toutes les femmes mentent, ajoutait-il, généralisant imprudemment selon sa coutume, et il n'y a aucun moyen de lire dans les yeux. »

De Berthe et de Gabrielle, dont il ne parlait que quand elles figuraient dans une des anecdotes que j'ai recueillies plus haut, il se contentait de mentionner l'élégance innée (il était avare du mot beauté), la souple démarche, les prouesses d'amazones. Rien de plus. Mais au sujet de ma mère, de laquelle il aurait pu être plus tenté d'évoquer la physionomie en ma présence, Michel a été presque aussi court. Il n'entrait pas dans ses habitudes d'évoquer nostalgiquement les disparues. D'une seule femme, qu'il allait aimer et perdre durant mon enfance, il garda une image inoubliable qui s'est imposée à moi comme un modèle de vie. Nous n'en sommes pas encore là.

J'aurais tort d'essayer, peut-être par inconscient souci de romancier qui cherche à aviver son sujet, de

mettre en valeur dans le comportement de ce Michel
d'avant 1900 on ne sait quels éléments d'inquiétude,
ou quelles parcelles sombres. Elles semblent à première vue inexistantes chez cet homme de plaisir. Et
cependant, certains indices pointent dans ce sens.
L'enthousiasme en présence de la Russie entrevue,
analogue au bouleversement de Rilke visitant quelques
années plus tard la terre slave, ferait songer à une
insatisfaction dont il ne s'est aperçu lui-même que
séparé des lieux banals où il promenait ses routines.
Une indication plus poussée est celle des noms de
yachts qui satisfaisaient son besoin de bordées en mer.
Le premier nom, *La Péri*, semble inspiré sans plus par
l'orientalisme factice des musiciens de l'époque, d'un
Massenet ou d'un Léo Delibes, ou plutôt par une ode
du jeune Hugo, tout comme le nom d'un yacht acheté
plus tard pour ma mère, *La Valkyrie*, évoque seulement le wagnérisme de ces années-là. Mais le nom du
second yacht, *La Banshee*, qui porta ses randonnées
sur la mer du Nord avec Berthe et Gabrielle, fait rêver.
Michel avait sûrement entendu parler en Angleterre de
ces fées pareilles à de spectrales vieilles femmes,
pleurant sur le seuil des maisons d'Irlande où mourra
quelqu'un. Il est étrange, pour ne pas dire plus, qu'il
ait donné le nom d'une de ces lugubres annonciatrices
à ce frêle objet toujours menacé qu'est un bateau de
plaisance.

Mais de ces minces signes, les plus irrécusables
comme toujours sont les photographies. Je n'en possède que deux de ces années-là. Elles servent d'antido-
tes à ce je ne sais quoi de pimenté et de grossier qu'ont
les élégances de la Belle Époque, et qui se trahit
fâcheusement chez les femmes des premiers romans de

Colette et les factices jeunes filles de Proust, dans le romanesque étudié de la Princesse de Guermantes et la sécheresse gouailleuse de sa cousine Oriane. Cet homme et ces deux femmes si lancés ont dû plus ou moins laisser souffler sur eux cet air du temps, mais la photographie n'en garde pas trace. Je n'ai pas le portrait de Gabrielle : son charme et sa gaieté sont évanouis. On a l'image de Berthe vers sa trentième année : dans sa robe montante collée à son corps comme une écorce lisse, cette femme droite et svelte fait moins penser aux houris de 1890 qu'aux reines des portails d'église ; la belle main ferme est celle qui tint si bien les rênes ; les cheveux crêpelés à la mode du temps encadrent un visage dont les sombres yeux regardent devant soi, ou peut-être ne regardent pas, mais songent ; la bouche molle comme une rose n'esquisse pas de sourire. La photo qui porte au verso « Michel âgé de trente-sept ans » surprend elle aussi. Ce personnage d'aspect très jeune ne donne pas l'impression de vigueur et d'alacrité qui seront celles de ses portraits d'homme mûr ; il en est encore au stade de la faiblesse, cette faiblesse qui chez tant d'êtres jeunes précède et prépare incompréhensiblement la force. Ce n'est pas non plus le portrait du fêtard assidu dans les endroits en vogue. Les yeux sont rêveurs ; la main aux longs doigts ornée d'une chevalière laisse pendre une cigarette et semble aussi rêver. Une mélancolie, une incertitude inexpliquées montent de ce visage et de ce corps. C'est le portrait d'un Saint-Loup à l'époque où il s'inquiète encore de Rachel, ou de Monsieur d'Amercœur.

Je croyais n'avoir vu du Michel de ces années-là aucun écrit qui pût nous renseigner sur lui-même. Je

me trompais : il avait pris la peine de se faire tatouer à
la saignée du bras gauche six lettres qui dataient peut-
être d'avant le mariage avec Berthe : *'ANÁΓKH,* La
Fatalité.

Le choix du mot étonne presque autant que le
tatouage lui-même. Au moins à l'époque où je l'ai
connu, le concept antique de la Fatalité n'avait chez
mon père aucun écho, non plus que la vague notion
populaire qu'on met sous ce même terme. Sa propre
vie semble plutôt avoir été dominée par la divinité du
joueur, la Chance, avec ce qu'elle implique d'inconsistant et de fortuit. De plus, ce mot mat et triste répond
mal au tempérament d'un homme si apte à jouir de
l'instant qui passe. Tout ce que j'ai vu prouve chez
Michel l'existence d'un bonheur pour ainsi dire inné,
même aux moments où l'angoisse et la détresse l'ont
évidemment submergé, comme on sent dans un pays
inondé la terre ferme sous la dévastation temporaire
des eaux. Le désespoir, néanmoins, emplissait-il des
cavités souterraines ? Le détachement profond, le
désabusement paisible de Michel vieilli pourraient le
laisser croire, et au besoin s'expliquer par là.

Mais, si c'est le cas, à quelle date et pour quelles
raisons a-t-il senti sur lui s'appesantir l'inévitable ? La
Fatalité, *'ANÁΓKH.* On pourrait supposer que l'étudiant de Lille ou de Louvain, au sortir d'une lecture de
Notre-Dame de Paris, et s'inventant d'avance un tragique destin, s'est fait tatouer ces six lettres chères à
Claude Frollo. George Du Maurier, à la même
époque, montre son personnage quasi autobiographi-
que, Peter Ibbetson, hanté par ce sombre mot grec mis
par Hugo sur les lèvres de son mauvais prêtre. Mais,
outre que le tatouage, réservé surtout aux repris de

justice et aux gens de mer, n'était probablement pas
fréquent vers 1873 dans les milieux étudiants, cette
explication trop simple n'éclaire rien. Non seulement
Michel, qui aimait, et surtout allait aimer dans sa
maturité les grands poèmes d'Hugo (sa jeunesse fut
davantage adonnée à Musset), dédaignait au contraire
ses romans jusqu'à l'injustice, mais encore, s'il ne
s'était agi que d'une lubie d'écolier, il lui eût été facile
d'en faire l'aveu avec un sourire. Il ne fit jamais rien de
tel. Je ne lui ai d'ailleurs pas demandé le sens qu'il
attachait à ces six lettres vaguement menaçantes. Notre
franchise l'un envers l'autre avait des bornes. Le mot
appartenait évidemment pour lui à un domaine d'émotions révolues peut-être, mais réservées, et dans lequel
il eût été à la fois imprudent et indiscret d'essayer
d'entrer.

On l'imagine davantage se faisant tatouer cette
devise durant son second stage au 7e cuirassiers, à
Versailles, à l'époque où, revenu de son plein gré au
régiment, acceptant même de perdre ses galons pour
être réintégré dans l'armée, il s'aperçut bientôt qu'il ne
pouvait renoncer à Maud, et casserait tout de nouveau
pour l'aller retrouver. Toutefois, j'ignore si les spécia-
listes du tatouage se rencontraient aux abords de la
caserne de Versailles, et si ce genre d'ornement n'était
pas de ceux que l'armée de terre abandonnait avec
dédain à la flotte.

On peut aussi, plus tard, se représenter Michel dans
un bar de marins de Liverpool, ou, plus tard encore,
au fond d'une taverne sur un quai d'Amsterdam, du
temps où *La Banshee* le promenait avec Berthe et
Gabrielle sur la mer du Nord, traçant soigneusement
ces lettres grecques sur un bout de papier pour servir

de modèles à un opérateur, et tendant le bras gauche.
Ananké... Là où un homme simple choisit de se faire
tatouer d'une fleur, d'un oiseau, d'un drapeau tricolore, d'un nom momentanément aimé ou d'une agréable anatomie féminine, Michel avait pris ces six
caractères qui ressemblent au numéro d'ordre d'un
forçat. Nous le connaîtrions mieux si nous savions à
quel jugement porté sur sa propre vie ils correspondaient. Mais je n'écris pas un roman. 'ΑΝΑ ΚΗ : La
Fatalité.

L'épisode du cirque ambulant serait un bon finale pour ces treize années. Il se situe évidemment dans la dernière période de l'existence avec Berthe, mais aucune date sûre ne m'indique que ce bruyant retour de l'Europe Centrale se situe dans l'année 1899, désastreuse pour ces trois personnes, ou deux ou trois ans plus tôt. La vie annonce rarement les catastrophes au son du fifre et du tambour.

En tout cas, Ostende, fatidique dans ce destin d'homme, devient pour Michel un lieu de séjour. Après son amnistie, en 1889, évitant toujours Lille et le Mont-Noir, il s'était fait domicilier à Fées. Peut-être Gabrielle y était-elle moins chaleureusement reçue depuis son divorce, et Berthe et Michel, qui approuvaient celui-ci, s'y sentaient moins bien accueillis. C'est une hypothèse. Il serait plus simple de supposer que le charme de Fées s'était usé avec le temps. A partir de 1894, Michel, versé maintenant dans la territoriale, fait savoir aux autorités militaires qu'il réside de nouveau à l'étranger : il a élu domicile à Ostende, où il loue un appartement rue de Russie. Il y vivra peu. Mais du moins cette résidence supposée fixe

offre-t-elle le double attrait des jeux de hasard et de la
mer.

Nous ne savons pas si ces personnes y passèrent tout
entier l'été de 1899, ou si c'est durant l'été précédent
que Michel y fit de belles différences, effectua quelques excursions nautiques, soit sur *La Banshee,* s'il
l'avait encore, soit sur de quelconques chalutiers, et
invita souvent à y participer Henry Arthur Jones,
médiocre dramaturge anglais alors en vogue, auprès de
qui il se grisait de souvenirs de Londres. Il dut aussi se
rendre parfois d'Ostende à Lille, où des bailleurs de
fonds lui consentaient volontiers des prêts remboursa-
bles au décès de sa mère (« la vie à grandes guides »
nécessitait ces transactions). C'est durant l'une ou
l'autre de ces deux années que Berthe, prise d'étourdis-
sements, demanda à s'asseoir sur le seuil d'une villa
isolée dans les dunes, et qu'on y fit amitié avec sa
propriétaire, la baronne V., aimable vieille dame ayant
du goût pour la musique et les livres, et qui convie
souvent les trois Français à de belles promenades en
landau à l'intérieur des terres. La parade mondaine sur
la digue est particulièrement brillante en ces « saisons » où le gratin étranger se mélange aux gens du
monde, aux financiers et aux belles de l'entourage de
Léopold II : Berthe et Gabrielle y participent aux
heures à la mode dans leurs fragiles toilettes blanches
aux écharpes et aux jupes agitées par la brise de mer, le
grand chapeau de paille retenu par l'anse du bras levé.
Les deux sœurs aiment à s'habiller de même, avec pour
seule différence la couleur d'une ceinture et la pierre
d'une boucle, d'une bague ou d'une broche. A l'une le
rubis, à l'autre l'émeraude. C'est dans l'appartement
de la rue de Russie que Berthe mourra le 22 octobre

1899, et Gabrielle quatre jours plus tard. Elles avaient respectivement trente-huit et trente-trois ans.

Excepté deux ou trois remarques d'assez mince importance, qui trouveront place plus loin, Michel ne m'a jamais rien dit de cette consternante semaine. Dans une ligne des *Souvenirs* de mon demi-frère, publiés après son décès dans des *Cahiers* que ses fils firent paraître pendant quelques semestres à l'usage du cercle familial et de quelques amis, on lit que Berthe et Gabrielle moururent des suites « d'une légère opération chirurgicale ». Rien n'indique si Michel avait su, encore bien moins approuvé, ce qui semble à distance une imprudente intervention, ou s'il s'est trouvé mis subitement en présence de l'irrémédiable. La « saison » était depuis longtemps passée ; peut-être n'était-on restés si tard à Ostende qu'à cause de la passion de Michel pour les bourrasques d'automne. C'est dans cette atmosphère de vent aigre soufflant sur une mer agitée qu'il faut situer la mort des deux sœurs. Bien entendu, ces gens « qui connaissaient tout le monde » dans cette villégiature en vogue n'y avaient au fond pas d'amis. Seule, la baronne V., qui aimait à s'attarder hors saison dans sa villa au milieu des dunes, assista sans doute de plus ou moins près à ces fins. J'aime à croire qu'elle aida de son mieux cet homme éperdu, dont elle essaya peu de temps plus tard de refaire la vie en le présentant à Fernande de C. de M., qui allait devenir ma mère.

J'imagine Michel allant et venant entre les deux chambres où Berthe et Gabrielle agonisaient séparément, privées, après ces longues années passées en commun, du pauvre réconfort de se soigner l'une l'autre. La femme d'un certain Docteur Hirsch, l'au

teur de ce désastre, fit apparemment office d'infir-
mière, peut-être pour couvrir les traces d'une erreur ou
d'une négligence du médecin, peut-être tentée par les
bénéfices que ces veillées au chevet de deux mourantes
pourraient apporter. Il semble que des objets de valeur
disparurent ; sans doute des bagues ou des boucles
d'oreilles abandonnées sur des coiffeuses.

« Ta mère n'a pas reçu les soins qu'aurait dû
recevoir une femme dans son état », ai-je entendu un
jour Michel dire à son fils, bien des années plus tard,
condamnant ainsi le Docteur et Madame Hirsch, mais
le fait reste que Michel ne semble pas avoir fait appel à
d'autres médecins. Il blâma plus tard son fils d'avoir
passé ces journées de détresse à manipuler les machines
à sous de la jetée et à fréquenter les boutiques de tir et
les toboggans d'une foire. C'était ne rien comprendre à
la façon dont s'exprime l'angoisse d'un garçon de
quatorze ans. Mais sans doute avait-il assez de ses
propres affres sans s'occuper de celles de son fils.

Quant aux domestiques, on ne les aperçoit pas
durant ce drame. Peut-être s'étaient-ils éclipsés avec
des couverts d'argent, ou les robes de soie des dames.
Un certain silence, aussi bien qu'un complet désordre,
semble avoir entouré la mort des deux sœurs. L'appartement meublé que Michel louait à l'année était
probablement situé dans l'un de ces immeubles où
s'installaient en été les riches étrangers ; la maison
devait être à peu près vide en ces jours d'octobre, mais
le gérant ou le propriétaire craignaient à coup sûr les
rumeurs de maladie et de mort qui risquaient d'inquiéter les derniers clients. Même hors saison, on meurt
dans la coulisse dans les villes d'eaux ou de bains de
mer.

On espère que Gabrielle, si près de sa propre fin, ne sut pas que sa sœur l'avait précédée. Michel n'avait plus maintenant qu'à s'occuper d'une seule agonie. Durant les dernières heures, la jeune femme demanda les secours de la religion. Le curé et le vicaire de la paroisse, où Michel s'était rendu pour chercher un prêtre, refusèrent de se déranger. On savait Gabrielle divorcée, ce qui suffit sans doute à expliquer cette rigueur, à une époque où l'intransigeance était plus grande que de nos jours chez les gens d'Église. Michel ne pardonna jamais aux deux prêtres ce refus barbare.

Il me dit aussi (c'est le troisième et dernier détail qu'il m'ait donné) que le baron de L., venu lui-même convoyer Gabrielle à Fées, où auraient lieu les obsèques, sembla surtout préoccupé de cette dépense inattendue : ce n'était peut-être pas surprenant chez cet homme perpétuellement gêné. L'enterrement de Berthe se fit dans le caveau de Bailleul. Le hasard m'a conservé les deux images mortuaires émanant d'un fabricant de la place Saint-Sulpice. Celle de Berthe, ornée d'une *Mater Dolorosa* de Carlo Dolci, est banale : c'est celle que le papetier catholique de Lille devait offrir à tous les veufs de cette année-là pour commémorer leur défunte. On y loue la patience manifestée par la disparue au cours de sa dernière maladie, et y assure qu'elle continuera à aimer les siens au ciel. Le souvenir pieux de Gabrielle est peut-être plus remarquable. On lit au revers d'un *Christ* de Guido Reni : « *Dieu l'a fait passer par de longues souffrances, et, après l'avoir purifiée, il l'a trouvée digne de lui.* » Cette citation biblique, avec l'implication de blâme qu'elle contient, et sa présomptueuse certitude à l'égard de ce que fait ou ne fait pas Dieu, ne semble pas

du choix de Michel, qui l'eût trouvée désobligeante
pour cette ombre, et trop assurée en ce qui concerne la
justice divine. Ni l'un ni l'autre de ces deux feuillets ne
porte l'indication alors habituelle, même quand elle
était mensongère, que ces deux femmes sont mortes
munies des sacrements de l'Église. Qu'elle vienne de
Michel ou du Baron, cette véracité est honorable.

Moins que jamais, en cette occurrence, je n'encom-
brerai le lecteur de mes hypothèses. Cette seconde ou
troisième fin de vie de Michel (le rideau de fer
s'abaisse, et une nouvelle existence s'apprête à commencer) touche de trop près à l'absurde et à l'inexpli-
qué pour justifier des commentaires. Il faudrait savoir
(ce que nous ne savons pas) quels étaient les rapports
réels de Michel avec l'une et l'autre des deux femmes,
le degré de fidélité des deux époux l'un envers l'autre,
et le flux de sensations, probablement variées et
contradictoires, qui envahirent le survivant en présence des deux mourantes. Chez les deux sœurs, on
peut postuler une grande affection réciproque, sans
quoi cette longue existence en commun ne s'explique-
rait pas, mais qui n'eût empêché du reste ni les rivalités
ni les jalousies passagères. On peut aussi entrevoir en
partie les angoisses et les souffrances de leur fin, mais
le respect pour deux créatures humaines interdit de
fabuler davantage. Tout se passe comme si nous
voyions disparaître dans un fossé les deux amazones (et
dans les deux cas la cavalière est l'âme et le corps la
monture), butant sur un obstacle que nous ne connaissons pas. Pour tous les incidents de ce récit à partir de
sa petite enfance, Michel est mon principal, et le plus
souvent mon seul informant. Là où il a choisi de se
taire, je ne puis qu'enregistrer son silence.

Mais, en écrivant ces lignes, je suis tout à coup saisie par l'idée que c'est la mort inopinée de Berthe qui rendit possible, un an plus tard, le remariage de Michel avec Fernande, et moins de quatre après, ma naissance. C'est ce désastre, quel qu'il fût, qui m'a permis d'exister. Une sorte de lien s'établit ainsi entre Berthe et moi.

J'ai dit ailleurs que la mort de Berthe secoua Michel sans l'avoir navré : après avoir ré-examiné de près le peu que je sais des faits, je le suppose au moins bouleversé. En tout cas, il semble revenu au Mont-Noir avec l'intention de s'y fixer pour de bon, ce qui paraît chez lui l'aveu d'une défaite. Du moins se fait-il domicilier à Saint-Jans-Cappel, petit village situé au bas du parc. Il le sera encore à l'époque de ma naissance, et bien plus tard, jusqu'à la vente du Mont-Noir en 1912, lorsque peu après la mort de Noémi il se défera de ces lieux qu'il n'a jamais pu aimer. (Je m'excuse de ces plates bribes d'informations : elles sont à peu près les seules qui puissent me servir pour fixer une date ou préciser un décor durant ces années agitées.) L'hiver venu, il accompagna sa mère dans la vieille maison de Lille.

J'aimerais en savoir plus sur ces quelques mois froids et gris, sur les lectures, les pensées (ou le refus de penser), les promenades à pied ou équestres qui tant bien que mal occupèrent cet homme désemparé. Il y eut peut-être de temps à autre une visite au musée de Lille, Michel aimant le buste de cire de l'Inconnue qui s'y trouve, et qui passait alors pour le portrait funéraire d'une jeune Romaine, mais qu'on considère aujourd'hui avec plus de vraisemblance comme une belle œuvre de la Renaissance. C'est sans doute la seule personnification du charme féminin qui se présenta à lui cet hiver-là. Chose assez curieuse, Madame Noémi s'entremit presque aussitôt pour remarier le veuf avec une riche héritière, descendue d'un Conventionnel célèbre pour sa férocité. Il semble, en somme, qu'elle se soit efforcée de reproduire en plus voyant, à une génération de distance, ce qu'avait été son propre mariage avec Michel-Charles. Son fils dit catégoriquement non. Bien des années plus tard, à Paris, dans la salle à manger de l'hôtel Lutétia, il me désigna du regard dans l'embrasure d'une fenêtre une dame du type veuve cossue qui déjeunait sous l'œil attentionné d'un maître d'hôtel. Il se félicitait d'avoir eu le bon esprit de décourager sa mère. La vie lui avait offert mieux en Fernande.

En mars, il reçut de la baronne V. une invitation à passer chez elle les fêtes de Pâques à Ostende. La vieille dame se proposait de lui faire rencontrer une jeune amie à elle, Belge de bonne famille, âgée de vingt-sept ans, dont la culture et le tour d'esprit lui plairaient. Après ces cinq mois désolés, Michel, tenté, accepta. Je m'étonne qu'il l'ait fait : il semble que cette ville et sa digue eussent dû rester pour lui des sites de cauchemar. Mais il n'était pas l'homme des obsessions et des fantômes. Je ne suis pas sûre qu'il prit la peine d'arpenter le trottoir de la rue de Russie, pour évoquer, sous les fenêtres d'un certain immeuble, deux ombres évasives peut-être parties sans s'expliquer. Ces quelques jours se passèrent dans la villa de la baronne ou sur la plage encore vide, au côté d'une jeune femme dont la forme de sensibilité lui plaisait. Michel et Fernande se quittèrent après s'être promis de faire ensemble un voyage de fiançailles en Allemagne. Ils se marièrent le 8 novembre 1900.

Parmi les quelques personnes qui surent tout de ces pénibles journées d'octobre 1899, et les émotions aussi bien que les faits, il faut compter ma mère. Michel sans doute lui raconta presque aussitôt tout cela, à moins que la baronne ne l'eût déjà renseignée. J'ai reproduit ailleurs une lettre que Fernande écrivit à son futur le 21 octobre 1900, la veille de la messe du bout de l'an de Berthe, à laquelle Michel était allé assister au Mont-Noir. Peut-être vaut-il la peine d'en citer de nouveau quelques lignes. Fernande avait ses défauts, que je n'ai pas cachés, mais ce qu'elle avait de plus touchant s'exprime ici. Sa tendre sollicitude pour un homme qui a passé par des épreuves qu'elle n'ignore pas se lit mieux, quand on a tenté de suivre Michel au cours de cette année difficile, telle une écriture pâlie ravivée par un bain dans un acide.

Mon cher Michel,

Je veux que tu reçoives demain un mot de moi. Cette journée sera si triste pour toi. Tu seras si seul...

Vois-tu : comme c'est bête, les convenances... Il était parfaitement impossible pour moi de t'accompagner, et pourtant qu'y a-t-il de plus simple que de se serrer l'un contre l'autre et de s'aider quand on s'aime... A partir de

*ces derniers jours d'octobre, oublie tout le passé, mon cher
Michel. Tu sais ce que dit ce bon Monsieur Fouillée de
l'idée du temps : que le passé n'est vraiment passé pour
nous que quand il est oublié*[1]*.*

*Et puis aussi, aie confiance dans les promesses de
l'avenir et en moi. Je crois que ce mois d'octobre terne et
gris n'est qu'un nuage posé entre deux éclaircies, celle de
notre charmant voyage d'Allemagne et celle de notre vie à
venir... Là-bas, en voyage, sous un ciel plus clair, nous
retrouverons toute notre insouciance joyeuse, cet enveloppe-
ment d'affection et d'intimité, sans heurt ni secousse, qui
nous était si doux.*

*Je suis très heureuse de songer qu'il n'y a plus que trois
semaines... Et, pendant ces deux jours, je ne dirai pas : ne
sois pas triste, mais : ne sois pas trop triste. Je t'attends le
soir quand tu viendras mardi...*

Il y a quelque chose d'émouvant dans ces consolations et ces promesses faites par un fragile être humain
à un autre être, mal cicatrisé. Les promesses furent
tenues autant qu'il était en Fernande de les tenir.
L'avenir dont elle parle dura un peu plus de trois ans,
si l'on compte les arrhes déjà prises au cours du voyage

1. En citant une première fois, dans *Souvenirs Pieux,* la lettre de
Fernande à Michel, une faute de lecture m'avait fait mettre « *ce bon
Monsieur Feuillée* », et je me demandais vainement quel vieil ami ou
quel voisin de campagne pouvait être ce Feuillée préoccupé du
problème du Temps. Une correspondante inconnue a bien voulu me
signaler depuis qu'il s'agit sans doute du professeur de philosophie
Alfred Fouillée, assez oublié aujourd'hui, mais alors bien connu, et
qui fut un peu pour les gens cultivés de l'époque l'équivalent de ce
qu'un Alain ou un Jean Grenier allaient être plus tard. On voit que
Fernande faisait des lectures sérieuses.

de fiançailles. Trois ans d'une valse lente à travers
l'Europe, qui était cette fois celle des musées, des parcs
royaux, des sentiers de forêt et de montagne ; trois ans
de conversation et de lecture, d'amour aussi, et d'un
bonheur traversé certes çà et là de malentendus et de
disputes entre cet homme vite impatient et cette
femme vite blessée. Mais bonheur quand même,
puisque Michel, au revers de l'image mortuaire de la
jeune femme, faisait écrire qu'au lieu de pleurer parce
qu'elle n'était plus, il fallait se féliciter de ce qu'elle eût
été. Il ajoutait, ce qui est un plus douteux éloge, qu'elle
« avait essayé de faire de son mieux ». La lettre écrite
par Fernande la veille de la messe de fin d'année de
Berthe montre qu'en effet elle avait essayé. Le passé
avait été, sinon aboli (il ne l'est jamais), du moins
momentanément effacé. Ce n'est pas rien que trois ans
de presque bonheur au côté d'une jeune femme
différente, dans un éclairage changé, dans une intimité
que semble emplir une musique de Schumann, pour
un homme de quarante-six ans qui a beaucoup et
violemment vécu.

Il m'arriva pourtant par deux fois, à quelques jours de distance, de voir resurgir les fantômes. J'avais vingt-trois ans. J'étais avec Michel dans le Midi, et, comme d'habitude, les salles de jeu de Monte-Carlo le happaient, sinon journellement, du moins à d'assez fréquents intervalles. Ce jour-là, j'étais allée l'attendre à la porte de cet établissement. Mon âge m'aurait permis d'y entrer, mais le puritanisme de la jeunesse m'habitait ; j'aurais trouvé indécent de pénétrer dans cette caverne où des hommes blêmes et des femmes fardées risquaient leur superflu, et souvent leur nécessaire, sur des jetons de celluloïd qui avaient remplacé les pièces d'or d'autrefois. (Je crois bien que c'est cette substitution, autant que sa ruine à peu près parachevée, qui avait diminué de beaucoup l'ardeur au jeu de Michel : les louis d'or avaient été à la fois le symbole de la Fortune et sa présence réelle, donnant aux victoires et aux défaites du jeu l'intensité de celles de la vie même. Ils avaient fondu dans le creuset de la première Grande Guerre, qui avait aussi emporté les Altesses.) De plus, j'avais, comme presque toujours, un chien, et les chiens ne sont pas admis dans les lieux saints, quels qu'ils soient. Je ne sais trop où se trouvait la fidèle Anglaise que Michel allait épouser six mois plus tard. J'imagine qu'une de ses migraines la retenait à la chambre.

Soudain, de la marche du perron sur laquelle je me trouvais, j'aperçus Michel dans l'espèce de cage transparente qui servait d'antichambre au temple du Hasard, fermée à l'extérieur par des portes de verre donnant au dehors, à l'intérieur par d'autres portes identiques, laissant entrevoir au-delà d'elles le vestibule central du sanctuaire, qui à son tour donnait sur les salles de jeu. Mon père s'apprêtait évidemment à sortir, quand il croisa, et reconnut, une dame qui, au contraire, entrait. Personne ne l'eût regardée deux fois. C'était une femme âgée, épaisse, un peu tassée, dans des vêtements de qualité et de goût médiocres, une de ces rombières qui mettent de côté une petite partie de leurs rentes ou de leur pension pour aller de temps en temps essayer « un système » à Monte-Carlo. Michel lui parlait, ou plutôt lui criait, bloquant la porte, insoucieux du scandale que devait produire cette volée de paroles pareilles à des coups. La lumière d'un lustre électrique les éclairait comme en scène. La femme affolée ne songeait évidemment qu'à fuir, et y réussit, s'engouffrant avec de nouveaux venus entre les battants de verre donnant sur l'intérieur.

Les portiers qui sans doute en avaient vu et entendu d'autres firent jouer le tambour donnant sur le dehors ; Michel sortit, à peine regardé un instant par quelques personnes qui avaient vaguement remarqué cette dispute entre un monsieur et une dame, tous deux sur l'âge. En fait, la querelle avait été unilatérale ; la dame

n'avait rien dit. L'aspect de Michel m'effraya : il
vacillait.

Une de ces voitures de place qui prêtaient encore, à
cette époque, leur charme aux lieux de villégiature (du
moins quand les chevaux n'étaient ni trop efflanqués ni
exposés indûment au soleil et aux mouches), se trouvait à vide au pied du perron. Nous y montâmes. Je ne
dis pas que je l'aidai à monter, n'ayant jamais avec lui
joué les Antigones.

— Qu'y a-t-il ?

— C'est Madame Hirsch, la veuve du médecin qui a
soigné Berthe et Gabrielle. N'insiste pas.

Comme dans un mauvais rêve, la même scène, à
quelques variations près, allait être revécue une dizaine
de jours plus tard. Nous flânions à Nice, le long d'une
rue où se suivaient presque porte à porte toute une
série de boutiques d'antiquaires de qualité inégale.
Michel n'était pas acheteur de curios : il était trop peu
l'homme d'une maison et d'un lieu fixe. (« On n'est
pas d'ici ; on s'en va demain. ») Mais il aimait jeter les
yeux sur ces objets disparates, en commenter les
mérites ou les démérites, les prix, songer aux hasards
qui les avaient amenés là. Pour moi, je trouvais
délicieux de jouer au jeu qui consiste à choisir ce que
nous eussions acheté, si nous étions acheteurs, et au jeu
plus agréable encore qui consiste à biffer du regard
tout ce qu'on n'achèterait pas. Des gravures de Land-
seer et des photographies de Bouguereau, un Gany-
mède d'ivoire reproduisant plus ou moins aux dimen-
sions d'un bibelot, celui, de marbre, de Benvenuto
Cellini, un échiquier à cases de nacre et d'ébène, des

Moustiers ébréchés sont restés ainsi pyrogravés dans
ma mémoire par l'incident qui va suivre.

Une partie du contenu des boutiques débordait sur
le trottoir. Une femme en cheveux était assise dans une
bergère au seuil de sa devanture. Elle se leva et rentra
en nous voyant approcher. Mais Michel l'avait immédiatement reconnue, comme il l'avait fait quelques
jours plus tôt en dépit des changements qui avaient dû
se produire en elle durant cet intervalle de vingt-sept
ans. Il la suivit dans la boutique, laissant entrebâillée la
porte dont la moindre bougée ébranlait presque grotes-
quement un carillon. La pièce étroite était encombrée
de chaises empilées les unes sur les autres, de pendules
marquant chacune une heure différente, perchées sur
des buffets Louis XIII, de faux rococo et de faux
rustique. La femme avait reculé jusqu'au mur du fond,
où elle se trouvait coincée entre une table surchargée
de vaisselle et un guéridon surmonté d'une lampe.
Michel gesticulait dans ce décor de salle des Ventes, les
poings levés, comme s'il menaçait en même temps ces
objets fragiles et cette femme blafarde et bouffie, sans
doute plus vulnérable encore que ses saxes et ses
girandoles. J'entendis des cris : « Femme d'assassin !
Voleuse ! Meurtrière ! », et, comme si des bulles d'air
malsain s'échappaient tout à coup des sous-sols d'une
maison en ruine : « Sale Juive ! ».

Je n'ignorais pas que Michel qui, pas plus que moi,
n'aimait l'Ancien Testament, ce livre réconfortant
pour les uns, odieux ou rebutant pour les autres, avait,
au contraire, une instinctive sympathie pour le peuple
juif de la dispersion, incompris et persécuté ; son
préjugé était en faveur des membres riches ou pauvres,
banquiers ou tailleurs en chambre, de cette race parfois

douée de génie et presque toujours de chaleur
humaine. Mais cet homme hors de soi faisait siennes
les insultes d'un Drumont ou des antidreyfusards qu'il
honnissait dans sa jeunesse, tout comme un passant
saisi de fureur ramasse dans la boue un couteau.

Sa colère s'était épuisée sur place. Je le pris par le
bras ; ce grand corps semblait ne plus contenir une
seule parcelle de force. Heureusement, l'hôtel où nous
étions descendus était tout proche. Michel prit l'ascen-
seur, et, sitôt arrivé dans sa chambre, s'effondra dans
l'unique fauteuil. Il avait arraché sa cravate, déboutonné le haut de sa chemise ; de grosses gouttes de
sueur coulaient de son visage livide sur sa poitrine nue.
J'eus peur : l'année précédente, visitant avec moi le
couvent des Camaldules, à Baïes, puis, un peu plus
tard, dans une rue de Genève, il avait été pris de
défaillances qui semblaient d'origine cardiaque. Aler-
tée par moi, Christine H., qui occupait une chambre
voisine, entra, s'affaira affectueusement, commanda
du thé. Le breuvage magique eut comme toujours son
effet vivifiant et calmant. Peu après, Michel avait
repris assez contrôle de soi pour déplier *Le Temps* placé
à sa portée sur la table. Il ne fut plus jamais question de
l'incident.

Au mois de juillet 1903, un monsieur tout en noir, dans lequel les porteurs et le contrôleur reconnaissent sans peine Monsieur de C., descend d'un train à Lille, et prend le tortillard pour Bailleul, où l'attendent les chevaux de Madame Noémi et leur cocher, Achille. Cette fois, Monsieur de C. ne ramène pas un cercueil : Fernande est restée en Belgique chez les siens. Mais les malles, les valises, les porte-parapluies, les châles, les caisses clouées qui contiennent des livres prennent un temps considérable à rassembler sur le quai de Bailleul. Monsieur de C. tient en laisse un chien basset, Trier, relique de Fernande qui l'a acheté en Allemagne durant le voyage de fiançailles. Derrière lui, objets de sa sollicitude, marchent deux dames en noir elles aussi, que l'œil des employés de la petite gare reconnaît bientôt pour des personnes de service. L'une est Barbe, ou Barbra, comme je l'appellerai plus tard, fraîche de ses vingt ans dans son costume tout neuf de *nurse* britannique acheté à *Old England*. L'autre est la garde, Madame Azélie, qui, secondée par Barbra, a soigné Fernande, et consenti à venir passer les mois d'été au Mont-Noir pour apprendre les rudiments de la puériculture à la jeune femme de chambre promue depuis peu bonne d'enfant. Madame Azélie porte dans ses bras la petite couchée sur un oreiller recouvert d'une taie blanche ; pour plus de sûreté, la nourrissonne y est ligotée par de grands nœuds de satin.

Monsieur de C. se met dans la voiture sur la banquette de devant, pour laisser la place au fond aux deux femmes avec leur fardeau. Il installe entre ses jambes Trier, qui, mécontent de ne rien voir, sort sans cesse de sa retraite, dresse contre l'une des deux portières ses pattes torses et son long museau, et jappe contre les chiens de ferme et les douces vaches.

On quitte la route bordée de rustiques guirlandes de houblon qui ont souvent dû faire penser Michel-Charles, et peut-être en ce moment Michel, aux pampres de l'Italie. Cette route campagnarde, sous un ciel qui est resté le grand ciel des régions du Nord peintes par Van der Meulen, peuplé de nuages ronds, sera dans onze ans flanquée sur toute sa longueur, de Bailleul à Cassel, d'une double rangée de chevaux morts ou agonisants, éventrés par les obus de 1914, qu'on a traînés dans le fossé pour laisser passage aux renforts anglais attendus. On gravit déjà la colline sur laquelle s'étend l'ombre noire des sapins qui donnent leur nom à la propriété. Dans douze ans, livrés en holocauste aux dieux de la guerre, ils seront fumée, et fumée en haut le moulin et le château lui-même. Mais ce qui n'est pas encore n'est pas. On suit l'allée des rhododendrons qui ont passé fleur ; on s'arrête sur le gravier au bas du perron. Madame Noémi, sarcastique comme toujours, attend au haut des marches. Ce retour lui rappelle sans doute le retour plus sombre

encore d'il y a quatre ans. Du reste, ces personnes sont
en deuil, et bien que vêtue de noir et harnachée de jais
comme il sied à une veuve, Madame Noémi déteste
tout ce qui lui rappelle la mort. On envoie à la hâte les
deux femmes et l'enfant prendre possession de la
grande chambre dans la tourelle : c'est le premier logis
dont je me souviendrai. Monsieur de C. monte au
second étage se réinstaller dans la suite de pièces où il a
séjourné l'été dernier avec Fernande.

Michel aura cinquante ans le 10 août ; il a encore un
tiers de son existence à vivre. L'avenir lui réserve son
plus grand amour, pour une femme très digne de
tendresse, la seule pour laquelle il écrira quelques
beaux vers qu'il a gardés ; il y aura aussi un curieux
attachement, peut-être sans rien de sensuel, pour une
fantasque malade qui aidera Monsieur de C. à volatiliser ce qui lui reste de sa fortune ; quelques liaisons avec
d'aimables personnes, plus ou moins faciles, qui
l'enchanteront jusqu'au seuil de la vieillesse ; une
troisième épouse enfin, qui s'avérera l'efficace et un
peu terne compagne de ses derniers jours ; le jeu,
assagi, prudent, devenu banal et méthodique comme
tous les vieux vices ; l'automobile, d'abord art, science,
passion nouvelle qui, pour un temps, le rapprochera de
son fils, puis abandonnée d'un seul coup, comme il
abandonnera successivement, et toujours d'un seul
coup, les cigarettes ou les femmes.

Mais l'âge qui vient apporte aussi des bonheurs ;
Michel réalisera enfin l'ancien rêve d'une vie exclusivement passée dans les pays de soleil, loin des gens qu'on
s'obligeait à fréquenter sans savoir pourquoi. Il y aura

aussi quelques voyages ; de longues promenades sur les routes de Provence au côté d'une adolescente qui l'entraîne dans ses projets et dans ses chimères, et qui est moi, sa fille. Il y aura des soirées employées à lire ou à relire à haute voix les grands poètes, et qui font penser à d'admirables séances de tables tournantes où l'on évoquerait des voix ; une pauvreté qui continue à garder l'aspect de la richesse, et les avantages de l'une comme de l'autre ; une mort lente, acceptante et presque sereine à Lausanne.

L'enfant, elle, a environ six semaines. Comme la plupart des nouveau-nés humains, elle fait l'effet d'un être très vieux et qui va rajeunir. Et, en effet, elle est très vieille : soit par le sang et les gènes ancestraux, soit par l'élément inanalysé que, par une belle et antique métaphore, nous dénommons l'âme, elle a traversé les siècles. Mais elle n'en sait rien, et c'est tant mieux. Sa tête est couverte d'un pelage noir comme le dos d'une souris ; les doigts de ses poings fermés, quand on les déplie, ressemblent aux vrilles délicates des plantes ; ses yeux mirent les choses sans qu'on les ait déjà définies ou nommées pour elle : elle n'est pour le moment rien qu'être, essence et substance indissolublement mêlées en une union qui va durer sous cette forme environ trois quarts de siècle, peut-être même plus.

Les temps qu'elle vivra seront les pires de l'histoire. Elle verra au moins deux guerres dites mondiales et leur séquelle d'autres conflits se rallumant çà et là, guerres nationales et guerres civiles, guerres de classes et guerres de races, et même, sur un ou deux points du monde, par un anachronisme qui prouve que rien ne finit, guerres de religions, chacune ayant en soi assez d'étincelles pour provoquer la conflagration qui emportera tout. La torture, qu'on croyait reléguée dans un pittoresque Moyen Age, redeviendra une réalité ; la pullulation de l'humanité dévalorisera l'homme. Des moyens de communication massifs au service d'intérêts plus ou moins camouflés déverseront sur le monde, avec des visions et des bruits fantômes, un opium du peuple plus insidieux qu'aucune religion n'a jamais été accusée d'en répandre. Une fausse abondance, dissimulant la croissante érosion des ressources, dispensera des nourritures de plus en plus frelatées et des divertissements de plus en plus grégaires, *panem et circenses* de sociétés qui se croient libres. La vitesse annulant les distances annulera aussi la différence entre les lieux, traînant partout les pèlerins du plaisir vers les mêmes sons et lumières factices, les mêmes monuments aussi menacés de nos jours que les éléphants et les baleines, un Parthénon qui s'effrite et qu'on se propose de mettre sous verre, une cathédrale de Strasbourg corrodée, une Giralda sous un ciel qui n'est plus si bleu, une Venise pourrie par les résidus chimiques. Des centaines d'espèces animales qui avaient réussi à survivre depuis la jeunesse du monde seront en quelques années anéanties pour des motifs de lucre et de brutalité ; l'homme arrachera ses propres poumons, les grandes forêts vertes. L'eau, l'air, et la protectrice couche d'ozone, prodiges quasi uniques qui ont permis la vie sur la terre, seront souillés et gaspillés. A certaines époques, assure-t-on, Siva danse sur le monde, abolissant les formes. Ce qui danse aujourd'hui sur le monde est la sottise, la violence, et l'avidité de l'homme.

Je ne fais pas du passé une idole : cette visite à

quelques obscures familles de ce qui est aujourd'hui le
Nord de la France nous a montré ce que nous aurions
vu n'importe où, c'est à dire que la force et l'intérêt
mal entendus ont presque toujours régné. L'homme a
fait de tout temps quelque bien et beaucoup de mal ;
les moyens d'action mécaniques et chimiques qu'il
s'est récemment donnés, et la progression quasi géo-
métrique de leurs effets ont rendu ce mal irréversible ;
d'autre part, des erreurs et des crimes négligeables tant
que l'humanité n'était sur la terre qu'une espèce
comme une autre, sont devenus mortels depuis que
l'homme, pris de folie, se croit tout puissant. Le
Cleenewerck du XVIIᵉ siècle a dû s'inquiéter en voyant
monter autour de Cassel la fumée des bombardes de
Monsieur, frère du roi, combattant le prince
d'Orange ; l'air que respirera la fille de Michel et de
Fernande portera jusqu'à elle les fumées d'Auschwitz,
de Dresde et d'Hiroshima. Michel-Daniel de Crayencour, émigré, trouvait asile en Allemagne ; il n'y a plus
d'asiles sûrs. Michel-Charles est indifférent aux misères des caves de Lille ; c'est l'état du monde qui pèsera
un jour sur cette nouvelle-née.

    L'enfant qui vient d'arriver au Mont-Noir est socia-
lement une privilégiée ; elle le restera. Elle n'a pas fait,
du moins jusqu'au moment où j'écris ces lignes,
l'expérience du froid et de la faim ; elle n'a pas, du
moins jusqu'ici, subi la torture ; elle n'aura pas, sauf au
cours de sept ou huit ans tout au plus, « gagné sa vie »
au sens monotone et quotidien du terme ; elle n'a pas,
comme des millions d'êtres de son temps, été soumise

aux corvées concentrationnaires, ni, comme d'autres millions qui se croient libres, mise au service de machines qui débitent en série de l'inutile ou du néfaste, des gadgets ou des armements. Elle ne sera guère entravée, comme tant de femmes le sont encore de nos jours, par sa condition de femme, peut-être parce que l'idée ne lui est pas venue qu'elle dût en être entravée. Des contacts, des exemples, des grâces (qui sait ?), ou un enchaînement de circonstances qui s'allonge loin derrière elle, lui permettront d'engranger peu à peu une image du monde moins incomplète que celle que sa petite tante Gabrielle de 1866 consignait sur son gros carnet. Elle tombera et se relèvera sur ses genoux écorchés ; elle apprendra non sans efforts à se servir de ses propres yeux, puis, comme les plongeurs, à les garder grands ouverts. Elle tentera tant bien que mal de sortir de ce que ses ancêtres appelaient le siècle, et que nos contemporains appellent le temps, le seul temps qui compte pour eux, surface agitée sous laquelle se cachent l'océan immobile et les courants qui traversent celui-ci. Par ces courants, elle essayera de se laisser porter. Sa vie personnelle, pour autant que ce terme ait un sens, se déroulera du mieux qu'elle pourra à travers tout cela. Les incidents de cette vie m'intéressent surtout en tant que voies d'accès par lesquelles certaines expériences l'ont atteinte. C'est pour cette raison, et pour cette raison seulement, que je les consignerai peut-être un jour, si le loisir m'en est donné et si l'envie m'en vient.

Mais il est trop tôt pour parler d'elle, à supposer qu'on puisse parler sans complaisance et sans erreur de quelqu'un qui nous touche inexplicablement de si près. Laissons-la dormir sur les genoux de Madame

Azélie, sur la terrasse qu'ombragent des tilleuls ;
laissons ses yeux neufs suivre le vol d'un oiseau ou le
rayon de soleil qui bouge entre deux feuilles. Le reste
est peut-être moins important qu'on ne croit.

NOTE

Les pages consacrées à l'histoire de la famille C. de C. avant la Révolution se basent sur des documents tirés d'archives familiales, et sur quelques ouvrages généalogiques, presque toujours hors commerce, parmi lesquels il convient de citer la *Généalogie de la famille Cleenewerck de Crayencour* par mon demi-frère Michel (1944), supplémentée depuis par divers travaux et recherches du fils de ce dernier, le commandant Georges de Crayencour, à qui j'adresse tous mes remerciements pour son infatigable obligeance. Un autre ouvrage, *La famille Bieswal,* par Paul Bieswal (1970), contient certains chapitres qui passent de beaucoup, en intérêt, le simple recensement généalogique et constituent un précieux appoint à l'histoire d'une petite ville du Nord de la France sous l'ancien régime.

A partir de la jeunesse de mon grand-père, Michel-Charles, nombre de mes informations proviennent de récits que celui-ci fit à Michel, son fils. Néanmoins, c'est surtout à l'aide des quelques écrits qu'il a laissés que j'ai tenté de reconstruire mon grand-père, et je dois, de nouveau, remercier Georges de Crayencour de m'avoir procuré la photocopie des albums de voyage de Michel-Charles, ainsi que de quelques notations concernant sa famille ou évoquant certains épisodes de sa vie (l'accident de chemin de fer de Versailles, en 1842, la révolution de 1848 à Lille, l'accident qui causa la mort de sa fille Gabrielle en 1866). A Monsieur René Robinet, directeur des Archives du Nord, je dois communication de quelques pièces importantes concernant Michel-Charles et son beau-père Amable Dufresne.

Je remercie tout particulièrement Madame Jeanne Carayon et la direction des Archives de Versailles pour les nombreux documents officiels concernant l'accident de chemin de fer de 1842, qui m'ont permis de compléter les notations de mon grand-père.

Ce que je sais de l'histoire de mon père avant son second mariage sort presque entièrement de ses propres souvenirs, égrenés au cours de conversations avec moi durant les dernières années de sa vie. Quelques rares lettres conservées par hasard, les feuillets jaunis d'un livret militaire, des inscriptions au revers de vieilles photographies m'ont aidée à fixer les dates, qu'il laissait souvent vagues. Enfin, c'est aussi à Georges de Crayencour que je dois d'être entrée en possession d'un recueil complet de photographies de portraits de famille, éparpillés aujourd'hui parmi les descendants de mon demi-frère et souvent mentionnés ou décrits au cours de ce livre. Certains noms de lieux ou de personnes ont été modifiés, d'ailleurs très rarement.

ŒUVRES DE
MARGUERITE YOURCENAR

Romans et Nouvelles

ALEXIS OU LE TRAITÉ DU VAIN COMBAT. – LE COUP DE GRÂCE (Gallimard, 1971).

LA NOUVELLE EURYDICE (Grasset, 1931, *épuisé*).

DENIER DU RÊVE (Gallimard, 1971).

NOUVELLES ORIENTALES (Gallimard, 1963).

MÉMOIRES D'HADRIEN (édition illustrée, Gallimard, 1971; édition courante, Gallimard, 1974).

L'ŒUVRE AU NOIR (Gallimard, 1968).

ANNA, SOROR... (Gallimard, 1981).

COMME L'EAU QUI COULE *(Anna, soror... – Un homme obscur Une belle matinée)* (Gallimard, 1982).

UN HOMME OBSCUR – UNE BELLE MATINÉE (Gallimard, 1985).

Essais et Mémoires

PINDARE (Grasset, 1932, *épuisé*).

LES SONGES ET LES SORTS (Gallimard, édition définitive, *en préparation*).

SOUS BÉNÉFICE D'INVENTAIRE (Gallimard, 1962; édition définitive, 1978).

LE LABYRINTHE DU MONDE, I : SOUVENIRS PIEUX (Gallimard, 1974).

LE LABYRINTHE DU MONDE, II : ARCHIVES DU NORD (Gallimard, 1977).

LE LABYRINTHE DU MONDE, III : QUOI? L'ÉTERNITÉ... (Gallimard, *à paraître*).

MISHIMA OU LA VISION DU VIDE (Gallimard, 1981).

LE TEMPS, CE GRAND SCULPTEUR (Gallimard, 1983).

*

DISCOURS DE RÉCEPTION DE MARGUERITE YOUR-
CENAR à l'Académie Royale belge de Langue et de Littéra-
ture françaises, précédé du discours de bienvenue de CARLO
BRONNE (Gallimard, 1971).

DISCOURS DE RÉCEPTION À L'ACADÉMIE FRAN-
ÇAISE DE Mme M. YOURCENAR et RÉPONSE DE
M. J. D'ORMESSON (Gallimard, 1981).

Théâtre

THÉÂTRE I : RENDRE À CÉSAR. – LA PETITE
SIRÈNE. – LE DIALOGUE DANS LE MARÉCAGE
(Gallimard, 1971).

THÉÂTRE II : ÉLECTRE OU LA CHUTE DES
MASQUES. – LE MYSTÈRE D'ALCESTE. – QUI N'A
PAS SON MINOTAURE? (Gallimard, 1971).

Poèmes et Poèmes en prose

FEUX (Gallimard, 1974).

LES CHARITÉS D'ALCIPPE, nouvelle édition (Gallimard, 1984).

Traductions

Virginia Woolf : LES VAGUES (Stock, 1937).

Henry James : CE QUE SAVAIT MAISIE (Laffont, 1947).

PRÉSENTATION CRITIQUE DE CONSTANTIN
CAVAFY, suivie d'une traduction intégrale des POÈMES par
M. Yourcenar et C. Dimaras (Gallimard, 1958).

FLEUVE PROFOND, SOMBRE RIVIÈRE, « Negro Spiri-
tuals », commentaires et traductions (Gallimard, 1964).

PRÉSENTATION CRITIQUE D'HORTENSE FLEX-NER, suivie d'un choix de POÈMES (Gallimard, 1969).

LA COURONNE ET LA LYRE, présentation critique et traductions d'un choix de poètes grecs (Gallimard, 1979).

James Baldwin : LE COIN DES « AMEN » (Gallimard, 1983).

Yukio Mishima : CINQ NÔ MODERNES (Gallimard, 1984).

BLUES ET GOSPELS, textes traduits et présentés par Marguerite Yourcenar, images réunies par Jerry Wilson (Gallimard, 1984).

LA VOIX DES CHOSES, textes recueillis par Marguerite Yourcenar, photographies de Jerry Wilson (Gallimard, 1987).

Collection « La Pléiade »

ŒUVRES ROMANESQUES : ALEXIS OU LE TRAITÉ DU VAIN COMBAT – LE COUP DE GRÂCE – DENIER DU RÊVE – MÉMOIRES D'HADRIEN – L'ŒUVRE AU NOIR – COMME L'EAU QUI COULE – FEUX NOUVELLES ORIENTALES (Gallimard, 1982).

Collection « Folio »

ALEXIS OU LE TRAITÉ DU VAIN COMBAT, suivi de LE COUP DE GRÂCE.

MÉMOIRES D'HADRIEN.

L'ŒUVRE AU NOIR.

SOUVENIRS PIEUX (LE LABYRINTHE DU MONDE, I).

ARCHIVES DU NORD (LE LABYRINTHE DU MONDE, II).

Collection « L'imaginaire »

NOUVELLES ORIENTALES.

DENIER DU RÊVE.

Collection « Le Manteau d'Arlequin »

LE DIALOGUE DANS LE MARÉCAGE

Impression Bussière à Saint-Amand (Cher),
le 20 juin 1988.
Dépôt légal : juin 1988.
1ᵉʳ dépôt légal dans la collection : janvier 1983.
Numéro d'imprimeur : 4827.
ISBN 2-07-037328-2./Imprimé en France.